COUVRIR LES OSSEMENTS

LES ENQUÊTES DE DÉTECTIVE MARK TURPIN

RACHEL AMPHLETT

CHAPITRE 1

Sud-est de Didcot

Derek Andrews gratta sa barbe grisonnante et plissa les yeux face au soleil brillant de l'après-midi.

Le vaste champ avait été planté d'orge jusqu'à récemment, des chaumes persistaient dans les ornières laissées par les tracteurs sous ses bottes et des grains étaient éparpillés là où ils avaient échappé à la récolte.

Un ciel bleu sans nuages entourant un soleil de fin d'été réchauffait son dos tandis qu'il observait le pylône électrique en acier de cinquante mètres de haut à côté de lui. La charge statique de la structure était palpable et chatouillait les poils fins de ses bras nus.

Tout en gardant un œil vigilant sur le magnétomètre archéologique suspendu à ses épaules par des sangles en toile, il tendit le bras pour tirer sur le col de son polo afin qu'il ne colle pas à sa nuque. Après avoir ajusté le bandana qui couvrait sa tête et lui offrait une protection contre les rayons du soleil, il baissa les yeux vers son carnet, vérifia les coordonnées de la grille sur l'écran devant lui et grogna à voix basse.

— Ça te dit un petit verre après le travail, chéri ?

Il jeta un coup d'œil par-dessus son épaule à l'entente de cette voix et sourit tandis que Michelle déambulait entre les petits drapeaux jaunes qui dépassaient de la terre, sa peau bronzée après la semaine de travail en plein air.

— Qui d'autre vient ? demanda-t-il en décalant sa hanche pour supporter le poids du magnétomètre pendant qu'il l'attendait.

— Gerry a dit qu'il viendrait peut-être, il ne prévoit pas de retourner à Reading avant demain. Tim aussi, et je pense qu'Helen pourrait nous rejoindre. Elle a dit qu'elle allait appeler son conjoint pour voir s'il peut s'occuper du dîner des enfants. Je me suis dit qu'au moins comme ça, on pourrait se détendre tout en partageant les nouvelles du week-end.

Michelle s'arrêta à côté de lui et leva une main pour protéger ses yeux du soleil tandis qu'elle scrutait la limite du champ.

— Ils auraient pu faire ça quand ils ont finalisé la demande de permis au lieu d'attendre la dernière minute.

Derek porta son attention là où elle regardait et parcourut du regard la ligne de machinerie lourde qui remuait la terre dans le champ adjacent. Un large fossé avait été creusé dans la terre, l'argile gris pâle et le sol chargé de craie rejetés d'un côté en gigantesques tas qui cuisaient sous la chaleur d'août.

— C'était probablement trop humide en mars pour obtenir des résultats concluants. C'est pour ça qu'ils ont opté pour une étude par drone à l'époque, je suppose.

Il déglutit, sa langue râpant le haut de sa bouche, et il hocha la tête en signe de remerciement lorsque Michelle lui tendit une bouteille d'eau.

— De toute façon, ça nous rend service, non ? Ça nous aide à renflouer les caisses avant l'arrivée de l'hiver.

— C'est vrai. Alors, pour cette bière ?

— Je pense que je pourrais me laisser convaincre, dit-il en souriant.

Il but une gorgée d'eau, puis passa le dos de sa main sur sa bouche.

— Ils comptent aller où ?

— Probablement au pub du village.

Michelle haussa les épaules.

— C'est le plus proche, donc c'est plus pratique pour tout le monde.

— Ok.

Derek tendit la bouteille d'eau.

— Merci.

— Mets-la dans ta sacoche, au cas où. Je peux conduire pour rentrer après le pub si tu veux boire plus d'un verre. J'ai un article pour le journal local à finir ce soir si je veux respecter leur délai.

— Je ferais mieux de me dépêcher, alors. Comment ça se passe là-bas ?

Il indiqua d'un mouvement du menton l'endroit où un groupe de quatre jeunes archéologues s'agenouillait près d'un des pylônes derrière lui, leurs voix à peine audibles par-dessus les appels des alouettes qui plongeaient et viraient au-dessus du champ.

— Cette anomalie dans les lectures que Tim a remarquée s'est avérée être une poignée de clous du dix-septième siècle.

Elle fronça le nez.

— Il y avait quelques balles de mousquet à proximité, mais c'est tout, rien d'inquiétant.

— Je ne suis pas inquiet, sourit-il. Je parie qu'il est déçu, par contre.

Michelle leva les yeux au ciel.

— Tu n'aurais jamais dû lui parler de la tribu saxonne qui était basée dans le coin. Il a de grands espoirs maintenant.

— Ne dis pas ça à Bill, il ne nous pardonnera jamais si on trouve quelque chose d'important maintenant. Ça foutrait complètement en l'air son calendrier de projet.

— C'est vrai. Tu en as encore pour combien de temps ?

— Pas longtemps.

Il pointa vers l'épaisse rangée d'arbres à quelques mètres.

— Les câbles vont passer sous le ruisseau qui forme la frontière sous ces arbres, donc je vais cartographier la zone à côté avant de terminer ma journée. Je pourrai reprendre le tracé des câbles de l'autre côté demain matin.

— Ok. À tout à l'heure.

Elle fit un signe de la main par-dessus son épaule et s'éloigna, ses grandes enjambées couvrant facilement la distance entre lui et le petit groupe.

Derek se retourna vers l'écran du magnétomètre, roula des épaules pour répartir le poids des sangles, et vérifia les paramètres de la grille.

Satisfait de ne pas avoir dévié de ses repères pendant sa conversation avec sa femme, il passa les écouteurs sur ses oreilles, le front plissé de concentration.

Il prit un bon rythme, qu'il maintint avec le *bip* constant émis par la machine, et il se laissa aller à cette routine familière.

Quand le National Grid, le réseau électrique national, avait annoncé que leur projet d'embellissement s'étendrait à d'autres parties du Royaume-Uni, Michelle et lui avaient surveillé attentivement les contrats accordés aux entreprises de construction, saisissant l'opportunité de faire une offre pour la deuxième phase des études archéologiques.

Ils avaient manqué de peu la première phase, remportée par un concurrent de Milton Keynes, mais leur présence locale avait convaincu le responsable des contrats de leur confier cette dernière vérification avant que le tracé des câbles ne soit creusé à travers la campagne au sud de Didcot. Une fois la vérification terminée, les pylônes seraient démantelés, offrant un horizon qu'on n'avait plus vu depuis les années 1930.

Derek soupira de soulagement en atteignant les arbres.

Un mélange de chênes et d'aulnes offrait une ombre bienvenue, la lumière tamisée jouant sur l'épais feuillage qui ondulait au-dessus de sa tête tandis qu'il s'arrêtait près d'un buisson d'épine noire.

Le sentier ténu qui s'étendait au-delà des ronces était rarement emprunté, selon l'agriculteur dont la terre bordait le ruisseau, malgré un point d'accès qui débouchait près d'une route secondaire sinueuse à environ huit cents mètres de là.

Il prit une profonde inspiration en savourant la fraîcheur sous les arbres, puis il s'arrêta au son de l'eau qui bouillonnait paisiblement au-delà de sa position.

Il pouvait sentir l'histoire de ce lieu et, malgré ce qu'il avait dit à Michelle, il comprenait l'enthousiasme de Tim.

Nommé d'après un chef saxon, le Hacca's Brook serpentait entre ici et la Tamise et avait sculpté un chemin à travers le paysage au fil des siècles. Le ruisseau avait été témoin de l'expansion et du déclin de l'invasion romaine, de la guerre civile anglaise et bien plus encore, et pourtant il était là, presque oublié sous un enchevêtrement de branches tombées et de litière de feuilles.

Il trouva une ouverture vers le sentier envahi d'herbes hautes et d'orties, et un papillon bleu pâle s'éleva dans les airs tandis qu'il dégageait un passage grossier du pied et abaissait de nouveau le magnétomètre.

Il terminerait le quadrillage requis cet après-midi, et si quelque chose lui donnait matière à s'inquiéter, il le signalerait et reviendrait avec le détecteur de métaux le lendemain matin.

Son rythme cardiaque s'accéléra tandis qu'il travaillait et le plaisir de la recherche se manifesta alors qu'il commençait à balayer le sol.

Oui, Bill McFarlane serait contrarié s'ils trouvaient quelque chose de significatif sur le plan archéologique, mais le responsable du site serait sûrement influencé par la publicité. Si seulement...

La machine émit un son et le regard de Derek se fixa sur l'écran.

Il se figea sur place.

Il y avait quelque chose là-dessous.

Il jeta un coup d'œil par-dessus son épaule.

Le sentier avait tourné vers la droite, suivant le cours d'eau, mais dans son état quasi hypnotique, il avait dérivé vers la gauche par accident, frottant contre les herbes plus longues sans s'en apercevoir.

Derek jura à voix haute. Si l'un de ses assistants doctorants avait fait la même chose, il l'aurait réprimandé pour sa négligence, mais...

C'était comme ça que les grandes découvertes étaient faites.

Celles qui faisaient les gros titres.

Par accident.

Il écarta le magnétomètre de son corps et il utilisa la pointe de sa botte pour dégager délicatement une ronce égarée, puis il se pencha pour regarder de plus près.

Le sol était intact, une herbe luxuriante tapissait la zone, ce qui signifiait que la dépression identifiée par l'équipement spécialisé datait d'il y a plusieurs années, plutôt que d'être récente.

Il ne pouvait discerner aucun signe de perturbation animale et il n'y avait pas non plus de traces dans la fine boue à la lisière du sentier.

Délicatement, il détacha les sangles et posa le magnétomètre sur le sentier à quelques mètres derrière la zone cible, puis il sortit une truelle de sa sacoche et s'accroupit.

Après avoir effectué une série d'incisions bien maîtrisées dans la terre, il souleva une section de gazon et tâtonna dans le sol. Quelle que soit la cause de l'alerte sur l'appareil, elle était proche de la surface, il en était sûr.

Serrant la mâchoire, il utilisa la truelle pour gratter un peu plus la terre argileuse, dont la texture était maintenant humide une fois la couche supérieure séchée par le soleil enlevée, et il repoussa la terre avec ses doigts.

Il cligna des yeux avec surprise.

Un matériau vert pâle, similaire à celui de son polo, émergeait du petit renfoncement qu'il avait créé. Une bande de coton peut-être, fermement coincée sous le reste de la terre qui couvrait encore la zone qu'il avait balayée avec le magnétomètre.

Il suivit la direction du tissu vers la gauche, plus loin du ruisseau et dans le fourré de ronces qui séparait sa position du champ cultivable.

Derek tendit la main en fronçant les sourcils et il écarta un enchevêtrement de lierre.

Il recula d'un bond avec un cri de stupeur.

Entre les racines hésitantes d'un jeune arbre, une main s'élevait, ses doigts squelettiques gris pâle griffant la terre.

CHAPITRE 2

L'inspecteur Mark Turpin retroussa les manches de sa chemise bleu clair et jeta un regard par-dessus le toit de la voiture de service.

Au-delà de la haie qui bordait l'étroite route défoncée, un ensemble poussiéreux et usé par les intempéries de machines avait été abandonné au milieu d'un champ aride, la peinture jaune crasseuse des excavateurs, des camions-bennes et des bulldozers contrastant avec la végétation luxuriante qui encadrait le paysage.

Les conducteurs se tenaient à côté de leurs véhicules, têtes baissées et mains dans les poches, à traîner leurs pieds sur les cailloux en s'arrêtant occasionnellement pour jeter un coup d'œil par-dessus leurs épaules vers une ligne d'arbres à environ huit cents mètres de la position de Mark. Ils se retournaient ensuite vers leurs collègues et un hochement de tête occasionnel remplaçait les mots qui restaient non-dits.

Au-dessus de leurs têtes, une ligne régulière de pylônes électriques traversait le champ et serpentait devant une paire d'énormes granges avant de disparaître de vue.

Mark porta son attention sur les véhicules alignés le long de la route. Il observa les voitures de patrouille aux couleurs de la police de la vallée de la Tamise tandis que des agents en uniforme détournaient la circulation et créaient une déviation loin de la scène de crime.

Il soupira, pointa sa télécommande vers le véhicule emprunté et se dirigea vers un jeune agent posté au cordon extérieur.

Le ruban bleu et blanc de la scène de crime qui s'étirait entre un sentier pédestre signalé et un tronc de sycomore se souleva dans la brise à son approche, l'air frais offrant un soulagement bienvenu face à la chaleur étouffante qui avait cuit la campagne ces deux dernières semaines.

— Bonjour, chef, dit l'agent Knowles, selon le badge au-dessus de sa poche gauche, en lui tendant un bloc-notes et un stylo. On vient de recevoir des nouvelles, ils pensent qu'il s'agit d'une femme, probablement enterrée au cours des deux dernières décennies environ.

— Bon sang, dit Mark en plissant le nez. Définitivement pas une découverte historique, alors ?

Knowles secoua la tête.

— L'un des archéologues a confirmé que les vêtements sont trop modernes. Ce qu'il en reste, en tout cas.

— L'enquêteuse West est là-bas ?

— Oui, chef. Elle est arrivée il y a vingt minutes.

Des voix emplissaient l'air pendant qu'il signait son nom sur la feuille d'enregistrement – des instructions criées teintées de panique venaient du chantier et se mêlaient aux tons plus professionnels de trois enquêteurs de la police scientifique. Il les observa décharger leur équipement d'une camionnette blanche banalisée garée à côté d'une barrière en bois à cinq barreaux de l'autre côté de la route, puis il se retourna vers Knowles et lui tendit le bloc-notes.

— Tu restes dans le secteur, alors ?

— Oui, chef. J'ai terminé ma formation il y a six semaines, répondit l'agent en notant l'heure à côté de la signature de Mark et en soulevant le ruban bleu et blanc qui bloquait l'accès au sentier public. Continuez sur environ quatre cents mètres, vous trouverez le cordon intérieur après ce virage que vous pouvez voir d'ici. Il y a un endroit où vous pourrez vous équiper.

— Merci. Et Knowles, garde ces détails concernant la victime pour toi pour l'instant, d'accord ? Les spéculations sur les circonstances ne l'aideront pas, ni sa famille.

Les joues du jeune agent rougirent.

— Absolument, chef.

Mark passa sous le ruban et s'empressa de suivre le chemin de terre.

Il était craquelé par endroits au milieu, là où le soleil avait percé la canopée et cuit la surface, mais une fine couche de boue s'accrochait aux bords de chaque côté.

À sa droite, un ruban d'eau sinuait et se frayait un chemin sous les arbres, la lumière du soleil scintillant à la surface tandis que le ruisseau bouillonnait sur les rochers et les branches tombées.

Une épaisse bande d'herbes hautes remplissait le côté gauche du sentier, des insectes bourdonnant devant son visage alors qu'il accélérait le pas.

Rien ne suggérait que le sentier était très fréquenté avant la découverte du corps de la femme.

Depuis combien de temps gisait-elle là ?

Et pourquoi ?

— Chef.

L'enquêteuse January West leva la main en signe de salut lorsqu'il contourna le virage, ses cheveux rassemblés sous une capuche attachée à la combinaison de protection blanche qu'elle portait.

Elle s'excusa auprès du groupe de trois personnes vêtues de façon similaire avec qui elle parlait et se dirigea vers lui, s'arrêtant à la deuxième barrière de ruban de la scène de crime.

Il regarda au-delà d'elle et fit un signe de tête en guise de salutation à la médecin légiste du quartier général, Gillian Appleworth, qui se tenait à côté de la sépulture et parlait à deux collègues.

— Un sacré début de semaine, Jan. Qu'est-ce que tu sais jusqu'à présent ? demanda-t-il en vacillant pour garder son équilibre sur le sol inégal tout en enfilant des surchaussures en plastique par-dessus ses chaussures, puis en prenant le sac scellé qu'elle lui tendait. Merci.

— Dès que Gillian est arrivée, elle a fait appel à un archéologue judiciaire et à un anthropologue. On ne peut pas risquer de fouiller la tombe avant qu'ils n'aient un relevé complet de ce qui s'y trouve.

Elle fit une pause pendant qu'il enfilait la combinaison de protection par-dessus son pantalon de costume et la remontait jusqu'au cou.

— Ce n'est pas ancien, ça c'est sûr, et d'après le type de vêtements qu'ils ont découverts jusqu'à présent, ils pensent qu'il s'agit d'une femme. Officieusement, bien sûr, jusqu'à ce qu'ils sortent les restes de là et les ramènent au laboratoire.

Mark remonta la capuche sur ses cheveux, enfila des gants et pénétra sur la scène de crime.

— Jasper a délimité un parcours de ce côté.

Jan indiqua une série de piquets plantés dans la terre à droite du sentier tandis qu'elle ouvrait la voie.

— On peut s'approcher jusqu'à environ un mètre de la tombe par ici. Ils ne peuvent pas nous laisser approcher davantage pour l'instant, ils cherchent encore des preuves dans le sol de part et d'autre.

Il la suivit en silence, observant l'amas d'orties et de ronces qui avaient été coupées et déposées plus haut sur le chemin, loin de l'endroit où Jasper Smith se tenait à côté d'un monticule de terre, la tête baissée pendant qu'il regardait son équipe travailler.

À côté de la tombe, trois techniciens de la police scientifique s'affairaient avec une tente blanche temporaire, prêts à la placer au-dessus du trou béant pour le protéger des éléments.

Jasper fit un pas en arrière lorsque Mark et Jan s'approchèrent, il abaissa sa tablette et se gratta la tête.

— Je ne m'habituerai jamais à porter ces combinaisons par cette chaleur.

— Alors je vais essayer de ne pas te retenir trop longtemps.

Mark fit un signe du menton vers la tombe.

— Jan a mentionné que la tombe était bien cachée.

— Compte tenu qu'elle ne fait même pas un mètre de profondeur, oui.

Mark tendit le cou pour voir le sentier envahi de végétation qui serpentait entre les arbres le long du ruisseau, se rétrécissant à mesure qu'il s'éloignait vers l'est de leur position.

Le chemin semblait oublié, abandonné, exactement comme Jan l'avait dit.

— Creusée à la hâte, peut-être, dit-il en se tournant vers le chef de la police scientifique. Alors, ce sentier était-il plus fréquenté à une époque, je me demande ?

— Il y a un vieux panneau en bois décoloré à l'autre bout qui est assez pourri, et certains de ces arbres qui bloquent le chemin sont là depuis un moment.

Jasper se tortilla dans sa combinaison de protection jusqu'à ce que Mark puisse voir l'écran de sa tablette, puis il fit défiler les photographies.

— La tombe elle-même est peu profonde mais abritée sous les arbres, donc avec le temps, la litière de feuilles s'est accumulée et l'a recouverte encore davantage. Si l'équipe d'étude du projet n'avait pas évalué la zone pour le passage des câbles, la tombe n'aurait peut-être jamais été découverte. Ajoutez à cela le fait que le sentier semble plus ou moins abandonné, vous pouvez voir que la végétation l'a également recouvert. J'ai examiné le parcours sur une image satellite, il ne se raccorde à aucun des itinéraires de randonnée plus populaires à proximité.

— Il n'y a pas beaucoup de maisons par ici, fit remarquer Jan.

Elle pointa du doigt à travers l'épais feuillage vers le champ où tournaient au ralenti les véhicules de construction et leurs conducteurs.

— Le fermier qui possède ce terrain a dit aux agents en uniforme qu'il n'utilisait jamais le sentier, ce qui explique en partie pourquoi aucune des haies n'a été taillée de ce côté, et le terrain de l'autre côté du ruisseau est une propriété privée. Là encore, la famille qui y vit dit qu'elle garde un petit troupeau de moutons dans le champ et qu'ils n'utilisent jamais le sentier. En fait, ils ont été surpris d'apprendre qu'il passait par ici. La femme a dit qu'elle pensait que le champ était simplement bordé par le ruisseau.

Mark grimaça tandis que les images sur l'écran changeaient pour des gros plans du contenu de la tombe, le squelette tordu visible parmi la terre meuble et les racines d'arbres nouées pendant que les spécialistes travaillaient méthodiquement à découvrir sa dernière demeure.

— Nous allons parler aux autres propriétaires des environs dès que possible, alors.

Il frissonna et détourna son regard de l'écran pour observer le travail en cours.

— Qui est le grand type tout au bout, Jasper ?

— Robert Kerridge, c'est l'anthropologue judiciaire que Gillian a appelé dès qu'elle a réalisé ce que nous avions trouvé ici, et l'homme accroupi dans la tranchée en ce moment est Hayden Bridges, un archéologue judiciaire de Banbury.

— Kennedy va faire une crise cardiaque quand il verra ce qu'ils facturent.

Le chef de la police scientifique grimaça.

— J'espère qu'ils seront tous les deux à la hauteur de leur réputation, alors.

À côté de Mark, Jan utilisa la paume de sa main pour essuyer une goutte de sueur entre ses sourcils, la combinaison de protection craquant avec le mouvement.

— Tu veux parler à l'archéologue du projet qui l'a trouvée, chef ?

— Autant le faire maintenant, et ensuite, nous allons devoir parler à Kennedy pour obtenir des effectifs supplémentaires afin de commencer à éplucher la base de données des personnes disparues dès que nous aurons plus d'informations sur elle.

Il soupira.

— Qui qu'elle soit, elle était la fille de quelqu'un, peut-être même la mère de quelqu'un. Nous leur devons de découvrir ce qui lui est arrivé et pourquoi elle a fini ici.

CHAPITRE 3

Jan froissa la combinaison de protection usagée et la jeta dans une poubelle pour déchets biologiques à l'extérieur du périmètre de la tombe.

Par-dessus son épaule, elle entendait le ton bourru de l'anthropologue judiciaire assigné à la découverte qui aboyait des ordres aux autres experts. Elle se retourna pour observer pendant que l'expert en archéologie de Gillian expliquait calmement qu'il faudrait au moins une heure de plus pour évaluer la tombe avant de pouvoir commencer le délicat processus d'extraction des restes.

Une brise frémit à travers les sycomores au-dessus d'elle et elle leva le menton pour la sentir sur son visage, savourant la fraîcheur sur sa peau après la brutale réalité de la scène de crime.

Elle passa une main dans ses cheveux et elle emboîta le pas à Turpin qui se dirigeait vers le chemin, son téléphone à l'oreille pour mettre l'inspecteur principal Ewan Kennedy au courant et lui annoncer la mauvaise nouvelle concernant l'impact sur son budget d'heures supplémentaires.

— Mon Dieu, les garçons…, marmonna-t-elle avant de sortir son téléphone de son sac pour envoyer rapidement un message à son mari Scott et lui dire ce qu'il pourrait trouver dans le congélateur pour le dîner de leurs jumeaux.

Cela fait, elle s'arrêta sur le sentier tandis que Turpin continuait à grandes enjambées.

Les voix basses autour de la tombe s'étaient estompées dès qu'elle avait dépassé le virage du sentier, et le fait de savoir que le chemin n'était qu'à quelques centaines de mètres de l'endroit où elle se tenait ne diminuait en rien l'impression d'étrangeté qui l'enveloppait.

Mis à part le doux écoulement du ruisseau qui serpentait à proximité, elle n'entendait rien au-delà de la haie enchevêtrée le long du champ où l'équipe de construction attendait.

Elle ne pouvait même pas voir leurs véhicules jaunes maculés de terre.

De l'autre côté du ruisseau, du lierre vert foncé étranglait d'épais troncs de chênes, l'espace entre eux encombré de hautes fougères qui masquaient toute indication qu'un autre champ s'étendait au-delà.

Jan frissonna et se dépêcha de rattraper Turpin.

Il termina son appel téléphonique lorsqu'elle s'approcha et remit son téléphone dans la poche de sa chemise.

— Comment s'appelle le type qui l'a trouvée ?

— Derek Andrews. Il dirige l'entreprise avec sa femme, Michelle, qui est également sur le site cette semaine.

— Tu sais où il se trouve ?

— Sam Owens a fait l'entretien initial avec lui quand nous sommes arrivés. Je vais lui demander. J'espère qu'ils n'ont pas encore été renvoyés chez eux.

Jan sourit en guise de remerciement lorsque Knowles souleva le ruban de la scène de crime au-dessus de leurs têtes, puis elle s'arrêta pour enlever le plus gros de la saleté de ses chaussures.

— Où est Sam, Ian ?

Knowles tira sa radio de son gilet et indiqua d'un mouvement du menton le champ voisin.

— Je vais l'appeler pour vous. Il a réussi à regrouper l'équipe d'archéologie dans un coin du parking du site pendant que nous prenions les dépositions tout à l'heure. Je crois qu'il attendait juste le feu vert pour les laisser partir.

— Dis-lui de patienter, dit Turpin. Je voudrais lui parler d'abord.

— Compris, chef.

Quelques instants plus tard, Jan passa par une barrière métallique ouverte et entra dans le champ qui bordait le sentier.

Un homme corpulent d'une cinquantaine d'années avec des bottes de sécurité sales se tenait près d'un des agents en uniforme. Il vérifiait les noms de ceux qui passaient, et elle reconnut le logo de la société de sécurité privée imprimé sur le côté gauche de son gilet haute visibilité.

Son visage était maussade tandis qu'il observait les policiers qui rôdaient à l'extérieur des trois cabines temporaires qui bordaient le parking en gravier en forme de U approximatif, et Jan remarqua le sourire las qu'il donna à l'un des ouvriers du chantier qui passait.

Sam Owens leva la main en signe de salut et s'excusa avant de traverser jusqu'à l'endroit où Jan et Turpin attendaient.

— Ian m'a dit que vous vouliez parler au type qui a trouvé le corps, dit-il en indiquant la cabine tout à droite du parking. Ils sont tous là-dedans en ce moment.

Jan fronça les sourcils en examinant les parois en

aluminium thermolaqué du bâtiment rectangulaire éclaboussé de saleté.

— Comment diable sont-ils tous rentrés là-dedans ?

— Il n'y avait que six personnes sur le site aujourd'hui, ils utilisent simplement ce Portakabin pour garder leur équipement en sécurité pendant la nuit. Et la machine à café.

Sam haussa les épaules.

— J'ai pensé qu'ils seraient plus disposés à rester si je leur demandais d'attendre là-dedans plutôt qu'ici dehors.

— Des plaintes ? demanda Turpin.

— Aucune, chef. Michelle Andrews a dit qu'ils avaient l'habitude d'être patients dans leur domaine. Je pense qu'ils utilisent ce temps pour enregistrer les résultats des découvertes d'aujourd'hui.

Son sourire s'estompa.

— Je veux dire, les découvertes historiques.

— Tu nous présentes ?

— Par ici, chef.

Jan remarqua que la porte du Portakabin était déjà ouverte, tout comme la fenêtre à simple vitrage donnant sur le parking du site, sans doute pour tenter de faire circuler un peu d'air dans le minuscule espace de bureau où travaillaient les archéologues.

Un ensemble de trois marches métalliques menait à la porte, et quelqu'un les observa par la fenêtre tandis qu'elle et Turpin s'approchaient.

Sam frappa à la porte de ses phalanges et leur fit signe d'entrer.

Six visages se tournèrent vers eux, avec un mélange de curiosité et d'appréhension dans leurs yeux.

Deux tables rectangulaires sur tréteaux occupaient la

majeure partie de l'espace à l'intérieur de la cabine, placées au milieu de la pièce et couvertes de petits sachets semblables aux sachets de preuves que Jan gardait dans sa voiture pour les urgences. À l'intérieur, elle remarqua de petits fragments de poterie, des balles de mousquet en plomb, et une pièce couverte de rouille tout près de l'endroit où elle se tenait.

Sur les bords, l'équipe d'archéologues avait installé leurs ordinateurs portables, le bourdonnement des ventilateurs ronronnant en arrière-plan comme des mouches errantes.

Autour des tables, des étagères s'affaissaient sous le poids de la paperasse et de gros ouvrages de référence aux pages cornées, et vers le fond, elle aperçut un petit réfrigérateur surmonté d'une machine à café, l'arôme de grains brûlés imprégnant l'air.

— Tout le monde, voici l'inspecteur Mark Turpin et l'enquêteuse Jan West, annonça Sam. Ils ont quelques questions à vous poser.

Jan observa un homme d'une soixantaine d'années qui repoussait sa chaise en faisant racler les pieds sur le sol en linoléum.

Son front se plissa et accentua les rides sur sa peau tannée par les intempéries, tout en révélant une certaine lassitude dans son regard.

— Je suis Derek Andrews, dit-il en contournant la table, la main tendue. C'est moi qui ai trouvé la tombe.

— Merci d'avoir patienté pendant que nous prenions nos marques.

Turpin serra la main de l'homme puis tourna son attention vers les autres membres de l'équipe.

— Merci à vous tous. Je comprends que la journée s'avère plus longue que vous ne l'auriez souhaité.

Une femme aux cheveux bruns mi-longs, debout près de la fenêtre, leva les mains et secoua la tête.

— Ne vous excusez pas. Nous avons utilisé ce temps pour rattraper du travail qui nous aurait retenus ici pendant le week-end. En plus, nous savons que vous avez vos propres procédures à suivre.

— Vous savez qui elle est ? s'exclama l'un des plus jeunes hommes au bout de la table.

— Tim…

La femme leva les yeux au ciel, puis se retourna vers Turpin.

— Désolée…

— Ce n'est rien. Non, nous ne savons pas qui elle est. Vous le savez, vous ?

Les sourcils de Tim se haussèrent.

— Non. Bien sûr que non. Je n'ai jamais été ici avant…

— Ok, eh bien laissez-nous discuter avec Derek et ensuite nous allons parler à chacun d'entre vous, dit Turpin, d'un ton calme. C'est juste une formalité. Une fois que nous aurons terminé, vous pourrez partir pour la journée.

Jan vit le jeune homme se détendre sur son siège aux paroles de son collègue, et elle réprima un sourire.

Derek remonta les manches de sa chemise et fit un signe de tête vers la porte.

— Il fait probablement un peu plus frais dehors maintenant. Vous voulez qu'on discute à l'extérieur ?

Il les précéda pour sortir et Jan adressa un signe de tête de remerciement à Sam qui retournait à son poste près du portail de sécurité, avant de suivre Turpin et l'archéologue le long du côté du Portakabin.

Dès que l'homme atteignit l'ombre offerte par le bâtiment

et celui d'à côté, il sortit un paquet de cigarettes de la poche de sa chemise.

Jan remarqua que Turpin s'arrêta au coin de la cabine et inclina la tête loin de la première traînée de fumée que Derek exhala avec un profond soupir, tentant de protéger son larynx endommagé. Elle sortit son carnet et un stylo de son sac à main pour donner à son collègue un moment pour se remettre.

— Désolé, dit Derek en baissant la main et en orientant la cigarette loin d'eux. Michelle essaie de me faire arrêter, mais après aujourd'hui…

— Est-ce que vous aviez emprunté ce sentier avant l'inspection d'aujourd'hui ? demanda Turpin en desserrant sa cravate.

— Non. Pas besoin, nous avions cartographié le reste du tracé du câble à travers ce champ au cours des derniers jours, et ils n'atteindront pas ce ruisseau avant le milieu de la semaine prochaine avec l'excavatrice. Cela nous donne un peu de temps pour recueillir tout ce que nous trouvons avant qu'ils ne commencent.

Turpin passa devant Jan et marcha jusqu'à l'arrière des cabanes. Il regarda fixement à travers le champ avant de se retourner vers Derek.

— Ça me semble étrange qu'ils aient attendu si longtemps pour faire le relevé du terrain. Ils auraient sûrement dû le faire avant le début des travaux de construction, non ?

— Ils l'ont fait, en mars.

Derek tira discrètement une autre bouffée de sa cigarette et souffla la fumée loin de l'inspecteur.

— Les conditions météorologiques étaient vraiment épouvantables à cette époque et ils ne voulaient pas se retrouver dans une situation où une découverte importante aurait été manquée. Ils sont déjà en retard sur le calendrier.

— Est-ce qu'ils auraient utilisé le même équipement de relevé que vous à l'époque ?

— Dans une certaine mesure, oui.

— En travaillant selon le même cahier des charges, avec les mêmes coordonnées ?

— Oui.

— Et pourtant ils n'ont pas trouvé la tombe.

Derek fit un triste sourire.

— Malheureusement, comme pour tout équipement, il a ses limites quand le sol est détrempé. Et si votre victime ne portait pas de bijoux par exemple, cela aurait rendu encore plus difficile de localiser sa tombe à ce moment-là.

Il soupira.

— En fait, je ne l'ai trouvée que parce que j'étais fatigué et que je me suis écarté des coordonnées GPS que j'avais définies. Une erreur de débutant de ma part, mais si je n'avais pas fait ça, elle n'aurait peut-être pas été découverte avant le début des travaux de construction. Voire pas du tout.

Jan frissonna à l'idée de l'un des énormes bulldozers en train d'écraser les restes de la femme, pour les disperser ensuite dans l'un des tas de remblai qui jonchaient un coin du champ loin des Portakabins.

— Bon, je pense que c'est tout pour le moment, dit Turpin. Quelqu'un vous contactera pour vous faire savoir si nous avons besoin d'autre chose, mais voici ma carte.

— Vous avez une idée de son identité ? demanda Derek, le regard troublé.

Jan secoua la tête.

— Pas encore. C'est encore trop tôt dans l'enquête.

— Quand vous le saurez…

L'archéologue cligna des yeux, puis écrasa sa cigarette et enfonça ses mains dans les poches de son jean.

— Vous pourriez nous le faire savoir ? Nous aimerions faire quelque chose pour sa famille si elle en a une… Je ne sais pas quoi. Mais quelque chose pour leur montrer que nous nous soucions d'elle.

CHAPITRE 4

Le crépuscule humide s'emparait déjà du paysage lorsque Mark et Jan terminèrent d'interroger le reste de l'équipe d'archéologues et les laissèrent partir.

Tandis que Mark regardait la dernière voiture de l'équipe quitter le parking à côté du portail de sécurité, il inspira l'air frais imprégné du parfum épais de chèvrefeuille et de sureau en provenance de la haie, puis il se tourna vers les autres cabines temporaires disposées en demi-cercle autour de lui.

Des hirondelles plongeaient et planaient au-dessus du champ derrière eux, occupées à pourchasser les moucherons et les mouches que Mark chassait constamment de son visage. Le bavardage incessant des oiseaux formait un bruit de fond sous les voix des divers agents en uniforme et experts en civil qui parcouraient le chantier.

Au son de lourdes bottes sur le gravier, il se retourna pour voir un homme trapu d'une quarantaine d'années qui s'approchait avec la force d'un taureau.

Son gilet haute visibilité battant sous ses bras, le front

plissé alors qu'il arrivait à grands pas depuis la cabine la plus éloignée, il s'arrêta devant Mark et le dévisagea.

— Vous avez terminé ? J'ai vu les archéologues partir.

— Nous en avons encore pour un moment, monsieur… ?

— Bill McFarlane. Je suis le chef de chantier.

— Ah, oui.

Mark jeta un coup d'œil par-dessus son épaule tandis que Jan approchait, puis il revint à son interlocuteur.

— Nous espérions justement vous parler. Vous avez une minute ?

— J'ai une réunion de projet avec les propriétaires dans quinze minutes. L'un d'eux appelle depuis New York.

— Et moi, je gère une enquête pour meurtre. On y va ?

Mark fit un geste vers le bureau de chantier de l'homme, puis le suivit dans son sillage alors que McFarlane pivotait sur ses talons et se dirigeait vers celui-ci.

Le chef de chantier attendit sur la dernière marche et leur tint la porte ouverte, puis il traversa jusqu'à un fauteuil usé au bout d'une table oblongue écaillée et il s'affala, des rides d'inquiétude creusant le tour de ses yeux.

— Je vous présente mes excuses si j'ai paru brusque dehors, dit-il avec un accent qui trahissait ses origines du nord. Derek vous a probablement dit que nous avons du retard sur le planning, et maintenant ça… Mon entreprise doit payer le client pour tout retard, voyez-vous. Ils vont se chamailler là-dessus pendant des années.

— Je n'y peux rien.

Mark tira une chaise pour Jan, puis prit celle à côté d'elle.

— Tant que je n'aurai pas obtenu des réponses sur ce qu'un corps fait enterré à côté de ce ruisseau et que les enquêteurs de la police scientifique ne m'auront pas dit qu'ils libèrent le site, il n'y aura plus de travaux à proximité. Par qui que ce soit. Donc, en attendant, et étant donné que votre réunion commence dans, quoi, dix minutes maintenant, si nous passions aux choses sérieuses ?

McFarlane fit un haussement d'épaules résigné et Mark poursuivit.

— Depuis combien de temps êtes-vous basé sur ce site ?

— Je fais des allers-retours ici depuis deux ans. Cette installation que vous voyez a été établie il y a un an. Il n'y avait pas autant de personnes à l'époque, bien sûr. Nous attendons trente personnes de plus la semaine prochaine quand les ingénieurs en câblage nous rattraperont.

— Où est-ce que vous logez pendant que vous êtes ici ? Votre accent…

— Carlisle.

McFarlane inclina son menton vers la porte.

— L'entreprise me loge dans l'un des grands motels près de la voie rapide de l'autre côté de la ville.

— Et vous avez toujours séjourné là-bas pendant que vous travailliez sur ce projet ?

— Oui. Je présume qu'ils obtiennent un tarif préférentiel ou quelque chose comme ça. Il y a beaucoup de gars comme moi qui gèrent des chantiers à travers le pays, surtout avec ce dernier déploiement de projet.

— Vous avez dit que vous faisiez des allers-retours sur ce site depuis deux ans. Qui d'autre était ici avec vous ?

— Des géomètres, des entrepreneurs d'analyse des sols, ce genre de personnes.

McFarlane désigna une grande image 3D qui avait été imprimée et placardée sur toute la longueur d'un mur.

— Ils font toute la modélisation informatique pour le tracé des câbles avant même que nous commencions. Cela aide aussi à corriger tout oubli concernant l'acquisition des terrains, pour essayer de donner aux équipes juridiques le temps de renégocier.

— Vous vous souvenez avoir vu quelqu'un près des bois à l'extrémité du champ pendant cette période ?

— Non, je ne me souviens pas d'avoir vu qui que ce soit. Comme je l'ai dit, je suis généralement occupé avec des réunions. J'éteins des incendies la plupart du temps, répondit McFarlane, avec une note de lassitude dans la voix. Ça, et je négocie pour plus de budget. En parlant de ça…

Il s'interrompit et pointa du doigt l'écran d'ordinateur dans le coin, et Mark consulta sa montre.

— Très bien. Nous allons vous laisser travailler, dit-il en faisant glisser une carte de visite sur la table vers le responsable du site. Si vous vous rappelez quelque chose qui pourrait nous aider, mon email et mon numéro direct sont inscrits dessus.

L'homme ignora la carte et repoussa plutôt sa chaise.

Mark comprit l'allusion, suivit Jan hors de la cabine et s'arrêta au milieu du parking en gravier.

Il regarda McFarlane claquer la porte. Quelques instants plus tard, la voix étouffée de l'homme résonna à travers les fines parois de la cabine alors que sa visioconférence commençait.

— Qu'est-ce que tu en penses, chef ? demanda Jan tandis qu'il se détournait et marchait avec elle vers la sortie. Il y a quelque chose qui te dérange chez lui, n'est-ce pas ?

Il attendit qu'ils aient dépassé le nouvel agent en uniforme en faction à l'entrée et qu'ils remontent l'allée vers leurs voitures avant de répondre.

— De toutes les personnes à qui nous avons parlé cet après-midi, McFarlane est le seul qui a eu accès au site depuis que ce projet a été approuvé, dit-il.

Il s'arrêta près de la voiture de Jan pendant qu'elle cherchait ses clés dans son sac.

— Et pourtant, il affirme n'avoir rien vu.

Sa collègue plissa le nez.

— Eh bien, je suppose que s'il est ici, c'est qu'il travaille, et il semble passer la plupart de son temps dans ce petit bureau exigu. Je doute qu'il ait beaucoup de temps pour regarder par la fenêtre.

Mark se déplaça sur le côté lorsqu'une camionnette blanche passa devant eux, et il leva la main pour saluer un autre membre de l'équipe de Jasper qu'il reconnaissait, puis il se retourna vers Jan.

— Dès que tu en auras l'occasion, demande à quelqu'un au commissariat de faire une vérification des antécédents sur Bill McFarlane. Juste au cas où.

CHAPITRE 5

Le gazouillis musical des pinsons et des merles accompagnait Mark le lendemain matin tandis qu'il marchait le long des franges de la réserve naturelle de Barton Fields.

Son regard se porta vers les prairies déjà sèches à sa droite, la végétation luxuriante du début d'année s'était transformée en jaune et brun, flétrie par l'assaut d'une série de chaudes journées d'été.

Des coquelicots et des bleuets parsemaient les herbes, et le parfum pénétrant du millepertuis se mêlait à un pollen capiteux qui lui chatouillait le fond de la gorge. Des papillons et des abeilles voletaient et planaient au-dessus des haies basses à sa gauche, absorbés dans leur travail et indifférents à son passage.

Il avait trouvé refuge ici durant l'année écoulée, explorant ce site de dix-sept acres et observant comment divers groupes environnementaux entretenaient les étangs et les différents habitats qui parsemaient la zone au fil des saisons, pour encourager la faune à s'épanouir.

Le petit bâtard au bout de la laisse qu'il tenait zigzaguait d'un côté à l'autre du chemin, le museau au sol à la recherche de nouvelles odeurs, et pendant un instant Mark put s'imaginer n'être qu'un des nombreux promeneurs de chiens sortis pour une balade matinale avant que la canicule annoncée ne s'installe.

Puis son téléphone vibra dans la poche de son pantalon et il tira sur la laisse tout en le récupérant pour lire le message.

— Attends, Hamish.

En route. J'arrive dans environ 15 minutes.

— Ok, mon grand. On y va.

Mark éloigna Hamish d'une vigne d'aspect échevelé au pied d'un saule et se dirigea vers l'extrémité de la réserve.

Il salua d'un signe de tête deux joggeuses qui passaient, puis tourna à gauche à la bifurcation du sentier.

Le bruit de l'eau jaillissant et dégringolant à travers les vannes lui parvint avant qu'il n'aperçoive le barrage, et il garda la laisse courte en traversant l'étroit pont métallique qui le surplombait, peu désireux de laisser Hamish s'aventurer trop loin malgré les barrières de sécurité de chaque côté.

Il leva la main en signe de salut vers l'homme debout devant la maison de l'éclusier.

En réponse, l'homme leva la tasse de café qu'il tenait à la main et s'écria :

— Bonjour, Mark. Vous travaillez aujourd'hui ?

— Je suis sur le point d'y aller.

— Vous pourriez dire à votre Lucy que j'ai vu Beatrice Williams et son mari passer par ici tôt ce matin en retournant à Rugby ? Beatrice n'arrêtait pas de parler du croquis que Lucy a fait pour elle.

— Je n'y manquerai pas, merci.

Ce n'était pas la première fois que Mark s'émerveillait de

voir à quel point la nouvelle entreprise de sa compagne avait bien tourné cette année. Le chemin de halage était souvent bondé de péniches de visiteurs, et Lucy avait mis ses talents artistiques au service de commandes, offrant un souvenir permanent du temps passé sur l'eau.

Trois bateaux étaient amarrés au chemin de halage après l'écluse, tous peints de couleurs vives et arborant l'insigne d'une société de location basée à Oxford, les rideaux encore tirés dans deux d'entre eux.

Une fine brume s'élevait de l'eau qui se réchauffait et Mark respira l'air frais en savourant ses derniers instants de paix.

Sans aucun doute, la salle des opérations serait en plein chaos maintenant qu'une enquête criminelle majeure était en cours, et il prévoyait quelques nuits tardives et de longues journées devant lui.

Hamish émit un petit jappement excité quand leur péniche apparut et Mark sourit à la silhouette debout sur le plat-bord.

Il s'accroupit pour détacher le chien de sa laisse et il le regarda filer le long du chemin, sa queue écourtée pointée vers le haut tandis qu'il se propulsait vers leur visiteur.

— J'espère qu'il n'est pas plein de boue, lança Jan.

Quelques instants plus tard, Mark rattrapa Hamish et afficha un sourire penaud en regardant les traces de pattes sur les ourlets de pantalon de sa collègue.

— Au moins, c'est sec.

— Très drôle.

Une masse de boucles émergea de la cabine, puis Lucy apparut avec deux mugs de voyage et un sac en toile de jute.

— J'ai pensé que vous pourriez tous les deux avoir besoin de ça, dit-elle en tendant un café à Jan. Et il y a des sandwichs et des barres de muesli dans le sac pour tenir le coup. J'imagine que vous n'aurez pas l'occasion de vous procurer quoi que ce soit vous-mêmes d'après ce que j'entends.

— Ça m'évite aussi de le nourrir, merci.

Jan sourit à Mark puis fit un pas de côté pour éviter Hamish qui essayait de se faufiler entre ses jambes.

— Arrête, espèce de chien fou. Tu vas finir par me faire tomber dans la rivière à ce rythme.

— Donne-moi trente secondes pour changer de chaussures et on y va, dit Mark, puis il serra le bras de Lucy en passant devant elle pour entrer dans la cabine. Et merci pour la caféine. Je savais bien que c'était une bonne idée de te garder.

— Hé !

Dix minutes plus tard, Mark et Jan atteignirent l'extrémité de la prairie qui bordait la rivière et se glissèrent au-delà d'une barrière métallique qui empêchait les véhicules indésirables de défoncer l'herbe.

Jan pointa du doigt une berline bleue près de la sortie du parking, puis lui tendit son café tandis qu'elle sortait ses clés de sa poche.

— J'ai tiré la courte paille hier soir. C'est tout ce qu'ils avaient de disponible sur la liste.

— Je suis sûr que Tracy le fait exprès. Qu'est-ce qu'Alex a eu ?

— L'Audi.

— Je le savais. Je parie que Caroline a eu la nouvelle Focus, n'est-ce pas ?

Mark déposa son sac fourre-tout dans l'espace pour les pieds côté passager, il glissa les deux cafés dans les porte-gobelets entre les sièges et il s'installa pour le court trajet jusqu'au commissariat d'Abingdon.

Il vérifia sa montre tandis que Jan traversait le pont au-dessus de la rivière et suivait la rue à travers Market Place.

— Bon, voyons ce que Kennedy a pour nous au briefing au cas où il y aurait des mises à jour de Gillian ou Jasper, et ensuite j'ai pensé qu'on pourrait contacter l'entrepreneur qui a effectué l'étude initiale du site en mars.

— Je ne sais pas ce qui a le plus horrifié Bill McFarlane : la nouvelle qu'une tombe avait été découverte ou l'idée que son chantier pourrait être fermé.

Jan ralentit à l'approche d'un rond-point.

— Surtout qu'il a déjà du retard sur son planning. Ah, et j'ai eu des nouvelles de Caroline tard hier soir, il n'y a rien sur lui dans le système, donc il est hors de cause à ce niveau-là.

— Il y a peu de chances en contactant les géomètres d'origine, mais ils pourraient peut-être nous en dire plus sur ce sentier et s'il était utilisé à l'époque.

Mark fit une pause pendant que Jan baissait sa vitre et passait sa carte de sécurité sur un panneau fixé à un poteau métallique devant le parking du commissariat.

— Et si—

— C'est Kennedy ? Qu'est-ce qu'il fait ?

Mark fronça les sourcils tandis que les barrières de sécurité s'ouvraient et que l'inspecteur principal Ewan Kennedy marchait vers eux, la main levée en l'air.

Jan s'arrêta à côté de lui et Kennedy se pencha pour poser son avant-bras sur le rebord de la fenêtre.

— Oubliez le briefing. J'ai besoin que vous retourniez sur la scène de crime, immédiatement.

— Pourquoi donc, chef ?

Mark leva un sourcil vers Jan, qui secoua la tête en réponse, le front plissé.

Kennedy exhala et l'estomac de Mark se retourna, son sixième sens anticipant la réponse de son supérieur avant que l'inspecteur principal ne lève son téléphone pour leur montrer le message de Jasper.

— Parce qu'ils viennent de trouver une autre tombe.

CHAPITRE 6

Jan atteignit le chantier en moins de vingt minutes, profitant pleinement de la maniabilité de la voiture avec les gyrophares et la sirène que Turpin avait activés dès leur sortie du parking.

Après avoir tiré le frein à main, elle glissa son sac à main sous le siège passager pour le cacher et pointa la clé par-dessus son épaule tout en se dépêchant de suivre Turpin pour s'enregistrer à l'entrée de la scène de crime.

Une fois cette formalité accomplie, un agent de police à l'air fatigué souleva le ruban de délimitation, et Jan se rappela le nombre de fois où elle avait rempli ce même rôle au début de sa carrière.

Elle lui adressa un sourire compatissant, puis reporta son attention sur le chemin.

— Mais qu'est-ce qui s'est passé ici, bordel ? marmonna Turpin en avançant lourdement devant elle. Un cadavre, c'était déjà assez.

Elle n'avait pas de réponse à lui donner, ses propres pensées s'entrechoquant tandis qu'elle le suivait.

Jasper les attendait au second cordon, ses yeux cernés de

rouge au-dessus de son masque alors qu'il réprimait un bâillement.

— Gillian est partie il y a une demi-heure, mais Robert Kerridge et Hayden Bridges sont ici et ils peuvent répondre à vos questions préliminaires.

Il fit une pause pendant qu'ils passaient sous le ruban, puis montra du doigt l'endroit où travaillait le groupe plus important de techniciens en combinaison.

— La deuxième tombe que nous avons trouvée est plus en retrait, et probablement plus ancienne que la première.

— Elles n'ont pas été creusées en même temps ? demanda Turpin en faisant signe à Jan de passer devant lui.

— Non, nous ne pensons pas.

Jasper désigna la première tombe où deux membres de son équipe étaient accroupis pour gratter les couches restantes de terre.

— Nous continuons à chercher des indices dans celle-ci, où les restes de la femme ont été trouvés hier, mais regardez les bords. Vous voyez comme ils sont rugueux et irréguliers ? Nous pensons que celle-ci a été creusée à la hâte. Venez voir l'autre tombe.

Le responsable de la police scientifique leur indiqua le chemin balisé que son équipe avait mis en place et les conduisit plus profondément dans le bosquet, loin du sentier.

Des fougères et des ronces trapues frappaient les jambes de Jan et elle s'arrêta en jurant entre ses dents pour se pencher et retirer un enchevêtrement d'épines qui s'accrochaient à sa combinaison de protection.

Lorsqu'elle rattrapa Turpin et Jasper, ils se tenaient à côté d'une tranchée plus profonde que la première.

Elle observa deux silhouettes en combinaison qui travaillaient à l'extrémité, l'une tenant une tablette pour prendre des photos tandis que l'autre maintenait un commentaire continu dans un téléphone portable – tous les éléments préliminaires d'un rapport détaillé qui serait remis à l'équipe d'enquête.

Jan déglutit et se prépara mentalement. Bien qu'elle ait traité de nombreux cas de victimes décédées durant sa carrière de policière, elle savait qu'elle ne deviendrait jamais insensible aux horreurs qu'un être humain pouvait infliger à un autre.

Un membre de l'équipe de Jasper leur fit un signe de tête alors qu'ils approchaient et il s'écarta, un crayon suspendu au-dessus du croquis de la fosse qu'il était en train de réaliser.

— Robert, Hayden, vous vous souvenez de l'inspecteur Turpin et de l'enquêteuse West qui étaient là hier, dit Jasper en guise de présentation.

Le plus grand des deux hommes debout à côté des restes squelettiques se redressa, ses sourcils broussailleux froncés.

— Ah, la police. Vous êtes enfin arrivés ?

Jan reconnut la voix bourrue de Robert Kerridge derrière le masque et vit Turpin lancer un regard noir à l'anthropologue.

— Vous pouvez vous approcher, poursuivit l'homme. Ça ne mord pas. Plus maintenant.

Turpin haussa un sourcil vers Jasper.

— C'est bon pour toi ?

— Vous pouvez avancer jusqu'aux deux piquets là-bas. Nous n'avons pas encore terminé autour des autres côtés, et nous ne le ferons probablement pas avant que ces deux-là aient fini et que les restes aient été retirés en toute sécurité. Autant que vous les voyiez in situ pour mieux comprendre le contexte.

Jan se déplaça jusqu'à se retrouver à côté de Turpin, puis ils s'approchèrent tous deux de la tombe découverte.

— Merde.

Turpin laissa échapper un soupir triste.

À l'intérieur, le corps d'un adulte avait été disposé de telle manière qu'il était évident pour Jan qu'avant que la victime ne soit enterrée, un tibia et un fémur avaient été brisés, fracturés à mi-hauteur de chaque os, là où le tueur avait dû les plier pour faire rentrer le corps dans le trou.

— On connaît le sexe ? demanda Jan. Je veux dire, je comprends que c'est difficile tant que le corps est encore là, mais—

— Une femme. De nouveau, lui répondit Kerridge.

Il changea de position, puis se tint un pied posé sur le bord de la tombe et jeta un regard par-dessus son épaule.

— Je me demande ce qu'elle a fait pour mériter ça.

Jan serra les dents et résista à l'envie de précipiter l'anthropologue dans la tombe après ces paroles, mais elle ravala sa frustration lorsque Turpin croisa son regard et secoua légèrement la tête.

— Si le tueur avait attendu quelques heures, il n'aurait pas eu besoin de briser ses os non plus, poursuivit Kerridge, inconscient de l'effet que ses paroles produisaient sur son auditoire. La rigidité cadavérique serait passée, et il aurait pu facilement plier son corps pour l'adapter à la forme de cette tombe.

Il y eut une brève pause pendant que Turpin assimilait cette information, puis il se tourna vers Jasper.

— Tu as dit qu'il y avait quelque chose de différent dans la façon dont cette tombe a été creusée ?

— Oui. Tu te souviens comment les bords de la première tombe étaient irréguliers et inégaux ? Si tu regardes celle-ci, les lignes sont plus droites, et chaque section semble avoir été creusée à intervalles de vingt centimètres.

— Il a utilisé une pelle pour celle-ci, dit Jan en comprenant soudain. Il était mieux préparé.

— C'est ce que nous pensons.

— Laquelle a été enterrée en premier ? demanda Turpin. Celle-ci ou celle là-bas ?

L'autre silhouette en combinaison se retourna, interrompant son travail, et leva la main avant que Robert ne puisse hasarder une réponse.

— Si je peux me permettre ? Nous allons devoir ramener les restes au laboratoire et effectuer une analyse comparative avec l'autre victime qui a été retrouvée, mais d'après les échantillons de sol prélevés depuis hier, le terrain ici est assez acide, ce qui signifie que nous pouvons observer une dégradation plus importante de la masse osseuse dans le squelette qui est resté le plus longtemps dans le sol.

— Dans quelle mesure en êtes-vous sûr, Hayden ?

— Je confirmerai avec les résultats des tests, mais en observant la zone autour de cette victime, il y a plus d'éléments qui suggèrent que ce corps est ici depuis plus longtemps que l'autre. Par exemple, vous pouvez voir que les restes de vêtements sont plus décomposés que ceux de l'autre victime. Je veillerai à vérifier quelle part de cette décomposition peut être attribuée à sa position sous la canopée des arbres et à la quantité de lumière solaire qui peut traverser ici selon les saisons, mais à mon avis, celle-ci est la plus ancienne des deux tombes.

— Est-ce que vous serez en mesure de nous dire si les victimes ont un âge similaire ? demanda Jan.

Kerridge se redressa légèrement lorsque leur attention se reporta sur lui.

— Je ne pourrai pas vous donner un âge exact, mais je suis confiant de pouvoir le réduire à une décennie près.

— Cela nous aiderait, dit Turpin. Souvent, dans des cas comme celui-ci, on nous précise simplement jeune, d'âge moyen ou âgé.

— Je suis sûr de pouvoir faire mieux que ça pour vous.

Jasper tourna son attention vers Hayden.

— Est-ce que ça vous dérangerait si j'interrompais votre travail un instant pour que vous puissiez montrer aux détectives ce que vous avez découvert concernant la première tombe que nous avons trouvée ?

— Non, pas de problème.

Ils s'écartèrent pour laisser l'archéologue sortir de la tranchée, puis il les conduisit le long du sentier jusqu'à l'endroit où deux membres de son équipe travaillaient encore. Il s'arrêta à côté de la tombe et désigna un amas tortueux de racines d'arbre à l'intérieur, pendant que ses collègues accroupis près de la terre environnante coupaient soigneusement quelques petites branches.

— La personne qui a creusé cette tombe est revenue pour planter ce jeune bouleau. Au fur et à mesure de sa croissance, les racines se sont enchevêtrées entre les jambes de notre victime, ce qui explique pourquoi il nous a fallu tant de temps pour retirer les restes hier.

Mark se gratta le côté du nez à travers son masque.

— Pourquoi revenir planter un arbre ?

— Pour aider à dissimuler la tombe, répondit Hayden. Celle-ci est moins profonde que la première. Les bords sont irréguliers…

— Ce qui indique que celui qui a fait ça était pressé, comme nous le pensions.

Jan leva les yeux de la tombe en entendant des

aboiements de chiens et elle pivota sur ses talons pour faire face au sentier.

— Merde, dit Turpin. Qui diable a laissé des promeneurs de chiens venir par ici ? Ils ne voient pas que le cordon est toujours en place ?

— Le cordon *est* toujours en place.

Jasper grimaça.

— Ce sont les chiens détecteurs de cadavres.

Jan pâlit.

— Tu penses qu'il pourrait y avoir d'autres tombes ici ?

— Je ne sais pas quoi penser pour le moment.

CHAPITRE 7

Quand Mark entra dans la salle des opérations en milieu de matinée, un groupe commençait à se rassembler autour d'Ewan Kennedy qui arpentait la moquette à l'autre bout de la pièce.

Malgré l'air conditionné qui filtrait à travers les dalles du plafond suspendu, une atmosphère étouffante persistait en raison du nombre impressionnant d'officiers en uniforme et en civil, ainsi que de tout l'équipement informatique apporté pour gérer une affaire criminelle majeure.

Une énergie intangible crépitait dans l'atmosphère et Mark pouvait sentir l'adrénaline de ses collègues tandis qu'ils se dirigeaient d'un même mouvement vers un grand tableau blanc fixé au mur, en faisant rouler leurs chaises jusqu'à l'endroit où Kennedy les attendait.

L'inspecteur principal s'arrêta dans sa marche et fit signe à Mark et Jan de rejoindre le groupe, ses yeux bleus troublés.

— Juste à temps, dit-il. Nous étions sur le point de discuter des déclarations recueillies auprès des propriétaires terriens et des résidents locaux.

Mark ouvrit la marche, indiqua la dernière chaise disponible et attendit que Jan se soit installée avant de sortir son carnet de son sac à dos et de poser le sac à ses pieds.

— Les chiens détecteurs de cadavres sont arrivés juste avant notre départ, dit-il. Jasper et l'archéologue judiciaire ont établi une grille et ils vont y travailler tout au long de la journée pendant que Robert Kerridge et son équipe s'occupent du retrait de la seconde victime.

Un murmure parcourut l'équipe à ses mots jusqu'à ce que Kennedy les rappelle à l'ordre.

— Je l'appellerai pour une mise à jour après le briefing.

L'inspecteur principal se tourna et désigna une grande carte épinglée au mur à côté du tableau blanc.

— Je remercie les agents en uniforme qui ont mené des entretiens avec les propriétaires terriens et les résidents de ces deux villages les plus proches de notre scène de crime. On a spécifiquement demandé aux résidents s'ils avaient connaissance de personnes disparues au cours des trente dernières années. Témoignages directs, rumeurs, n'importe quoi. À ce jour, personne n'a fourni d'informations qui correspondent à l'identité possible de nos deux victimes. Espérons qu'une fois que Gillian et Kerridge auront effectué l'autopsie demain matin, nous aurons plus d'informations sur le premier corps découvert hier.

Kennedy tourna son attention vers l'enquêteur Alex McClellan qui s'appuyait contre l'une des imprimantes près du mur.

— J'aimerais que vous commenciez par parcourir les enquêtes historiques sur les meurtres dans le système. Étant donné que les deux tombes sont proches l'une de l'autre, je veux que vous recherchiez des schémas de meurtres multiples. Je connais au moins trois individus de notre zone de police qui ont été emprisonnés à vie au cours des vingt dernières années, et dont nous n'étions pas certains qu'ils aient avoué tous leurs crimes. Une fois que nous aurons cette liste, nous pourrons la comparer aux profils de nos victimes quand nous les aurons et voir s'ils correspondent à un schéma historique.

— Et si les victimes avaient été tuées par quelqu'un dont nous n'avons pas eu connaissance jusqu'à présent ? dit une voix depuis le devant. Quelqu'un qui est passé inaperçu tout ce temps, je veux dire.

Mark reconnut la voix de l'enquêteuse Caroline Roberts et un frisson lui parcourut les épaules en entendant sa question.

— Ne croyez pas que cette idée ne m'a pas traversé l'esprit, répondit Kennedy. Nous savons tous qu'il y a eu beaucoup de tueurs qui ont fait les gros titres nationaux après leur arrestation parce que personne ne se rendait compte de ce qu'ils faisaient et, vu le nombre de meurtres non résolus dans notre propre système, nous savons que c'est une possibilité.

Il tourna son regard vers le reste de l'équipe.

— C'est pourquoi j'insiste sur un black-out médiatique total concernant cette affaire et nos progrès jusqu'à ce que nous sachions à quoi nous avons affaire. C'est bien compris ?

Un murmure d'approbation accueillit ses paroles et il hocha brièvement la tête.

— Bien, point suivant.

Il brandit la liasse de déclarations.

— Personne ne se souvient d'un homme ou d'une femme disparu dans la région d'après ces témoignages, mais il est probable que certains de ces résidents soient nouveaux dans le secteur, ils n'étaient peut-être pas là il y a une dizaine d'années. Caroline, j'aimerais que vous dirigiez une équipe pour déterminer qui s'est installé dans la région au cours des dix dernières années, et qui a déménagé. Ainsi, lorsque nous en saurons plus sur l'âge de nos victimes, nous aurons une liste de témoins potentiels à qui parler davantage au sujet des personnes disparues. Nous aurons peut-être d'ici là plus d'informations sur nos victimes qui pourront raviver la mémoire des gens.

Mark vit Caroline acquiescer avant de baisser les yeux vers son carnet, et il fut reconnaissant qu'elle accepte la tâche sans se plaindre.

Personne n'aimait être relégué à un bureau pendant une enquête pour meurtre, mais c'était une partie essentielle du processus, et son travail serait vital pour l'avancement de l'équipe.

Kennedy tourna son attention vers lui.

— Mark, je veux que vous et Jan poursuiviez vos plans d'interroger l'expert en archéologie qui a étudié le site en mars. Tracy a organisé une visioconférence avec lui dans une demi-heure pour vous. J'aimerais aussi que vous assistiez tous les deux à l'autopsie de la première victime demain matin. Gillian a téléphoné plus tôt, elle va faire venir Robert Kerridge également afin d'obtenir son avis sur la nature anthropologique des restes, étant donné qu'il n'y a pas grand-chose sur quoi elle puisse se baser.

— Entendu, chef. Quelles sont les dernières nouvelles concernant les restes de vêtements qui ont été trouvés dans la première tombe ?

— L'assistant de Jasper, Gareth, a tout enregistré comme pièce à conviction au laboratoire et vu la tête qu'il faisait quand je l'ai vu tout à l'heure, ils ont déjà une liste d'attente considérable. Nous n'aurons pas de nouvelles d'eux avant un moment.

Un grognement collectif émana des officiers assemblés.

— Est-ce qu'ils ont trouvé des bijoux ou autre chose dans la tombe ? demanda Jan. Nous sommes partis avant qu'ils finissent hier.

— Rien, répondit Kennedy. Ce qui me fait penser que celui qui l'a tuée l'a dépouillée de ses effets personnels pour qu'elle ne puisse pas être identifiée.

Il fit une pause et passa une main sur ses cheveux qui s'éclaircissaient.

— Ça va certainement nous ralentir. Espérons qu'ils auront plus à nous dire une fois que le second corps sera retiré cet après-midi.

L'inspecteur congédia l'équipe et Mark retourna à son bureau, laissant tomber son carnet à côté de son clavier avant de sortir son téléphone portable de sa poche et de vérifier l'écran.

Il n'y avait pas encore de messages de Jasper.

— Pas de nouvelles, bonnes nouvelles, dit Jan en tirant sa chaise à côté de lui avant de s'y laisser tomber.

Elle plaça le sac fourre-tout que Lucy leur avait donné entre les bureaux et lui passa l'un des sandwichs.

— Mange ça, et on va faire cet appel vidéo avec le géomètre.

— Ça me va.

Mark se connecta à son ordinateur et navigua à travers ses emails tout en dévorant sa nourriture.

Il supprima rapidement tout ce qui ressemblait à un message collectif, se disant que si quelque chose était urgent, l'un de ses collègues le lui dirait, et il réduisit la liste à six messages qui pouvaient être délégués ailleurs et trois auxquels il reviendrait plus tard concernant une affaire plus ancienne qui avait été classée deux semaines auparavant.

Alex s'approcha et s'arrêta au coude de Jan pour lui remettre deux documents d'une page chacun.

— Voici le planning qui a été distribué avant le briefing. J'ai pensé que vous voudriez chacun une copie. Caroline et moi travaillons ce week-end avec vous.

— Merci, dit Jan avant d'en donner un à Mark et de parcourir la liste des yeux. Je ferais mieux de demander à Scott de s'occuper des trajets scolaires la semaine prochaine, vu ce planning.

— Je peux te remplacer si tu es coincée.

Mark termina son sandwich et prit un mouchoir en papier dans une boîte sur le bureau pour s'essuyer les doigts.

Il regarda Alex prendre place à côté de Caroline et fronça les sourcils.

— Est-ce que l'un de vous a examiné combien de personnes disparues ont été signalées dans notre région au cours de la dernière décennie ?

— Oui.

Caroline regarda par-dessus son écran d'ordinateur depuis son bureau en face de celui de Jan, puis elle glissa une mèche de cheveux derrière son oreille et soupira.

— Le plus déprimant, c'est que des milliers de personnes disparaissent chaque année.

— Et nous n'avons aucune idée de ce qui leur est arrivé, ajouta Alex avec un gémissement. Ça va nous prendre une éternité.

CHAPITRE 8

Mark fit craquer son cou et s'arrêta sur le seuil de la petite salle de réunion carrée.

Il parcourut du regard l'écran d'ordinateur et la caméra installés sur un bureau qui couvrait toute la largeur de l'espace, il but une gorgée de café, et il observa Tracy qui effectuait les derniers réglages du logiciel de visioconférence.

L'une des lumières encastrées dans les dalles du plafond clignotait dans son champ de vision périphérique. Il tendit la main pour actionner l'interrupteur à côté de la porte avant de traverser la pièce jusqu'à l'unique fenêtre pour ouvrir les stores et compenser la soudaine obscurité.

Tracy se détourna de son travail et cligna des yeux.

— Tu ne pourras pas bien voir l'écran.

— Tant qu'il peut nous voir, c'est tout ce qui compte, dit-il en jetant son gobelet vide dans la poubelle sous le bureau. Mieux vaut ça qu'un mal de tête.

— Je vais contacter la maintenance. Je leur ai envoyé un email il y a une semaine au sujet des lumières ici et dans la kitchenette.

Mark fit un clin d'œil.

— Je pourrais prendre une échelle—

— Et me causer des ennuis sans fin avec les paperasses de santé et sécurité si tu tombes ? Non merci.

Tracy sourit en voyant Jan apparaître et elle pointa l'ordinateur.

— Voilà, tout est prêt. Il suffit de cliquer sur le lien quand vous êtes prêts à commencer.

— Comment s'appelle le type à qui on va parler ? demanda Jan en s'approchant du bureau et en y déposant une pile de dossiers.

— Marcus Draper. Il possède et dirige l'entreprise de relevés topographiques. Il sera avec Simon Hollis qui travaillait avec lui sur le site.

— Ok, merci.

Mark consulta sa montre.

— Autant se connecter et les attendre.

Tracy s'arrêta à la porte.

— Je suis au poste deux zéro trois s'il y a des problèmes. Je reviendrai dans une heure environ.

— Merci.

Quelques secondes plus tard, la connexion établie, Mark leva les yeux de son carnet pour voir un homme au début de la soixantaine avec des cheveux couleur paille qui le regardait fixement.

Derrière lui se trouvait une rangée de bibliothèques débordant de tomes reliés en cuir et de livres de poche aux dos fendillés, tous revêtus de titres couvrant diverses périodes d'histoire et de sociologie.

— Dr Draper, merci de nous accorder cet entretien si rapidement, dit Jan en faisant les présentations.

— Je vous en prie. Tout ce que nous pouvons faire pour

aider.

Draper jeta un coup d'œil à sa gauche tandis qu'un homme plus jeune se glissait dans le siège à côté de lui.

— Voici mon assistant de recherche, Simon Hollis. Simon m'a assisté sur le site et lors de l'élaboration du rapport d'expertise par la suite.

— Comme l'a dit ma collègue, merci pour votre temps cet après-midi.

Mark se rapprocha de l'écran, stylo en main.

— Avant de commencer, je dois insister sur le fait que cette conversation reste confidentielle étant donné la nature de ce que nous sommes sur le point de discuter. Mon supérieur a imposé un black-out médiatique complet sur cette enquête, et nous nous attendons à ce que chacun le respecte. Est-ce que cela pose un problème pour l'un d'entre vous ?

Les deux hommes secouèrent la tête.

— Pas du tout, répondit Hollis.

— Très bien. Vous êtes peut-être au courant que lors de l'expertise archéologique finale sur le site hier, les restes d'une femme ont été découverts dans un bosquet près d'un ruisseau connu localement sous le nom de Hacca's Brook, poursuivit Mark. Le corps a été découvert dans une tombe peu profonde, et un jeune arbre avait été planté à proximité pour aider à le dissimuler.

— Nous avons été contactés hier par un certain Alex McClellan et nous avons fourni une déclaration, dit Draper.

— Ce que nous apprécions, merci. Ce que vous ne savez pas, c'est qu'un second corps a été découvert ce matin.

Les deux hommes reculèrent de la caméra et se regardèrent, choqués.

— Un autre corps ? parvint à dire Draper en passant sa main sur sa mâchoire. Où ça ?

— À quelques mètres de la tombe originale. Ce que nous essayons de comprendre aujourd'hui, c'est pourquoi ces corps n'ont pas été découverts lorsque vous avez effectué l'expertise précédente.

— Nous avons utilisé un drone à l'époque, expliqua Hollis. Même si toute la végétation s'est quelque peu réduite, notre champ d'action consistait à rechercher des structures plus importantes ou des changements dans le paysage, tout ce qui aurait pu donner lieu à des préoccupations immédiates. Une fois la cartographie par drone terminée, nous avons effectué un relevé par détection et télémétrie par laser, que nous utilisons pour repérer toute anomalie le long du tracé du câble. Les résultats de ce relevé aident également l'équipe d'ingénierie du client à déterminer le tracé final. Ils auront ensuite créé une image 3D de l'ensemble du parcours qu'il va emprunter.

Il fit une pause pendant que Draper dépliait une carte très utilisée, le papier craquant sur le microphone tandis que l'homme le manipulait pour le rendre plus maniable, puis les deux hommes l'examinèrent.

Draper pointa du doigt la page.

— Votre collègue nous a donné les coordonnées où le premier corps a été trouvé hier, et c'est en fait à plusieurs mètres de notre zone d'étude de mars. J'ai revu les photos que nous avons prises sur place à cette époque, et on peut voir la zone boisée en arrière-plan. Malgré la saison, elle semblait très envahie de fougères, de ronces et autres végétations similaires.

— Est-ce que nous pourrions obtenir des copies de ces photographies ? demanda Mark. Y compris celles qui n'ont pas été intégrées dans votre rapport final.

— Bien sûr. Nous allons vous les envoyer par email.

— Est-ce qu'il y avait d'autres personnes qui travaillaient avec vous sur le site à ce moment-là ?

— Nous avions deux équipes de trois personnes, répondit Draper. Mais Simon et moi étions les seuls à travailler près de cette zone boisée. Je vous enverrai une liste du personnel. Simon ici présent est un membre permanent de l'équipe, mais les six personnes qui travaillaient ce jour-là étaient tous des contractuels que j'engage quand j'ai besoin de main-d'œuvre supplémentaire.

— Est-ce que l'un d'entre vous connaissait la région avant que le contrat pour l'étude ne vous soit attribué ?

— Non, pas à ma connaissance. Nous sommes basés à Milton Keynes et le contractuel le plus proche du site vit à Banbury. Une fois que le contrat nous a été attribué, nous avons passé deux semaines à mener des recherches préliminaires supplémentaires pour mieux comprendre l'histoire du lieu, particulièrement en ce qui concerne les découvertes saxonnes et romaines précédentes.

Jan s'approcha un peu plus de l'écran.

— Vous avez rencontré des problèmes avec les habitants pendant que vous travailliez sur le site ?

— Pas que je me souvienne, répondit Hollis. Je me rappelle que des personnes intéressées s'arrêtaient pour nous parler, mais c'était uniquement quand nous étions près du portail, à côté de nos véhicules et en train de nous installer. Je ne me souviens pas que quelqu'un nous ait approchés pendant que nous travaillions réellement dans les champs.

Mark tambourina des doigts sur le bureau.

— Quand vous avez fait une offre pour obtenir le contrat, quel type d'informations vous a-t-on fourni concernant les connaissances existantes sur le titre de propriété du site, les documents du cadastre, ce genre de choses ?

— Tout cela, répondit Draper. Ainsi que la documentation sur les bonnes pratiques à adopter avec les propriétaires terriens de chaque côté du terrain acquis spécifiquement pour le projet, les droits de passage et l'accès au site.

— Donc est-ce que vous vous êtes approchés de ces bois ou de ce ruisseau ? demanda Jan.

— Non, comme le Dr Draper l'a dit, nous n'en avions pas besoin, répondit Hollis. Tout notre travail a été réalisé à distance en utilisant le drone. C'est un processus plus rapide de cette façon et ça a servi à démontrer que l'itinéraire choisi était toujours viable.

— D'un point de vue historique et archéologique, il n'y avait rien d'assez important pour susciter des inquiétudes qui auraient pu arrêter les travaux de construction, ajouta Draper. Je suis sûr que si vous parlez à l'équipe archéologique actuellement sur le site, vous constaterez qu'ils ne préservent que des découvertes mineures et les enregistrent pour référence future. Je doute fort qu'ils trouvent quoi que ce soit d'une grande importance archéologique. Ils font simplement un exercice de vérification pour que quelqu'un sur le site puisse cocher une case.

Mark passa une main sur sa mâchoire.

— Malheureusement, Dr Draper, cela s'avère être beaucoup plus compliqué que ça.

CHAPITRE 9

Le lendemain matin, Mark scrutait à travers le pare-brise le bâtiment de deux étages devant lui, dont le contenu contrastait avec le soleil éclatant qui inondait le tableau de bord.

Après être sorti de voiture, il observa à travers le parking le flux incessant de véhicules qui circulaient dans le réseau routier du grand hôpital de la ville, où les camionnettes de fournisseurs se mêlaient aux ambulances qui se détachaient à toute vitesse des files de voitures, sirènes hurlantes.

Partout où il posait son regard, il voyait des bâtiments temporaires serrés dans des espaces exigus ou des travaux de construction en cours, et il se demanda combien d'agrandissements seraient encore nécessaires pour répondre aux besoins de la population locale.

— On y va ? murmura Jan en lui donnant un coup de coude avant de glisser les clés de voiture dans une poche latérale de son sac à main.

— Autant en finir tout de suite.

Il traversa l'asphalte en direction d'une double porte au

verre teinté, reconnaissant que sa collègue n'ajoute rien d'autre. Chacun d'eux était perdu dans ses pensées, en train d'essayer de compenser l'inconfort d'assister à une autopsie par la conscience qu'ils avaient désespérément besoin d'informations sur les victimes.

En ouvrant l'une des portes pour Jan, il fut frappé par la fraîcheur du petit hall d'accueil, la chair de poule hérissa ses avant-bras tandis qu'il se dirigeait vers un homme grand et mince d'une vingtaine d'années qui travaillait derrière un bureau défraîchi.

— Bonjour, Clive.

L'assistant de Gillian Appleworth leva les yeux vers lui, une mélancolie permanente dans le regard.

— Détectives Turpin et West. Je dirais que c'est un plaisir de vous voir, mais…

— Nous sommes un peu en retard, désolé. La circulation sur le périphérique—

— Peu importe. Gillian n'a pas encore commencé. Elle vient de donner un briefing d'orientation au Dr Kerridge. Il n'a jamais honoré notre laboratoire de sa présence auparavant.

Mark croisa le regard de Jan et détourna les yeux, mais pas avant qu'un sourire ne menace d'apparaître. Il ne pouvait dire si Clive était facétieux ou sincèrement impressionné par l'anthropologue judiciaire.

Ils furent dispensés de commentaire par le bruit d'une porte qui s'ouvrit à l'extrémité d'un couloir sur leur droite, et Mark vit Gillian s'avancer vers eux, ses yeux gris pétillants.

— Vous voilà. Parfait. Robert se prépare, alors si vous voulez bien me suivre, nous allons vous trouver des combinaisons à enfiler et puis on va commencer, d'accord ?

— Tu es de bonne humeur, vu les circonstances,

commenta Mark en marchant à ses côtés tandis qu'elle les conduisait vers les vestiaires.

— Ah bon ? Eh bien, je suppose que oui. Je veux dire, ce n'est pas tous les jours que j'ai l'occasion de travailler aux côtés d'un universitaire de la renommée de Robert, n'est-ce pas ? dit Gillian, le souffle court.

Elle s'arrêta devant la première porte qu'ils rencontrèrent et sortit un sachet scellé d'un panier en osier à côté de la porte, puis elle fronça les sourcils.

— Tu vas te tenir à carreaux, n'est-ce pas ?

— Il promet, répondit Jan avant de baisser la voix. Qu'est-ce qu'il a de si spécial, ce Dr Kerridge ? Pour être franche, je l'ai trouvé prétentieux hier sur le site, surtout quand il a insinué que c'était la faute de la victime si elle s'était retrouvée là.

— Eh bien, je suppose qu'il peut paraître brusque quand il est occupé.

Gillian haussa les épaules.

— Nous pouvons tous l'être de temps en temps, n'est-ce pas ? Mais Robert, eh bien, il a connu des succès dans des cas comme celui-ci par le passé et nous avons beaucoup de chance de l'avoir. Il n'est descendu ici que depuis quatre ans. Il s'est fait une réputation dans une affaire notoire dans le Northamptonshire juste avant de déménager. Vous avez lu son livre ?

— Non, répondirent Mark et Jan à l'unisson.

Il jeta un coup d'œil rapide à sa collègue, puis reporta son attention sur Gillian et prit la combinaison scellée.

— Nous ferions mieux de nous équiper et de retrouver le Dr Kerridge, n'est-ce pas ?

— Venez quand vous serez prêts. Nous allons commencer les préliminaires pendant que vous vous changez.

Mark regarda Gillian s'éloigner d'un pas léger et secoua la tête.

— On dirait que Kerridge est un saint, à voir comment elle se comporte, murmura Jan.

— Ça va être intéressant, il n'y a pas de doute.

CHAPITRE 10

Jan glissa ses cheveux sous la charlotte protectrice qu'elle avait déballée avec la combinaison bleue et elle grimaça devant son reflet dans le miroir.

Après avoir appliqué un peu de gel mentholé sous son nez, elle plaça ses effets personnels dans l'un des casiers et sortit en traînant les pieds dans le couloir.

Turpin l'attendait, des surchaussures en plastique identiques couvrant ses chaussures tandis qu'il examinait un panneau d'affichage rempli d'affiches écornées et de messages de sécurité.

Il esquissa un léger sourire lorsqu'il l'entendit approcher, et il inclina la tête vers la porte au bout du couloir.

— Allons-y. Un café après ?

— Oui. À condition que ce soit à emporter. Je ne peux pas supporter de m'asseoir dans un café avec toutes ces odeurs de nourriture après l'une de ces séances. Je n'ai jamais pu.

— Marché conclu.

Il poussa la porte et elle entra dans la morgue.

Un silence feutré flottait dans l'air frais, et tandis qu'elle promenait son regard sur les étagères et les tables en acier inoxydable qui tapissaient les murs, ses yeux se posèrent sur les couteaux et les scies qui brillaient sous les lumières vives suspendues au plafond.

Gillian avait la tête penchée sur les restes de la femme, tandis que Robert Kerridge se tenait les bras croisés sur la poitrine, observant chacun de ses mouvements, la tête légèrement inclinée.

La médecin légiste interrompit son travail lorsque la porte se referma derrière Turpin et elle leva les yeux, un scalpel à l'aspect redoutable à la main.

— Bien, vous êtes là.

Kerridge leur fit signe d'un geste impérieux.

— Approchez-vous. Vous ne verrez rien de là où vous êtes, n'est-ce pas ? Je pensais que vous étiez ici pour apprendre.

Jan serra les dents et s'avança vers la table en résistant à l'envie de prendre une profonde inspiration.

Les traits de la victime étaient indéchiffrables, perdus à cause du temps et de la nature.

Ce qui restait de ses cheveux était strié de gris, des vestiges d'une couleur plus profonde semblable à un brun foncé dépassant par endroits sur les côtés de son crâne.

Ses orbites fixaient les dalles du plafond, accusatrices dans leur vide, sa mâchoire ouverte en un cri silencieux. Une main squelettique était remontée sur sa poitrine et agrippait des côtes exposées tandis que l'autre s'arquait comme un crabe sur le côté au-dessus de la table en acier inoxydable comme si elle tentait de trouver prise sur la surface lisse.

Après le choc initial, Jan remarqua qu'il y avait très peu de peau ou de muscle, et elle comprit pourquoi la présence de l'anthropologue était nécessaire.

Il ne restait presque rien à évaluer du point de vue pathologique pour Gillian.

— Par où est-ce que tu commences ? murmura Jan.

La médecin légiste désigna les restes.

— Chaque os a été photographié et documenté, et j'ai aussi fait prendre des radiographies de certains d'entre eux.

Turpin fronça les sourcils.

— Certains os sont manquants.

— Nous les examinons sous les microscopes là-bas, expliqua Gillian. J'ai réussi à extraire des échantillons d'ADN mitochondrial de ces os, c'est tout ce qui reste, étant donné qu'il n'y a plus de peau, de cartilage ou d'autres tissus mous.

— Est-ce que ce sera suffisant pour des comparaisons familiales si nous en arrivons là ?

— Espérons-le. Si vous pouvez retrouver qui elle est, et qu'un membre direct de la famille peut fournir un échantillon d'ADN, cela devrait fonctionner.

Gillian se tourna à nouveau vers le squelette de la victime.

— Bien sûr, nous avons aussi quelques dents à examiner, même si je vais devoir consulter un odontologue—

— Je proposerais bien de me charger moi-même de cette analyse, interrompit Kerridge, sa voix résonnant dans la pièce close, mais malheureusement ma charge de travail actuelle fait que j'ai déjà trop d'engagements. Vous avez eu de la chance que je puisse être présent aujourd'hui.

— En effet, murmura Gillian.

Elle ouvrit délicatement la mâchoire du crâne.

— Vous pouvez voir ici que notre victime a eu beaucoup de soins dentaires, même si certains de ces plombages sont usés. Encore une fois, je vais consulter l'odontologue, mais à mon avis, elle n'a pas consulté de dentiste pendant plusieurs années avant sa mort.

— Si elle avait disparu, elle n'aurait peut-être pas eu accès aux soins de santé, dit Jan.

— C'est tout à fait vrai.

— Qu'en est-il de la cause du décès, Gillian ?

Le front de Turpin se plissa tandis qu'il faisait le tour de la table et s'arrêtait à l'épaule du squelette.

— Ah, eh bien, c'est un peu plus facile.

La médecin légiste ferma la mâchoire, puis tourna doucement le crâne.

— Mes conclusions préliminaires incluent ce qui semble être une blessure due à un traumatisme contondant, juste derrière son oreille gauche.

Gillian écarta les mèches de cheveux du squelette pour désigner une fine fissure avec son petit doigt.

— Regardez ici. Rien n'indique que cela ait été causé par des rongeurs ou d'autres carnivores, d'autant plus que sa tête est restée enterrée tout ce temps. Seuls ses doigts ont été rongés, et quelque chose, peut-être un renard, ou des corbeaux, a réussi à percer la cavité abdominale.

Jan frissonna.

— Que—

— Et selon moi, c'est ce coup qui l'a tuée, dit Kerridge en poussant Gillian sur le côté. Il prit le crâne dans ses mains alors qu'il s'enthousiasmait pour son sujet. C'est la seule blessure à la tête, et certainement péri mortem, c'est-à-dire qu'elle ne s'est pas produite quand elle a été jetée dans la tombe. Ce n'est pas non plus une ancienne blessure. Non, c'est définitivement ce qui l'a achevée.

— Et concernant son âge ? Quelque chose qui pourrait nous aider à ce sujet ?

Jan entendit la note de désespoir dans sa propre voix et serra les lèvres.

Gillian secoua légèrement la tête.

— Nous allons effectuer d'autres tests sur les échantillons que nous avons prélevés avant de pouvoir l'affirmer avec certitude—

— En fait, je pense pouvoir vous aider sur ce point.

Kerridge se redressa après son examen du crâne.

— D'après mes observations, je suis convaincu que nous avons affaire à une femme d'âge moyen. Certainement pas une jeune fille.

Il ricana doucement en se retournant vers son travail et Turpin fronça les sourcils.

— D'âge moyen ? Comment est-ce que vous pouvez en être si sûr ?

Il regarda Gillian, dont les yeux gris le fixaient, puis il se tourna à nouveau vers Kerridge.

— Je veux dire, désolé, ce n'est pas que je doute de votre expertise, mais—

— C'est très simple, détective, tout est dans les os.

Kerridge ne semblait pas déconcerté par la question de Turpin et Jan observa l'anthropologue contourner la table vers les jambes de la victime. Il s'arrêta et se tourna vers Gillian.

— L'archéologue, comment s'appelle-t-il déjà ?

— Hayden Bridges.

— C'est ça, lui. Il a mentionné que le terrain autour du sud-ouest de Didcot est de nature acide, avec des poches de sol crayeux.

Kerridge souleva délicatement le fémur de la table d'examen et le fit tourner entre ses doigts.

— Regardez ici. Les os se sont déminéralisés. C'est

l'effet du sol acide. Si la tombe avait été creusée dans l'une des zones plus crayeuses autour de la ville, les os seraient moins usés. En l'état, je dirais qu'elle est restée non découverte pendant au moins quatre ans, peut-être plus.

— D'âge moyen, médita Turpin. Cela lui donnerait, quoi, entre quarante et cinquante ans quand elle a été tuée ?

Kerridge bomba le torse.

— Le véritable terme anthropologique se réfère à l'âge de trente-cinq à cinquante ans.

— D'autres signes de blessure ?

— Juste une ancienne fracture de l'humérus, ici, dit l'anthropologue.

Il utilisa son petit doigt pour tracer une ligne irrégulière sur le bras supérieur de la victime.

— Je dirais que cela s'est produit quelques mois avant sa mort, vu la façon dont le processus de guérison a été interrompu.

— Et l'autre victime ? demanda Jan. Est-ce qu'il y a des similitudes entre les deux ?

— J'ai peur qu'il soit trop tôt pour le dire.

Kerridge fit un geste dédaigneux vers Gillian.

— Nous attendons toujours de recevoir les restes du site, même si je leur ai donné mon autorisation pour procéder hier soir. Je ne sais pas ce qui les retarde.

— Jasper a téléphoné il y a une heure pour dire que ça prenait plus de temps que prévu, dit Gillian. Je suis désolée, mais l'état plus meuble du sol dans le second emplacement rend l'extraction des os difficile. Ils ne peuvent pas précipiter les choses.

— Compris.

Turpin leva la main alors que Kerridge ouvrait la bouche pour parler.

— Nous ne voulons pas prendre trop de votre temps, alors est-ce que vous pourriez nous parler des vêtements qu'elle portait ? Nous n'avons trouvé que les restes d'un chemisier en coton et ce qui ressemble à une jupe marron comme preuves.

— Elle portait des chaussures quand elle a été enterrée, mais Jasper n'a pas voulu risquer de les retirer sur place par crainte d'endommager le squelette, dit Kerridge en pointant son pouce par-dessus son épaule. Nous avons eu un mal fou à les enlever. Elles sont là-bas, emballées pour être envoyées au laboratoire cet après-midi, avec les sous-vêtements.

— Ici, dit Gillian en se dirigeant vers un ordinateur portable sur une table au bord de la pièce. J'ai pris des photographies du nom du fabricant qui est gravé sur la semelle d'une des chaussures. J'en ai sauvegardé une copie pour vous.

Elle haussa légèrement les épaules et passa une clé USB à Jan.

— Vous pourriez en tirer plus d'informations.

— En attendant, inspecteur Turpin, vous pouvez dire à votre inspecteur principal qu'il peut s'attendre à recevoir mon rapport complet dès demain matin, ajouta Kerridge, sa voix résonnant à travers la pièce depuis la table d'examen. Nous ne voudrions pas faire attendre nos enquêteurs, n'est-ce pas, Gillian ?

La médecin légiste croisa le regard de Jan, puis répondit par-dessus son épaule :

— Certainement pas.

— Merci.

Jan prit la clé USB, puis baissa la voix.

— Bon courage.

Elle sourit au clin d'œil discret de Gillian, puis se hâta de quitter la morgue derrière Turpin.

Quinze minutes plus tard, avec une nouvelle bouffée de parfum sur ses poignets grâce au flacon miniature qu'elle gardait pour ces urgences dans son sac à main, Jan franchit la porte d'entrée et trouva Turpin adossé à un muret de briques, son téléphone à l'oreille.

— Quelque chose d'urgent ? demanda-t-elle en se protégeant les yeux du soleil éclatant et en se délectant de sa chaleur.

Elle renifla son poignet pour essayer de chasser le souvenir persistant de la morgue.

— Non, juste un message de Caroline pour dire que Kennedy veut un compte rendu dès que nous aurons terminé ici.

Jan ébouriffa les pointes de ses cheveux sur le col de son chemisier et fit tinter les clés de voiture dans sa main avant de partir d'un pas léger maintenant qu'elle était à l'air frais avec le soleil sur ses épaules.

— Eh bien, Kerridge semble vraiment savoir ce qu'il fait, dit-elle lorsqu'ils atteignirent la voiture.

Elle boucla sa ceinture tandis que Turpin s'installait sur le siège passager.

— Son rapport sur la première victime pourrait nous donner une piste ou deux.

Son collègue fit la grimace.

— Je parie qu'il a un portrait de lui-même dans son salon.

— Oh, allez.

Jan rit et tourna la clé dans le contact, puis elle dirigea la voiture vers le commissariat.

CHAPITRE 11

Ewan Kennedy leva les yeux du rapport relié sous plastique qu'il lisait lorsque Mark frappa à la porte de son bureau une heure plus tard, le regard las.

— Comment ça s'est passé ? demanda-t-il en indiquant d'un geste à Mark de s'asseoir sur une chaise devant son bureau. Gillian a pu nous éclairer ?

Mark tourna la chaise pour pouvoir étendre ses longues jambes, puis il desserra sa cravate et soupira.

— Robert Kerridge a assisté à l'autopsie et il pense qu'il s'agit d'une victime d'âge moyen, entre trente-cinq et cinquante ans, enterrée il y a environ quatre ans, peut-être plus.

— Bon sang.

Kennedy referma le rapport d'un coup sec et le jeta sur une pile dans un ensemble de trois corbeilles. Il posa ses avant-bras sur le bureau.

— Caroline est passée tout à l'heure. Vous savez que nous avons plus de mille sept cents signalements de personnes disparues enregistrés dans le système—

— Ce n'est pas si—

— Chaque *année*.

Kennedy s'affaissa dans son siège.

— Chaque année, Mark. Treize pour cent de ces personnes sont retrouvées saines et sauves et reçoivent l'aide dont elles ont besoin. Toutes les autres…

Il leva les mains en écartant les doigts comme s'il achevait un tour de magie, où il ne restait plus que du vide.

— On peut commencer par les personnes disparues vues pour la dernière fois près des tombes, dit Mark en essayant de ne pas laisser sa propre frustration colorer ses mots. Travailler en cercles concentriques jusqu'à ce qu'on—

— Qu'on ait de la chance ?

Kennedy haussa un sourcil et regarda par-dessus l'épaule de Mark en direction d'un mouvement près de la porte.

— Entrez, Jan. Nous parlions justement des résultats de l'autopsie.

— Si on peut parler de résultats.

Jan ferma la porte et s'affala dans la chaise à côté de Mark.

— Je veux dire, essayer de découvrir qui elle est, sans parler de qui l'a assassinée…

Kennedy tendit le bras et agita sa souris d'ordinateur pour réveiller son écran et il le fixa, les sourcils froncés.

— J'ai des réunions à la chaîne à Kidlington toute la journée demain. Je suggère que vous dirigiez le briefing du matin en mon absence, Mark. À quelle heure est la deuxième autopsie ?

— Gillian a téléphoné à l'instant pour dire qu'elle ne peut pas avoir Kerridge pour l'assister, dit Jan. Apparemment, il a des engagements dans le nord pour les deux prochains jours, mais vu les circonstances, elle fait venir un autre anthropologue de Bristol. Elle sait que nous avons désespérément besoin d'une avancée, donc elle ne voulait pas attendre que Kerridge soit disponible.

— Je lui devrai un verre après ça, alors, dit Kennedy sans méchanceté.

— Elle l'a mentionné.

L'inspecteur principal cliqua sur son écran d'ordinateur et remonta ses lunettes de lecture sur son nez.

— Ok, selon les dernières mises à jour de HOLMES2 pendant que vous étiez dehors, Jasper et l'expert en archéologie sont toujours sur la scène de crime, en train de travailler sur l'extraction des restes de la seconde victime. Les chiens détecteurs de cadavres doivent y retourner cet après-midi. Jasper voulait laisser son équipe fouiller les broussailles d'abord, plutôt que de laisser quelqu'un d'autre perturber d'éventuelles traces de preuves.

Il passa à une autre mise à jour.

— Caroline et Alex ont presque fini d'établir la liste des personnes disparues dans notre zone de police locale, organisée par date de dernière apparition.

— Et la ligne d'assistance nationale pour les personnes disparues, chef ? demanda Jan.

— Je les ai appelés ce matin à la première heure, répondit Kennedy, les yeux toujours fixés sur son écran. Ils sont prêts à recevoir une note sur toutes les marques d'identification que Gillian pourrait trouver sur nos deux victimes, ainsi que toute preuve qui pourrait indiquer qui sont ces personnes, afin qu'ils puissent vérifier ces éléments dans leur base de données.

— Quelles sont les chances qu'ils découvrent qui sont nos victimes avant nous ? demanda Mark.

Kennedy haussa les épaules.

— Cela va dépendre si les disparitions de nos victimes nous ont été signalées, ou seulement à la ligne d'assistance. Vous savez comment ça peut être… Parfois, ceux qui recherchent des personnes disparues ne veulent pas impliquer la police.

L'inspecteur principal joignit ses mains à côté de son clavier, perdu dans ses pensées pendant un moment. Il finit par faire un léger signe de tête.

— Très bien, voici comment nous allons procéder demain matin. Je suis enclin à être d'accord avec vous, Mark. En l'absence de caractéristiques identifiables sur notre première victime, à part la possible fissure dans son crâne qui pourrait avoir été le coup fatal, commençons par les personnes disparues les plus proches du site de la tombe. Jusqu'à ce que Gillian et ses experts puissent nous dire le contraire, ou que nous ayons des preuves contraires, nous partirons du principe qu'il s'agit d'un problème local, plutôt que d'un tueur qui a voyagé dans la région.

— Vous pensez que les deux victimes pourraient être liées, chef ? réagit Jan en levant les yeux de son carnet.

Kennedy soupira.

— Je ne sais pas, pas avant que Gillian ne puisse confirmer ou écarter cette hypothèse par des tests ADN.

— Mon intuition me dit qu'ils ne sont pas liés, dit Mark en tirant sur son lobe d'oreille. Simplement d'après les conclusions de Jasper qui montrent que les tombes ont été creusées à des moments différents, et de façons différentes.

— C'est un bon point, concéda Jan.

— Gardons l'esprit ouvert sur tout ça, dit Kennedy en repoussant le clavier de son ordinateur alors que son téléphone de bureau commençait à sonner.

Il regarda l'écran et fronça les sourcils.

— C'est la commissaire, je vais devoir prendre cet appel.

— On va vous laisser, chef.

Jan recula sa chaise.

— À demain.

Elle ouvrit la porte et s'arrêta sur le seuil pour attendre Mark, qui lança un regard d'acier à Kennedy tandis que l'inspecteur principal tendait la main vers son téléphone.

— On va découvrir qui elles sont et qui les a mises là, chef, dit-il. D'une manière ou d'une autre.

CHAPITRE 12

Le lendemain matin, Mark pédalait sur son VTT à travers la prairie, s'éloignant de la péniche avec une énergie renouvelée dans la poitrine.

Il descendit pour franchir le portail dans le coin éloigné de l'étendue herbeuse, puis il remonta en selle et rejoignit le flot de circulation en direction d'Abingdon.

L'affirmation de Kennedy selon laquelle il devrait diriger le briefing matinal pesait lourdement sur ses épaules fatiguées, la responsabilité de diriger une équipe aussi importante au début d'une enquête criminelle majeure ne lui échappant pas.

Une partie de lui se réjouissait du défi. L'autre espérait que ce n'était pas l'indication qu'une promotion était dans l'air, et qu'il perdrait le droit d'apporter une contribution aussi essentielle à une affaire pour être relégué à un rôle de gestion.

Il n'était pas prêt pour ça.

Il n'en voulait pas.

Pas maintenant.

Il changea de vitesse et accéléra pour rattraper un motocycliste afin de négocier l'étroit pont sur la Tamise, plutôt que de risquer d'être poussé dans le caniveau par l'une des camionnettes d'artisan qui frôlait de trop près l'arrière de son vélo à son goût, et il tourna à gauche dès qu'il put pour couper à travers les ruelles jusqu'au commissariat.

Le temps qu'il atteigne St Helen Street et qu'il file devant son pub préféré, ses épaules s'étaient un peu détendues et il accéléra son rythme.

Quatre bateaux de croisière étaient amarrés de l'autre côté de la rivière et il aperçut un homme d'une soixantaine d'années en train de se débattre avec des cannes à pêche et une boîte à appâts pendant que deux adolescents sur le chemin de halage l'ignoraient, le visage baissé vers leurs téléphones.

Mark secoua la tête avec un sourire mélancolique avant de suivre la route vers la droite. Cette scène lui rappela qu'il devrait appeler ses filles dès qu'il en aurait l'occasion. Son ex-femme, Debbie, les avait emmenées à St Helier pour rendre visite à leur grand-mère et elle était revenue tard la veille. Selon les arrangements souples qu'ils avaient mis en place, c'était son tour de les avoir le week-end prochain, et son cœur se serra en réalisant qu'il allait devoir reporter.

Dix minutes plus tard, il freina jusqu'à l'arrêt complet à la porte arrière du commissariat, et après avoir placé le VTT dans l'un des supports, il passa sa carte de sécurité et monta en courant deux volées de marches jusqu'au vestiaire des hommes.

Une douche rapide, un changement de vêtements, puis il entra dans la salle des opérations, manches de chemise retroussées, et il redressa les épaules par anticipation.

Il fit un signe de tête à Alex qui se tenait près de

l'imprimante, le jeune enquêteur aux prises avec une pile de déclarations qui devaient être numérisées et sauvegardées dans HOLMES2, avant de se diriger vers son bureau et d'observer la lumière clignotante qui présageait du nombre de messages vocaux qui l'attendaient.

Caroline était à son bureau, en train de mâchonner un bol de muesli, et elle leva sa cuillère pour le saluer.

— Bonjour, chef.

— Bonjour. Quelque chose d'intéressant dans les emails de cette nuit ?

— Un du Dr Kerridge avec son rapport, répondit-elle en abaissant son bol sur le bureau.

Elle tendit la main vers sa souris et cliqua.

— Je l'ai mis dans le système et je l'ai fait circuler, et il y a une copie sur ton bureau, si tu peux la trouver parmi tous les messages qui s'accumulent.

— Ok, merci.

Il soupira et écouta le premier des messages vocaux.

Cinq minutes plus tard, il traversa la pièce jusqu'à l'endroit où le tableau blanc avait été placé à côté d'un demi-cercle de chaises. Parcourant des yeux les notes à ce jour, il combattit un sentiment de panique qui montait face au manque d'informations.

Une vibration dans sa poche précéda la sonnerie de son téléphone portable, et en voyant le numéro de Gillian sur l'écran, il répondit plutôt que de laisser sonner.

— Dis-moi que ta matinée commence mieux que la mienne, dit-il.

— Pas vraiment. Je viens d'avoir des nouvelles de l'équipe sur la scène de crime, et je ne vais pas pouvoir réaliser l'autopsie de la seconde victime aujourd'hui. Le sol est tellement sec et dur après les deux dernières semaines, cela leur prend plus de temps que prévu pour retirer les restes.

Mark passa une main dans ses cheveux et retint un gémissement.

— Quand est-ce qu'ils pensent pouvoir libérer le corps ?

— Plus tard cet après-midi, répondit Gillian. Trop tard pour faire l'autopsie, j'en ai peur, mais ils ne peuvent pas se précipiter, c'est le même processus que pour n'importe quelle fouille archéologique. S'ils essaient de travailler trop vite, ils pourraient endommager le squelette, sans parler de perdre toute preuve matérielle qui pourrait subsister.

— Je comprends. Tu pourras m'appeler dès que tu sauras à quelle heure tu vas faire l'autopsie demain ? Je remplace Kennedy aujourd'hui, donc ce numéro est probablement le meilleur pour me joindre.

— Je le ferai. J'espère que ta journée va aller en s'améliorant.

— Moi aussi.

Il laissa échapper un rire étranglé avant de raccrocher, puis il se retourna pour constater que la plupart de ses collègues étaient maintenant arrivés.

La salle des opérations était remplie des bruits du personnel qui s'interpellait avec des mises à jour frénétiques, de la machine à café qui tournait à plein régime, et partout où il regardait, il y avait du personnel administratif qui se précipitait d'un bureau à l'autre.

— De tous les moments où on pouvait lui demander d'aller au quartier général, murmura-t-il.

Mark consulta sa montre, puis il éleva la voix au-dessus de la foule.

— On commence le briefing. Je peux avoir l'attention de tout le monde, s'il vous plaît.

D'un seul mouvement, les appels téléphoniques se terminèrent, les conversations s'interrompirent et l'équipe convergea vers l'espace disponible autour du tableau blanc.

Jan lui tendit une copie de l'ordre du jour de ce matin généré par la base de données HOLMES2 et un verre d'eau, puis elle prit place à côté de l'agent Nathan Willis.

— Merci à tous.

Mark but une gorgée, puis posa le verre sur une table à côté du tableau blanc avant de parcourir la page du regard.

— L'inspecteur principal Kennedy doit assister à des réunions à Kidlington pour la majeure partie de la journée et vous présente ses excuses. Je vais le remplacer comme enquêteur principal en son absence, avec Jan comme adjointe. Tous les autres rôles de gestion de la salle des opérations restent inchangés.

Il frappa du poing contre les photographies de la scène de crime et il commença par donner à ses collègues un compte-rendu des résultats de l'autopsie de la veille.

— Selon l'avis du Dr Kerridge, qui estime que la première victime est d'âge moyen, c'est-à-dire entre trente-cinq et cinquante ans, Caroline, j'aimerais que tu divises la liste des personnes disparues que tu as compilée en groupes de six, en commençant par les personnes qui étaient les plus proches de notre scène de crime lorsqu'elles ont été vues pour la dernière fois. Commence par celles qui ont disparues depuis plus de trois ans, car Kerridge estime que les indicateurs environnementaux signifient que les os sont dans le sol depuis au moins cette durée, et probablement plus longtemps.

L'enquêteuse feuilleta une liasse de documents agrafés et tapota ses lèvres avec son stylo pendant qu'elle travaillait.

— Ok, selon mon estimation, cela nous donne soixante-trois personnes. Ça nous ramène en 1990. Tu veux que je remonte plus loin ? D'après ce qu'a dit Kerridge dans son rapport, il ne pense pas que nous aurions grand-chose en termes de squelette au-delà de trente ans en raison de l'acidité du sol où il a été trouvé.

— Attends pour l'instant. Soixante-trois, c'est déjà bien assez. Tu peux les classer par proximité avec le site de la tombe ?

Elle hocha la tête.

— Si tu peux me donner une heure après le briefing, chef, cela devrait me laisser assez de temps pour affiner les informations et les répartir entre nous.

— Donc, tout le monde, vous avez entendu Caroline. À dix heures, présentez-vous à son bureau pour recevoir vos personnes disparues assignées.

Mark désigna la carte agrandie de la région au sud-ouest de Didcot.

— Nous allons travailler en cercles concentriques à partir de la scène de crime et nous allons parler aux membres de la famille et aux amis pour leur demander s'ils ont connaissance de cette zone boisée en particulier, ou des deux villages de part et d'autre. Pour l'instant, nous ne pouvons pas leur dire que nous avons un corps non identifié, seulement que de nouvelles informations ont été mises au jour et que nous enquêtons, c'est bien compris ?

Un murmure d'approbation remplit la salle.

— Jan et moi serons également sur le terrain, donc si vous découvrez quelque chose qui ne peut pas attendre le briefing de cet après-midi, appelez-moi.

Mark se retourna, prit un des marqueurs du tableau blanc et griffonna son numéro de portable au-dessus d'une des photographies.

— Soyez aussi attentifs aux commérages des villages pendant que vous êtes sur place. Qu'est-ce qui, dans ce bois, aurait pu attirer notre tueur ? Pourquoi creuser les deux tombes là-bas ? L'emplacement est-il significatif pour le tueur ou pour les victimes ?

Le silence s'installa tandis que les têtes se penchaient pour ouvrir des carnets, puis le grincement des stylos sur le papier remplit l'espace alors qu'il faisait une pause pour prendre une autre gorgée d'eau.

— Où est Tom ? demanda-t-il en tendant le cou pour voir par-dessus les officiers assemblés.

Une main massive se leva du dernier rang et le sergent Tom Wilcox se mit debout.

— Tom, en civil aujourd'hui pour toi. Alex a organisé un rendez-vous à la prison de l'autre côté de Witney et je veux que tu l'accompagnes, s'il te plaît.

Mark s'arrêta pour vérifier ses notes.

— Vous allez interviewer formellement l'un des pensionnaires de la prison de Sa Majesté au sujet de ses victimes d'il y a huit ans pour déterminer si nous en avons manqué quelques-unes.

— Entendu.

Mark hocha la tête, reconnaissant que le sergent en uniforme accepte la tâche sans faire d'histoires.

Réinterroger un tueur condamné pour demander de l'aide était une tâche peu enviable, mais il ne pouvait penser à personne de plus expérimenté pour accompagner Alex, d'autant plus que Tom était l'un des officiers qui avait travaillé sur l'affaire initiale.

— Très bien, tout le monde, merci pour votre temps. On se retrouve à seize heures trente cet après-midi.

Alors que les chaises raclaient le sol et que l'équipe se

dispersait vers leurs bureaux ou sortait pour continuer les enquêtes de porte-à-porte, Jan s'approcha de l'endroit où Mark se tenait et esquissa un léger sourire.

— Bien joué. Kennedy aurait été content de voir ça.

— Merci. Espérons simplement que nous allons avoir des résultats à lui présenter d'ici son retour plus tard dans la journée.

CHAPITRE 13

Mark se tenait sur le trottoir, les mains dans les poches, en train de scruter une façade en tuiles rouges marquée de trous.

La périphérie sud de Didcot était composée de longues routes sinueuses bordées de maisons jumelées avant de céder avec réticence à la campagne, et il ne doutait pas que bientôt les champs au-delà des jardins seraient engloutis par l'étalement urbain.

La partie inférieure de la maison jumelée devant lui avait été enduite autrefois, même si sa façade d'un blanc sale témoignait d'un manque d'entretien depuis plusieurs années, et la mousse commençait à s'emparer des bardeaux du toit.

Quelqu'un avait récemment tenté de tondre la pelouse, peut-être un peu trop court vu les plaques sèches et jaunies qui parsemaient le jardin de devant, mais les mauvaises herbes perçaient à travers l'allée gravillonnée, prêtes à s'attaquer aux pneus avant d'une vieille citadine à deux portes garée sur des pavés en béton.

Quoi que les propriétaires aient utilisé pour tenter de ramener le gazon à la vie, c'était nauséabond, et il résista à l'envie de mettre sa main devant sa bouche et son nez lorsque sa collègue le rejoignit.

— C'est ici. Numéro quatorze, dit Jan en regardant l'écran de son téléphone. David et Gloria Marston.

— Quand est-ce que leur fille a disparu ?

— Le douze août, il y a cinq ans.

Elle rangea son téléphone dans son sac et plissa le nez.

— Ça ne devient pas plus facile, n'est-ce pas ?

— Non.

Il fronça les sourcils en examinant la peinture écaillée qui se détachait de la porte d'entrée.

— Tu penses qu'ils utilisent celle-là, ou celle à côté de l'allée ?

— La porte latérale. Il y a un gratte-pieds à côté.

— L'entrée des fournisseurs, alors.

Il ouvrit la marche dans l'allée en restant sur le gravier. Ses chaussures s'enfonçaient dans la surface pierreuse inégale tandis qu'il jetait un coup d'œil à une fenêtre de l'étage.

Le rideau en voile bougea, un cri étouffé résonna derrière les murs, puis la porte à côté de l'allée s'ouvrit vers l'intérieur avant qu'il ne puisse atteindre la sonnette.

— Vous l'avez retrouvée ?

Une femme dans les soixantaine-dix ans se tenait sur le pas de la porte, ses yeux bleus larmoyants plongés dans les siens. Derrière elle, il pouvait voir l'intérieur sombre d'une cuisine, avec une table ronde en bois qui occupait la majeure partie de l'espace.

Malgré la chaleur, elle serrait un gilet fin autour de ses épaules, le menton en avant tandis qu'elle attendait sa réponse.

— Madame Marston ? Je suis l'inspecteur Mark Turpin,

et voici ma collègue, l'enquêteuse Jan West. Ça vous dérange si nous entrons ?

— C'est au sujet d'Helen ?

Une voix d'homme leur parvint de l'intérieur, puis il rejoignit sa femme. De plusieurs centimètres plus grand qu'elle, avec d'épais cheveux blancs jaunis par la nicotine par endroits, il posa une main sur son avant-bras et l'écarta doucement de la porte.

Il la guida vers une chaise assortie près de la table, puis il jeta un coup d'œil par-dessus son épaule.

— Entrez donc. Fermez la porte, sinon vous allez faire entrer les mouches. Ils ont encore épandu du fumier dans les champs ce matin.

Ça explique l'odeur.

Mark rangea sa carte professionnelle dans sa poche et fit signe à Jan de passer devant lui avant de monter les deux marches peu profondes vers la cuisine.

— Du thé ?

— Non, merci.

— Vous l'avez retrouvée ?

La femme retrouva sa voix et se tourna sur son siège pour leur faire face, un espoir vain dans ses yeux.

— Je suis désolé, je ne peux pas me prononcer pour l'instant.

Mark se détestait pour ces mots, mais il refusait de leur donner de l'espoir. C'était simplement trop tôt dans l'enquête, et un faux espoir serait cruel.

— Est-ce que ça vous dérange si nous vous posons quelques questions sur votre fille ?

— Elle s'appelle Helen.

— Helen, répéta-t-il, puis il indiqua la chaise libre à côté d'elle. Je peux ?

— Tous les deux, asseyez-vous, dit David, une lassitude perçant dans sa voix. Nous avons tout dit à vos collègues. Et à ces gens des personnes disparues. Vous savez, l'association. Ça ne l'a toujours pas ramenée, hein ?

— Il y a eu des articles dans les journaux et tout quand elle a disparu, ajouta Gloria en baissant le regard vers un nœud dans la table en bois dont elle effleurait du doigt les rainures. Personne ne fait plus ça maintenant. Quelqu'un nous téléphone une fois par an—

— Le douzième mois, pour nous faire savoir qu'ils n'ont pas abandonné les recherches, ajouta David.

Il renifla et s'essuya les yeux du revers de la main.

— C'est déjà ça, je suppose.

Mark aperçut du mouvement du coin de l'œil et vit Jan sortir son carnet de son sac. Il hocha la tête en signe de remerciement, puis se retourna vers le couple.

— Est-ce que vous pourriez me raconter ce qui s'est passé le jour où Helen a disparu ?

David prit une profonde inspiration, se préparant mentalement à un nouveau récit.

— C'était à cause du divorce. J'ai toujours dit qu'Aaron était un bon à rien, cracha Gloria avant qu'il ne puisse commencer. Il a été complètement inutile quand elle a disparu. Il s'est effondré.

— Il n'y pouvait rien, ma chérie, dit son mari en s'accroupissant à côté d'elle pour serrer sa main dans la sienne. Et ça n'a pas aidé que ces gens sur les réseaux sociaux aient lancé la rumeur que c'était lui qui l'avait tuée.

— Quel était son alibi ? demanda Mark.

— Il était à Penzance, en déplacement professionnel.

David leva les yeux et tapota la main de sa femme, puis il se releva avec un gémissement. Il traversa la pièce jusqu'à l'évier, tournant le dos à la fenêtre qui donnait sur la pelouse mangée aux mites.

— Il n'était pas du tout dans les parages quand elle a disparu.

— Ils n'avaient pas d'enfants, n'est-ce pas ?

— Non, Dieu merci. Le divorce était déjà assez amer sans que des enfants soient impliqués en plus.

Mark attendit pendant que l'homme baissait la tête, le cœur serré pour ce père qui ignorait où sa fille était partie et ce qui lui était arrivé.

Il laissa retomber ses mains sur ses genoux, serrant le poing à l'idée de ce qu'il ressentirait si Anna ou Louise disparaissait sans laisser de trace.

— Vous vouliez savoir ce qui s'est passé ce jour-là, finit par dire David.

Il se détacha de l'évier comme s'il se laissait dériver et il s'effondra dans le fauteuil de l'autre côté de sa femme avant de chercher à nouveau sa main.

— Helen vivait chez nous pendant que le divorce était en cours de finalisation. Elle était ici depuis environ six semaines, je crois. La maison à Harwell avait été vendue, ils attendaient juste que les dates d'échange et de finalisation soient fixées, et Aaron y habitait.

— Elle ne supportait plus d'être près de lui à ce moment-là, renifla Gloria. C'est là où… c'est là où…

— Il l'a trompée, dit David, les yeux flamboyants. Dans leur maison.

— Je suis désolé d'apprendre cela, dit Mark. Elle était heureuse ici ?

— Oui.

La réponse fut véhémente.

— C'est pour ça qu'elle est revenue.

— Elle adorait se promener à travers les champs jusqu'à l'ancienne voie ferrée, dit Gloria en sortant un mouchoir en papier de la poche de son cardigan pour s'essuyer le nez. Nous sommes à seulement quelques rues du sentier, vous voyez. Et c'est magnifique en été.

— Elle disait que ça lui donnait du temps pour réfléchir, ajouta David. Nous dînions ensemble, ici, vers sept heures, et ensuite elle partait se promener pendant qu'il faisait encore jour.

— Est-ce que quelqu'un l'accompagnait ?

— Parfois.

Il pointa son pouce par-dessus son épaule vers la fenêtre.

— Marion, qui habite en face, avait deux épagneuls et elles les promenaient ensemble.

— Mais pas ce jour-là ?

— Non.

Une autre profonde inspiration.

— Pas ce jour-là.

— Est-ce qu'Helen prenait toujours le même itinéraire ?

— Je pense que oui. Nous avions l'habitude de le parcourir quand elle était petite. Le chemin passe derrière les maisons de la rue suivante, devant les bassins de rétention, puis on peut prendre un raccourci jusqu'à l'ancienne voie ferrée. De là, nous revenions le long de la route de Loyd, puis à la maison. Si vous allez dans l'autre sens le long de la ligne, vous arrivez aux villages de Hagbourne.

Mark fronça les sourcils.

— Elle y allait parfois ? Dans ces villages, je veux dire.

— Peut-être. Pas avec Marion, les chiens ne marchaient jamais bien loin à l'époque.

Un triste sourire traversa le visage de Gloria.

— Et Marion aime sa routine, alors je doute fort qu'elle soit allée par là.

— Il y a eu une ou deux fois où Helen est rentrée tard, en taxi, se rappela David alors que son regard se posait sur un journal abandonné, ouvert à la page des petites annonces. Je pense que dans ces cas-là, elle a dû finir au pub du village et elle a décidé de ne pas rentrer à pied parce qu'il aurait fait nuit, je suppose.

— Vous savez si elle y rencontrait quelqu'un ?

— Non, elle n'a jamais rien dit à ce sujet.

— Qu'en est-il de ses amis dans la région ? Est-ce qu'elle avait une vie sociale ici ?

— Pas vraiment, répondit Gloria. Tous les amis qu'elle avait avec Aaron étaient du côté de Wantage, et il y avait quelques voisins avec qui ils étaient plus amicaux à Harwell. Je ne l'ai jamais entendue parler de quelqu'un qui lui aurait causé des ennuis non plus.

— Je dois vous poser une question, Helen est-ce qu'elle s'était un jour cassé le bras, juste en dessous de l'épaule ?

— Non.

Elle regarda son mari.

— Pas à ma connaissance, en tout cas.

La femme tamponna à nouveau ses yeux et laissa échapper un profond soupir avant de reprendre.

— Je sais au fond de mon cœur qu'elle ne reviendra pas, mais je ferais n'importe quoi pour la retrouver. N'importe quoi pour savoir ce qui s'est passé, et où elle se trouve.

David lui tapota la main, puis tourna son attention vers Mark.

— Nous voulons simplement la ramener à la maison, détective. C'est tout.

CHAPITRE 14

Mark se frotta la nuque et donna un coup de pied dans un petit caillou irrégulier qui alla se loger dans le bord gazonné à côté d'un portail métallique fraîchement peint.

Au-delà de la clôture à hauteur de taille, un hospice du quinzième siècle bordait une pelouse impeccable, la galerie couverte du bâtiment offrant une ombre bienvenue à ses visiteurs.

Il leva la main vers un vieil homme assis sur un banc près de la porte du hall principal et il reçut en retour un salut de canne, puis il porta son attention sur l'immeuble moderne situé à quelques mètres de là, le long de West St Helen Street.

— Tu es prêt ?

Jan traversa rapidement l'étroite route dans sa direction tout en repoussant ses cheveux de ses yeux.

— Désolée, j'ai mis un moment à trouver une place de parking.

— Pas de problème.

Il jeta un œil à son téléphone.

— Alors, on a rendez-vous avec Carly Evans,

appartement un. Sa fille, Tara, a disparu il y a quatre ans à l'âge de vingt-huit ans.

Il vit sa collègue redresser les épaules tandis qu'ils marchaient sur le trottoir brûlé par le soleil vers l'entrée de l'allée du bâtiment, et il lui donna un léger coup de coude.

— Ça va ? Tu es un peu silencieuse depuis que nous avons quitté les Marston.

— Ça va.

Elle s'arrêta près d'un pilier de briques rouges pendant qu'une voiture noire à quatre portes sortait lentement du parking devant les appartements, puis elle soupira.

— Je compatis simplement avec eux. Je n'imagine pas dans quel état je serais si l'un de mes enfants disparaissait sans laisser de trace.

— Oui. Moi non plus.

Il la suivit à travers une esplanade d'asphalte vers l'entrée principale et il appuya sur le bouton de l'appartement un sur le panneau de sécurité à côté de la porte.

Il n'eut pas à attendre longtemps avant qu'une voix tremblante ne réponde.

— Allô ?

— Madame Evans ? C'est l'inspecteur Mark Turpin. J'ai appelé plus tôt.

— Entrez. Ma porte est la première sur votre droite.

Elle les attendait sur le seuil – l'ombre d'une femme, en sous-poids et usée par le temps et l'inquiétude malgré les vêtements aux couleurs vives qu'elle portait.

Quand Mark lui serra la main, il se souvint d'un chat qu'il avait eu enfant, dont le pelage épais masquait le squelette osseux en dessous tandis que l'animal se consumait avec l'âge.

— Merci d'avoir accepté de nous parler aujourd'hui,

madame Evans, dit-il en suivant la femme et Jan le long d'un étroit couloir moquetté jusqu'à un salon sobrement décoré qui donnait sur la route.

L'espace ne semblait recevoir aucun rayon de soleil durant la journée et une atmosphère lugubre imprégnait les lieux, accentuée par d'épais rideaux en voile qui déformaient la vue à travers la fenêtre de devant.

— Ce n'est pas une bonne nouvelle, n'est-ce pas ? dit la femme.

Elle eut un frisson involontaire.

— Ça ne l'est jamais.

— Est-ce que vous souhaitez vous asseoir, madame Evans ?

Jan désigna l'un des fauteuils en daim marron en face d'un téléviseur, et prit place sur un canapé sous la fenêtre.

— Carly. Je vous en prie.

— Merci, dit Jan en joignant les mains sur ses genoux. Je suis désolée. Nous n'avons pas de nouvelles concernant votre fille pour le moment, mais nous aimerions vous poser quelques questions, si vous le permettez.

— Un processus d'élimination ? C'est bien le terme ?

Mark observa Carly prendre un verre ordinaire sur une table d'appoint à côté du fauteuil et avaler une gorgée d'un liquide ambré.

Elle surprit son regard et haussa les épaules sans s'excuser en reposant son verre.

— Il est plus de midi et j'ai deux détectives chez moi qui s'apprêtent à me dire que ma fille ne reviendra jamais. Je pense avoir droit à quelque chose pour adoucir le coup, vous ne croyez pas ?

— Je ne vous juge pas, Carly.

— C'est ça, bien sûr.

Le venin dans sa voix le prit par surprise, puis il vit les larmes dans ses yeux.

Elle essuya ses joues.

— Je suis désolée. C'est juste que… personne ne s'en soucie plus. Ça fait quatre ans sans nouvelles. Une partie de moi veut partir… aller quelque part où personne ne me connaît, et puis je me demande… que ferait Tara si elle revenait et ne pouvait pas me trouver ?

Jan fit un geste vers trois photographies alignées sur le rebord de la fenêtre.

— C'est votre fille ?

— Oui. Celle de gauche a été prise quand elle a obtenu son diplôme de l'Université de Leeds.

Carly renifla.

— Ensuite, vous avez celle où elle est partie avec un sac à dos en Équateur. Elle a travaillé dur à l'université et elle s'est vu offrir un emploi dans un laboratoire biomédical près de Harwell. Ce voyage de quatre semaines était sa façon de se récompenser. La dernière, celle de droite… je l'ai prise quand nous étions en vacances ensemble à Tenerife l'été avant qu'elle… avant qu'elle…

Le visage de Carly se décomposa et elle prit une inspiration haletante.

— Elle a disparu trois jours après notre retour ici.

— Je sais que c'est extrêmement difficile pour vous, dit Jan, et je suis désolée que nous ayons à poser ces questions. Est-ce que vous pourriez nous parler du jour où Tara a disparu ?

La femme hocha la tête en fixant la moquette usée à ses pieds.

— Elle louait un appartement d'une chambre de l'autre côté de la ville, près de Radley Road. Elle adorait son indépendance, vraiment. On devait se retrouver pour déjeuner le mercredi, elle avait une réunion à Oxford et elle m'avait dit qu'elle passerait en rentrant au bureau, pour qu'on puisse aller au pub au coin de la rue, près de la rivière, et manger un morceau.

Elle s'arrêta pour tamponner ses yeux avec sa manche.

— Quand il était une heure et quart, j'ai essayé de l'appeler, pensant qu'elle devait être coincée dans les embouteillages. D'habitude, elle arrivait cinq minutes en avance, je la taquinais toujours en lui disant qu'elle avait ce truc de « peur de rater quelque chose » dont tout le monde parle. Il n'y a pas eu de réponse, alors j'ai pensé qu'elle conduisait peut-être encore, ou qu'il n'y avait pas assez de réseau—

— Son téléphone basculait sur la messagerie vocale, ou…

— Non, le message automatique disait que son téléphone était éteint.

Carly fronça les sourcils.

— Peut-être que la batterie était morte. Ce qui était étrange, parce que si elle conduisait, il aurait dû être branché pour charger.

— Quand est-ce que vous avez réalisé que quelque chose n'allait pas ? l'encouragea Mark.

— J'ai essayé de la rappeler cinq minutes plus tard. Puis, je me suis demandé si je ne m'étais pas trompée et si je devais la retrouver au pub, pas ici.

Carly s'arrêta, regarda le verre, puis détourna son regard.

— Quand j'y suis arrivée, personne ne l'avait vue, et je ne voyais pas sa voiture garée dans aucune des rues adjacentes, alors je suis rentrée. Il n'y avait toujours pas de réponse sur son téléphone, et c'est à ce moment-là que j'ai commencé à avoir peur. J'ai pensé qu'elle avait peut-être eu un accident ou quelque chose comme ça, mais je n'ai rien trouvé dans les infos de circulation en ligne.

— Quand est-ce que vous avez signalé sa disparition ? demanda Jan.

— Après avoir appelé son bureau et qu'ils m'ont dit qu'elle n'y était pas non plus. Il était environ deux heures à ce moment-là. L'homme à qui j'ai parlé, son responsable, Jason, a dit qu'il appellerait le client avec qui elle avait rendez-vous, mais il a rappelé quelques minutes plus tard pour dire que leur réceptionniste l'avait vue quitter leur parking en voiture à midi et demi. J'ai appelé vos collègues juste après.

— Est-ce que Tara fréquentait quelqu'un à cette période ?

— Pas à ma connaissance, non.

— Elle vous l'aurait dit si c'était le cas ?

— Oh oui. Nous n'avions pas de secrets.

Carly les regarda chacun avec sincérité.

— Depuis que son père m'a quittée quand elle avait huit ans, nous étions très proches.

— Et si elle avait des problèmes, de n'importe quelle nature, elle vous en aurait parlé ?

— J'en suis certaine, oui.

— Carly, je dois vous poser une question qui pourrait avoir une incidence sur l'affaire que nous traitons en ce moment, et je suis désolé si cela vous cause de la détresse, dit Mark. Est-ce que Tara s'est déjà cassé le bras, ici ?

Il tapota son bras supérieur en parlant.

La femme pâlit.

Ses mains volèrent vers sa bouche et elle retint de nouvelles larmes.

— Vous avez trouvé un corps, n'est-ce pas ?

— Nous ne pouvons pas confirmer s'il s'agit de votre fille pour le moment.

Il déglutit, luttant contre la tension dans sa gorge, et se concentrant plutôt sur l'information dont il avait désespérément besoin.

— Nous suivons un processus d'élimination en ce moment.

— Oh, ok.

Carly exhala et porta ses mains à sa poitrine alors que Jan traversait la pièce vers elle.

— Je peux vous apporter un verre d'eau ? proposa-t-elle en s'accroupissant à côté du fauteuil de la femme.

— Non, non, ça va.

Elle secoua légèrement la tête, puis sembla se ressaisir en faisant face à Mark une fois de plus.

— Vous vouliez savoir si elle s'était déjà cassé le bras… non, jamais. J'ai toujours dit qu'elle était invincible, que rien ne pouvait lui faire de mal…

Il détourna le regard tandis que Carly se penchait dans son fauteuil et couvrait ses yeux de son avant-bras pendant que Jan lui tapotait la main.

— Je suis vraiment désolé de ne pas avoir de nouvelles qui puissent vous apporter du réconfort, dit-il finalement quand ses sanglots s'apaisèrent.

— Je sais qu'elle est partie, je sais qu'elle ne reviendra pas.

La femme prit une grande inspiration et retira sa main de sous celle de Jan et se levant. Elle avança jusqu'à la fenêtre pour regarder à travers les rideaux transparents tandis que Jan se redressait.

— Je me tiens ici la plupart des jours, à imaginer qu'elle apparaît au portail là-bas, puis qu'elle sonne pour qu'on la laisse entrer, pour me dire qu'elle va bien, qu'elle était juste partie en voyage quelque part.

Elle se retourna vers la pièce, abattue.

— Et puis je me dis qu'elle est partie pour toujours. Qu'elle ne reviendra jamais. Et le pire, c'est que je ne sais pas pourquoi.

CHAPITRE 15

Jan serra ses mains autour de la tasse de thé tiède et prit un moment pour savourer la brise chaude qui entrait par la porte arrière ouverte.

Elle pouvait sentir le parfum sucré de la clématite sur le treillis au-dessus de la fenêtre de la cuisine, et quelque part parmi ses fleurs, une abeille travaillait sans relâche.

Le son de ses jumeaux de onze ans en train de jouer au dernier jeu vidéo filtrait depuis le salon, un mélange d'explosions, de musique et de rires qui lui remontait un peu le moral.

L'espace d'un instant, elle pouvait repousser le souvenir des deux tombes, de ces deux femmes dont les vies avaient été brutalement écourtées, et de ces deux familles qui n'avaient jamais su ce qui leur était arrivé.

Puis ses pensées se tournèrent vers toutes ces familles qui cherchaient encore, qui gardaient espoir, ou qui s'attendaient au pire mais ne pouvaient pas faire leur deuil.

— Ça va ?

Elle cligna des yeux au son de la voix de son mari, s'efforçant de revenir au présent, et elle hocha la tête.

— Ça va. J'étais juste en train de réfléchir.

— Alors… une préférence ?

Elle posa sa tasse de thé et regarda par-dessus l'épaule de Scott.

— J'aime bien le vert, répondit-elle. C'est apaisant.

Il plissa le nez et se pencha en arrière sur sa chaise en retournant le nuancier.

— Ce serait peut-être trop sombre pour le salon. Et celui-ci ?

— Gris ? Je ne sais pas. On aurait le même problème, non ?

— Je peux l'éclaircir.

— Je ne suis pas sûre.

Elle bâilla.

— Mon Dieu, désolée. On peut faire ça demain ? Ou la semaine prochaine ?

Scott sourit et plia le nuancier avant de le faire glisser sur la table de la cuisine pour rejoindre une pile de brochures professionnelles.

— Ou peut-être qu'on attend simplement jusqu'à ce que ton esprit soit à la maison, et non avec ces pauvres femmes, hm ?

— Désolée.

Il recula sa chaise avant de se pencher et d'effleurer ses cheveux de ses lèvres.

— Ne le sois pas. Je vais voir si les garçons vont bien, et puis on pourra s'asseoir dehors avec un verre de vin si tu veux. Il va faire jour encore une bonne heure.

Jan gémit alors qu'une nouvelle explosion de rires émanait du salon.

— Ça va être l'enfer de les remettre dans une routine après cet été, en plus de commencer dans une nouvelle école. Je suis sûre que Luke pensait qu'en quittant l'école primaire, c'était la fin de son éducation.

Son mari rit.

— Au moins, maintenant qu'ils sont entrés à l'école des garçons, on n'aura plus à écouter leurs duels de trombone pendant longtemps.

— Alléluia. Espérons juste qu'ils ne vont pas vouloir se mettre à la batterie au lieu du piano.

Elle se leva de sa chaise tandis qu'il disparaissait dans le couloir, et elle rinça sa tasse tout en contemplant la parcelle de pelouse au-delà du patio.

Scott et les jumeaux avaient passé leur après-midi à tondre et désherber, comme en témoignait la traînée de terre sur les dalles devant la porte arrière.

Une rangée de chaussures usées et cabossées était alignée sur la marche, prêtes pour les corvées que son mari avait en tête pour le lendemain, et elle cligna des yeux en sentant une sensation familière lui serrer la poitrine.

Que ferait-elle si l'un d'eux disparaissait ?

Comment pourrait-elle faire face, et s'occuper de ceux qui resteraient ?

Serrant les dents, elle se promit qu'elle rendrait les deux victimes non identifiées à leurs familles.

D'une façon ou d'une autre.

Elle expira, posa la tasse sur l'égouttoir et se tourna vers le réfrigérateur pour sortir une bouteille de Chablis à moitié pleine.

— Ok, je leur ai dit qu'ils pouvaient avoir encore une demi-heure et ensuite, télé éteinte.

Scott réapparut et tendit la main vers un placard à côté

d'elle pour prendre deux verres à vin avant de se diriger vers la porte arrière.

— Viens, avant qu'ils te trouvent et essaient de te faire changer d'avis.

Jan sourit, enfila une paire de tongs et le suivit dehors.

Un parfum enivrant de lavande l'accueillit quand ils s'installèrent dans les chaises à côté d'une table en fer forgé, et pendant que Scott remplissait leurs verres, elle ferma les yeux un moment, savourant la normalité d'entendre les rires depuis les jardins des voisins et le léger grondement d'un avion de ligne en train de traverser le ciel au loin.

— Santé.

Elle ouvrit les yeux et prit le verre que Scott lui tendait, puis elle le fit tinter contre le sien avant de prendre une gorgée.

— Un seul pour moi, attention, je suis d'astreinte.

Scott regarda par-dessus son épaule pour s'assurer qu'aucun des jumeaux n'était à portée d'oreille, puis il se tourna vers elle.

— Je suppose que la journée a été aussi stressante que tu le pensais ?

— Il sont tellement nombreux.

Jan secoua légèrement la tête.

— Je veux dire, je savais qu'il y en avait beaucoup, mais jusqu'à ce que tu commences à parler aux familles, l'une après l'autre, toutes avec des histoires similaires, toute cette tristesse et cette colère accumulées…

Une respiration tremblante lui coupa la parole et elle prit une autre gorgée de vin avant de reposer son verre et de s'essuyer les yeux.

Il tendit la main et serra la sienne, sans rien dire pendant un moment.

— Je ne sais pas comment ils font pour tenir le coup, réussit-elle finalement à dire.

— Est-ce que certains d'entre eux t'ont donné des indications que vos victimes pourraient être parmi celles qui ont disparu dans la région ?

— Rien de concluant. C'est comme Kennedy l'a dit à tout le monde lors du briefing quand nous sommes revenus cet après-midi, nous devons simplement garder ces pistes à l'esprit en attendant d'avoir plus d'informations de la deuxième autopsie.

— Tu y vas demain ?

— Ouais.

Elle soupira.

— Mon Dieu, quelle semaine.

CHAPITRE 16

Mark enfila un pantalon de protection, qu'il fixa à la taille d'un geste habituel en transformant le cordon en nœud, puis il passa par-dessus ses épaules la chemise à manches longues assortie.

Jan devait faire de même dans le vestiaire voisin, se préparant pour une nouvelle visite à la morgue de Gillian.

Cela faisait longtemps qu'il n'avait pas dû assister à deux autopsies en moins de quarante-huit heures, mais il répugnait à déléguer ce travail au cas où il entendrait ou verrait quelque chose qui lui donnerait un lien essentiel entre les morts des deux victimes.

Jan était restée silencieuse dans la voiture pendant le trajet. Elle l'avait rejoint sur le parking du commissariat ce matin avant de prendre l'A34 vers Oxford. Elle n'avait pas parlé jusqu'à ce qu'ils atteignent la sortie de Headington, et c'était uniquement pour répondre à sa question sur comment les garçons profitaient de la dernière semaine de leurs vacances d'été.

Elle semblait distante, pensive, depuis qu'ils avaient

commencé les entretiens sur les personnes disparues, et il se promit de l'emmener boire un verre après le travail un soir cette semaine pour s'assurer qu'elle allait bien.

Il soupira, plia sa veste et la plaça avec son portefeuille et ses clés dans l'un des casiers vides, puis il ouvrit la porte sur le couloir.

Sa collègue faisait déjà les cent pas sur le sol carrelé et poli, ses cheveux couverts par une charlotte bleue en plastique identique à la sienne, le front plissé.

— Je me disais… ça te dirait d'aller boire un verre après le travail tout à l'heure ? dit-il alors qu'ils se dirigeaient vers les lourdes portes en bois au bout du couloir, l'air se refroidissant autour d'eux à mesure qu'ils s'approchaient.

— Peut-être un autre jour.

Jan lui adressa un petit sourire.

— Ça ne me dérangerait pas de rentrer vers dix-huit heures ce soir pour que Scott puisse aller à son entraînement de foot.

— Ah. Ok. Pas de problème.

Elle s'arrêta, la main sur la porte, et se tourna vers lui.

— Mais un autre soir ce serait bien, merci.

— Fais-moi savoir quand.

Il haussa un sourcil.

— Je m'inquiète pour toi.

— Ça va.

Encore ce léger sourire.

— Je pense juste à toutes ces personnes disparues, et personne ne sait ce qui leur est arrivé.

— Je comprends. Je suis toujours là, tu sais, quand tu as besoin de parler.

— Merci, Mark.

Jan attacha un masque sur sa bouche et son nez, puis elle poussa la porte pour entrer la première dans la morgue.

Immédiatement, Mark perçut l'atmosphère électrique qui régnait dans la pièce.

Gillian se tenait à côté d'une femme légèrement plus petite au bout de la table d'examen, près des pieds de la seconde victime, et elle leva les yeux à leur entrée.

— Inspecteur Turpin, enquêteuse West, je vous présente le Dr Angela Powell, l'anthropologue de Bristol dont je vous ai parlé, dit-elle en guise de salutation.

— Je vous serrerais bien la main, mais…

Powell leva ses mains gantées, déjà couvertes de… eh bien, Mark préférait ne pas penser à ce qui tachait ses doigts.

À la place, il grimaça derrière son masque.

— Dans ces circonstances, ce n'est pas un problème, dit-il. Désolé pour notre retard, nous sommes bombardés d'informations de tous côtés en ce moment.

— Espérons que ce soit une bonne chose, dit Gillian d'un ton léger en se retournant vers son travail.

Tandis que Jan se dirigeait vers les pieds de la victime, Mark contourna les deux femmes qui avaient la tête penchée pendant qu'elles examinaient le crâne et le cou de la victime, ne captant que des bribes de mots dans leur conversation murmurée.

Elles parlaient avec ardeur tout en travaillant, une excitation palpable entre elles, et il secoua la tête, émerveillé.

Sachant qu'il valait mieux ne pas interrompre le processus de réflexion de Gillian, il rejoignit Jan à l'extrémité de la table où étaient disposés des restes de vêtements.

— Des bijoux ? murmura-t-il.

— Non, répondit-elle en agitant une main gantée au-dessus des objets. Cette matière couleur crème pourrait être de la laine et il y a une paire de chaussures à lacets ici.

Il s'arrêta en fronçant les sourcils et désigna deux formes en relief qui ressemblaient à des pieds.

— Qu'est-ce que c'est ? Les semelles intérieures des chaussures ?

— Des semelles orthopédiques, lança Gillian. Nous les avons trouvées à l'intérieur des chaussures.

— Des marques du fabricant ?

— Pas à notre connaissance. Le laboratoire pourrait trouver quelque chose une fois qu'ils les auront nettoyées.

Powell se redressa en parlant.

— Souvent, ces semelles peuvent être achetées en pharmacie et autres, elles sont produites en masse, donc je doute que nous trouvions quoi que ce soit à moins que notre victime ait consulté un podologue pour les faire fabriquer sur mesure.

Mark ravala sa frustration et observa Jan qui retournait soigneusement un sac à preuves en plastique contenant un second vêtement.

— Ses sous-vêtements, murmura-t-elle en reposant le sac sur la table et en posant sa main dessus. Soutien-gorge et culotte.

Le sac suivant était bombé par son contenu.

— On dirait un manteau, dit Jan en scrutant à travers le plastique. Lourd, en plus.

— Elle a peut-être été enterrée pendant un mois plus froid, songea Mark, puis il reporta son attention sur les deux autres femmes en entendant un cri de surprise de Powell.

— Qu'est-ce qu'il y a ?

— Il y a une fracture distincte de l'os hyoïde, dit-elle.

Il s'approcha d'où elles se tenaient, Jan sur ses talons.

— Ce qui signifie ?

— Des dommages à son cou, clarifia Gillian.

— C'est une indication qu'elle a probablement été étranglée, ajouta Powell. Ce qui est intéressant, car il y a aussi des preuves de traumatisme contondant à la base de son crâne ici.

Mark observa l'anthropologue se déplacer sur le côté et tourner doucement la tête de la victime vers la gauche pour qu'il puisse voir.

— Vous voyez ici ? Cette fissure suggère qu'elle a été frappée avec quelque chose de lourd. Ça aurait suffi à tuer la plupart des gens.

— Mais pas elle ?

— Elle respirait peut-être encore. Votre tueur voulait peut-être s'assurer qu'elle était morte avant de la placer dans la tombe, d'où les dommages par strangulation que nous pouvons voir ici.

— Un tueur miséricordieux, peut-être ? Je veux dire, en ne l'enterrant pas vivante.

Jan grimaça.

— Je ne suis pas sûre que cela puisse être considéré comme miséricordieux, chef.

Mark regretta immédiatement ses paroles, mais Gillian hocha la tête.

— Tu as raison. Celui qui a fait ça aurait pu simplement l'assommer et l'enterrer. Elle aurait fini par suffoquer.

Il frissonna.

— Le coup à l'arrière de la tête, c'est le même que pour la première victime qui a été trouvée. Le meurtre plus récent, je veux dire.

— Est-ce qu'il y avait des signes d'étranglement dans ce premier cas ? demanda Powell.

Gillian secoua la tête, des rides de concentration apparaissant au-dessus de ses yeux gris.

— Kerridge n'a rien signalé, ce qui m'amène à me demander si le tueur avait perfectionné sa méthode à ce moment-là.

— Vous pouvez nous dire autre chose sur elle ? demanda Mark. À part comment elle a été tuée ? Quelque chose qui pourrait nous aider à découvrir son identité ?

— Il y a peut-être quelque chose.

Powell lui fit signe de s'approcher avec son index, puis elle écarta la mâchoire de la victime.

Gillian tendit le bras et tira une grande lampe sur un support jusqu'à ce qu'elle éclaire la cavité, puis elle s'écarta pour que Jan puisse le rejoindre.

— Il y a plusieurs dents manquantes, dit Powell en passant son petit doigt sur l'intérieur de la mâchoire. Et vous voyez ici ? L'os de la mâchoire s'est rétracté par endroits. Cela m'indique soit qu'elle a perdu ses dents tôt dans sa vie et que les gencives se sont usées avec le temps, soit qu'elle portait un dentier.

Mark fronça les sourcils.

— Un dentier ? Donc cette victime est beaucoup plus âgée que l'autre ?

— Quel âge Kerridge a-t-il donné pour la première victime ?

Powell jeta un coup d'œil par-dessus son épaule vers Gillian.

— Trente-cinq à cinquante ans. D'âge moyen.

— Hm.

Powell réarrangea la mâchoire et s'éloigna de la table d'examen, les mains sur les hanches.

— Eh bien, celle-ci est définitivement plus âgée. La

striation dans les os, pour commencer. Il y a toutes les indications d'une maladie osseuse, de l'ostéoporose dans l'articulation de la hanche du côté droit, et une déminéralisation générale dans l'humérus et le tibia.

— Robert a suggéré que la déminéralisation était causée par les effets environnementaux de l'endroit où les corps ont été trouvés, répondit Gillian en se rapprochant pour parcourir le squelette du regard. Le sol au sud-ouest de Hagbourne est acide par endroits avec des dépôts calcaires.

Powell ne dit rien pendant un moment, elle parcourait la longueur de la table tout en touchant et en examinant différents os alors qu'elle marmonnait entre ses dents.

Finalement, elle s'arrêta près des pieds et leva les yeux vers eux.

— Je vais faire quelques tests supplémentaires pour m'en assurer, mais je pense que cette victime était âgée au moment de sa mort. Les os sont plus légers, vous voyez, ce qui me pousse à maintenir mon opinion initiale qu'ils ont une masse plus faible.

— Est-ce que vous êtes en train de dire que notre tueur ne cible pas un groupe d'âge particulier, mais qu'il serait plus indiscriminé ? demanda Mark, confus. Ou est-ce que nous cherchons deux tueurs ?

En réponse, Powell se tourna vers Gillian.

— La première victime, celle que Robert a examinée. Vous pensez que je pourrais y jeter un coup d'œil ?

CHAPITRE 17

Ewan Kennedy passa une main sur ses yeux, puis remit ses lunettes de lecture et fixa le tableau blanc d'un regard sévère.

En fin d'après-midi, la salle des opérations portait les traces fatiguées d'une équipe d'enquête désespérée à la recherche de réponses.

L'odeur caractéristique d'une imprimante laser en train de fonctionner à plein régime se mêlait à un mélange de sueur et de divers déodorants corporels, des effluves si forts que Mark toussota pour s'éclaircir la gorge après avoir présenté sa mise à jour lors du briefing de l'après-midi, puis il réprima un bâillement.

En regardant autour de lui, il pouvait voir la fatigue sur les visages de ses collègues et dans leur façon de s'affaler sur leur chaise ou de s'appuyer contre les bureaux voisins, alors que la réalisation s'imposait qu'il n'y aurait pas de percée rapide.

Il tenait un café à emporter tiède dans sa main gauche tout en équilibrant son carnet sur son genou pour noter les informations supplémentaires que Kennedy avait ajoutées au début du briefing, prêt à tout pour éviter que le regard impatient de l'inspecteur principal ne se dirige vers lui ensuite. Il vida son café, posa le gobelet sur la moquette à côté de sa chaise et attendit la réponse de Kennedy.

— Donc vous me dites que Gillian souhaite que je demande à la morgue d'autoriser une seconde autopsie sur la première victime ? dit finalement Kennedy. Quarante-huit heures après qu'elle et un anthropologue ont effectué la première ?

— Oui, chef.

Mark se pencha en avant sur sa chaise en plastique dur, les bras appuyés sur ses genoux en s'efforçant de ne pas taper du pied d'impatience.

Il comprenait parfaitement l'insistance de la médecin légiste pour que les documents officiels soient obtenus avant que le premier corps ne soit réexaminé, mais cela ne signifiait pas qu'il voulait attendre longtemps pour que cela se produise.

— Et vous pensez que cette deuxième experte, Powell, a raison ?

— Elle a présenté des arguments très convaincants concernant l'âge de la seconde victime, chef. Je pense que nous devons être sûrs pour la première afin de comprendre s'il existe un lien entre les deux squelettes et les habitudes du tueur, et Gillian ne peut pas procéder sans l'approbation de la morgue. Nous ne voulons pas que le ministère public nous fasse trébucher là-dessus si, ou plutôt quand nous porterons cette affaire devant le tribunal.

— Je sais, je sais.

L'inspecteur principal leva les mains en signe de reddition.

— Très bien, où est Grant ?

— Ici, chef.

Un agent en uniforme tendit le cou par-dessus ses collègues en levant la main.

— Contactez la morgue maintenant pendant que je termine ce briefing et demandez un examen urgent, ordonna Kennedy. Nous avons besoin que la nouvelle experte de Gillian fasse cela demain, sinon nous allons perdre son accès également. Faites-lui savoir que c'est impératif pour cette enquête.

— Je m'en occupe, chef.

L'inspecteur principal hocha la tête, puis reporta son attention sur le reste de l'équipe.

— Bien, qu'est-ce que vous avez d'autre pour moi ?

Alex leva la main et se redressa.

— Le nombre total d'entretiens réalisés hier avec les familles des personnes disparues existantes âgées de trente-cinq à cinquante ans s'élève à quarante-deux, dit-il.

Il s'éclaircit la gorge en tournant la page de son carnet.

— Nous espérions en compléter vingt et un de plus aujourd'hui, mais nous n'avons réussi à en faire que seize car certains ont pris plus de temps que prévu. Je vais travailler avec quelques agents pour m'assurer que toutes ces déclarations soient saisies dans HOLMES2 avant la fin de la journée. Comme ça, nous pourrons terminer les entretiens demain matin. Après cela, on devrait pouvoir commencer à chercher des similitudes entre les déclarations originales et toute nouvelle information recueillie lors des entretiens pour aider à déterminer qui pourraient être nos victimes.

— C'est du bon travail.

Kennedy croisa les bras et fixa les dalles du plafond pendant un moment.

— Si nous pouvions trouver un fil conducteur, quelque

chose qui n'a pas été remarqué auparavant au fil des ans, au moins cela nous donnerait une piste à suivre pendant que nous attendons les informations définitives de Gillian. Est-ce que quelque chose dans les déclarations recueillies jusqu'à présent vous laisse penser que certaines des familles qui ont été réinterrogées pourraient avoir un lien avec la disparition de leurs proches ?

Des conversations murmurées parcoururent le personnel rassemblé à ses mots, et il éleva la voix.

— C'est quelque chose qui doit être envisagé, et pendant que nous examinons toutes les déclarations originales et que nous parlons aux gens, nous devons garder l'esprit ouvert. Oui, nous avons les restes de deux victimes, mais il pourrait y en avoir plus. Il y a eu beaucoup d'autres cas à travers le pays au fil des ans où quelqu'un a été tué par une personne qu'il connaissait, puis signalé comme disparu. Et les tueurs deviennent complaisants avec le temps.

Mark observa avec intérêt Kennedy se percher sur un bureau à côté du tableau blanc et parcourir l'équipe du regard.

— Écoutez, ce sera l'une des affaires les plus difficiles sur lesquelles certains d'entre vous auront travaillé, poursuivit l'inspecteur principal. Cependant, elle nous offre aussi une opportunité. L'opportunité de réduire cette liste de personnes disparues et de trouver des réponses pour leurs amis et leurs familles. Tout ce que je vous demande, c'est que pendant que vous accomplissez vos tâches, vous écoutiez et vous observiez. Ceux d'entre vous qui n'ont jamais travaillé sur une affaire non résolue ont une courbe d'apprentissage abrupte devant eux. Non seulement les souvenirs des témoins se sont déformés au fil des ans, mais tout coupable a également eu le temps de perfectionner son histoire. Ils pourraient même croire qu'elle est vraie après tout ce temps.

— Alors, chef, en gros, ce que vous dites, c'est qu'il ne faut faire confiance à personne, lança Caroline.

Un soupçon de rires nerveux parcourut la salle des opérations et Kennedy renifla avec dérision.

— Au risque de passer pour un salaud cynique, oui. C'est exactement ce que je dis.

L'humour s'estompa rapidement et Mark se pencha en arrière sur sa chaise en se mordant la lèvre.

Ce que Kennedy avait dit sonnait juste.

Maintes et maintes fois, les proches des victimes de meurtre étaient responsables de leur mort.

Un moment d'égarement.

Une colère perdue en une fraction de seconde pour une faute mineure.

Une rage cachée, gardée derrière des portes closes pendant des années, jusqu'à ce que…

Mais deux corps, enterrés à proximité l'un de l'autre ?

Mark se gratta la mâchoire puis éleva la voix.

— En se basant là-dessus, nos victimes pourraient être une mère et sa fille. Si Angela Powell a raison quant au fait que la victime du second site d'inhumation est plus âgée que celle examinée par Kerridge.

— Je ne sais pas quoi penser, mais c'est certainement une possibilité et une piste que nous allons devoir envisager lorsque nous mettrons en corrélation toutes les nouvelles déclarations avec les informations de l'autopsie. Et nous n'aurons certainement pas les résultats des tests ADN sur ces restes avant au moins une semaine pour vérifier les liens familiaux.

Les yeux de Kennedy se plissèrent alors que l'agent Wickes revenait et se tenait à la périphérie du groupe.

— Oui, Grant ?

— La morgue a approuvé la proposition de deuxième autopsie, chef. Ils ont envoyé l'autorisation par email.

— Merci. Mark, appelez Gillian et dites-lui de s'y mettre.

— Je m'en occupe, chef.

Kennedy jeta un dernier regard par-dessus son épaule au tableau blanc, puis il reporta son attention sur eux.

— C'est tout pour aujourd'hui. Le prochain briefing sera à huit heures demain.

CHAPITRE 18

Mark décapsula une bouteille de bière fraîche et leva la main pour saluer l'un des propriétaires de bateaux voisins avant de jeter la capsule dans une poubelle métallique à l'extérieur de la porte de la cabine.

Il appuya ses bras sur le toit de la péniche et il contempla la longueur du bateau en direction du pont qui enjambait la Tamise, le bruit de la circulation diminuait tandis qu'une lueur rose taquinait l'horizon au-delà des arbres bordant les confins les plus éloignés du chemin de halage.

Il se frotta les yeux, puis prit une gorgée de bière ambrée.

Lucy lui avait jeté un seul regard lorsqu'il était arrivé à la péniche à six heures et demie, elle avait mis de côté son crayon et son carnet de croquis, et elle lui avait dit d'aller se doucher pendant qu'elle allait chercher un plat chinois à emporter pour le dîner.

Il n'avait pas eu l'énergie de la contredire, trébuchant dans les marches de la cabine dans sa fatigue tandis qu'elle partait à travers le pré vers le restaurant situé près de l'ancienne prison.

Maintenant son estomac grondait et il passa une main dans ses cheveux mouillés tout en regardant Hamish courir jusqu'au bout du toit de la péniche pour aboyer après une silhouette qui traversait le pont au loin, ses boucles ondulant tandis qu'elle se dépêchait.

— Elle ne va pas t'entendre de là-bas, espèce de cabot.

Mark claqua des doigts pour attirer l'attention du chien.

— Allez, viens t'allonger ici avant d'énerver les voisins.

Hamish traversa à contrecœur le toit jusqu'à l'endroit où il se tenait, puis s'allongea avec les pattes pointées vers le portail à l'extrémité du pré humide, le museau en l'air.

Alors que Mark passait sa main sur la fourrure du chien, il prit une autre gorgée de bière et essaya de laisser un peu de stress s'échapper en reléguant l'enquête sur le meurtre au fin fond de son esprit juste un peu pour pouvoir profiter de la soirée à venir.

Depuis l'achat du bateau l'année précédente, Lucy et lui en avaient fait un foyer, réduisant progressivement l'éclat des nouvelles installations et transformant le navire en quelque chose de plus accueillant.

Son talent artistique était évident partout, des jardinières suspendues à côté de l'entrée de la cabine aux carillons éoliens qui tintaient au-dessus des écoutilles latérales. L'intérieur était similaire – le design moderne maintenant adouci avec des plaids, des sièges confortables et une grande chambre principale aérée et lumineuse.

Il rit doucement et tapota Hamish.

Dix mois après avoir emménagé ensemble, il était aussi heureux qu'il ne l'avait été depuis longtemps.

Les vieilles blessures guérissaient, les traumatismes passés s'estompaient dans les souvenirs, et alors qu'il regardait par-dessus son épaule au son d'un plouf de l'autre côté de la rive, il repéra la vague d'étrave révélatrice d'un campagnol et il réalisa pour la première fois qu'il apprenait à se détendre.

C'était le seul moyen de faire face à ce métier.

Hamish poussa un petit jappement d'excitation, s'élança du toit sur le pont puis traversa le pré à toute vitesse, sa queue tronquée remuant alors que Lucy apparaissait.

Mark étira ses jambes et glissa sur le pont avant de baisser la tête en descendant dans la cuisine.

Il vida sa bière, prit deux bouteilles fraîches du réfrigérateur et les décapsula alors que la voix de Lucy lui parvenait du chemin de halage.

— Si tu me fais trébucher, personne n'aura à manger. Allez, ouste.

Le grattement des pattes sur le pont arrière précéda une traînée de fourrure brun foncé qui passa en trombe devant Mark et atterrit à bout de souffle dans un panier pour chien garni de vieilles couvertures.

— Cet animal, je te jure.

Le visage de Lucy démentait ses paroles, un sourire aux lèvres tandis qu'elle descendait les marches et lui tendait un sac en papier chaud.

— On croirait qu'il meurt de faim, vu comment il se comporte.

Mark l'embrassa, puis lui tendit une bière avant d'atteindre un placard au-dessus du réfrigérateur pour en sortir deux assiettes.

— Je suppose que comme il vivait dans la rue avant, il a toujours fait en sorte de mendier de la nourriture dès qu'il en a l'occasion.

— Oui, mais on pourrait penser qu'après avoir vécu avec

toi à ton arrivée, et maintenant avec nous depuis qu'on a acheté le bateau, il se serait calmé.

Elle secoua la tête en direction de Hamish, qui s'était remis de son escapade et était maintenant assis à côté de la table à manger, les yeux alertes et attentifs.

Lucy prit des couverts dans un tiroir et mit la table pendant que Mark servait des nouilles et du riz aux champignons des contenants en aluminium et les apportait. Il lui tendit une assiette bien garnie avant de s'enfoncer dans la chaise en face d'elle avec un soupir satisfait.

— Santé, dit-il en faisant tinter sa bouteille de bière contre la sienne. Merci d'être allée chercher ça.

— Tu n'avais pas l'air de pouvoir rester éveillé beaucoup plus longtemps, alors j'ai pensé que ce serait plus rapide que de cuisiner.

Leur conversation s'estompa quand ils commencèrent à manger et Mark apprécia les saveurs du chow mein tout en observant une paire de canards pagayer devant la fenêtre.

— Je suppose que cette affaire va être difficile ? finit par dire Lucy en s'arrêtant pour boire, sa fourchette en l'air. Tu as l'air préoccupé, plus que d'habitude quand il y a une enquête.

Il avala, posa sa fourchette et passa son pouce sur la condensation qui coulait le long de la bouteille de bière.

— Les affaires non résolues sont toujours difficiles. Il y a tellement de preuves perdues avec le temps, et pour le dire simplement, très peu d'indices, à part quelques restes de vêtements. Tout le reste a juste…

Lucy leva la main en fronçant le nez.

— J'ai compris l'idée. Tu penses que tu vas obtenir une avancée grâce à tous ces interrogatoires que tu mènes ?

— Je ne sais pas.

Il haussa les épaules.

— Je veux dire, on doit les faire, il y en a tellement. Ça pourrait prendre des jours avant de découvrir quelque chose d'utile, et pendant ce temps, tu peux être sûre que les médias vont commencer à réclamer des réponses. Tout ce que Kennedy et l'équipe des médias leur ont dit jusqu'à présent, c'est que des restes humains avaient été trouvés.

Il reprit sa fourchette et avala une autre bouchée de nouilles.

— Et il a reçu un coup de fil du responsable du chantier juste avant que je parte, qui exigeait de savoir quand ils pourraient reprendre les travaux.

— Qu'a dit Kennedy ?

— Ce n'est pas répétable en présente compagnie.

Elle se mit à rire – un grand éclat de rire qui le fit sourire et lui rappela pourquoi il l'aimait tant.

La paix fut brisée par la sonnerie de son téléphone portable et son cœur se serra tandis qu'il reculait sa chaise et traversait la pièce jusqu'au bureau où il était en train de charger, à mi-chemin de la cabine.

— C'est qui ? demanda Lucy.

— Gillian. Je ferais mieux de répondre.

Il se rassit et haussa un sourcil vers elle pendant qu'elle grignotait un nem.

— Bonsoir, Gillian. Tout va bien ?

— Ça allait, jusqu'à il y a environ cinq minutes.

Mark fronça les sourcils en entendant les bruits en arrière-plan.

— Tu es encore au travail ?

— Nous avons pensé que comme Angela était encore là quand l'approbation de la morgue est arrivée, nous pourrions aussi bien commencer la deuxième autopsie, répondit la médecin légiste sans rancune. Pour être honnête, cette affaire m'intrigue autant que toi. Quoi qu'il en soit, j'ai besoin que tu viennes au laboratoire.

— Quoi, maintenant ?

— Oui. C'est urgent. Il y a quelque chose que tu dois voir.

Mark regarda d'un air désolé les nems et le reste de chow mein dans son assiette, puis Hamish.

Le petit chien remua la queue, la langue pendante.

Mark soupira, puis posa son assiette par terre avant de passer sa bière à moitié finie à Lucy.

— Tu es toujours là ?

L'aboiement familier de Gillian jaillit du téléphone portable alors que Hamish se jetait sur la nourriture gratuite.

— J'arrive tout de suite.

CHAPITRE 19

— Qu'est-ce qu'elle a dit ?

— Elle n'a pas donné de détails, elle m'a juste dit de venir, et que c'était urgent.

Mark s'agrippa à l'accoudoir du siège passager tandis que Jan lançait sa voiture depuis la bretelle d'accès et traversait le carrefour pour entrer dans Oxford depuis l'A34. Il serra les dents en espérant qu'elle avait le pied prêt à appuyer sur la pédale de frein, juste au cas où.

Au lieu de cela, sa collègue accéléra et passa en trombe à un feu qui venait de virer au rouge, la mâchoire serrée pendant qu'elle changeait de vitesse.

— Elle apprécierait probablement qu'on arrive en un seul morceau aussi, West.

Jan laissa échapper un rire étranglé, mais ralentit en entrant dans une zone limitée à cinquante kilomètres heure, puis elle expira.

— D'accord. Tu penses qu'ils ont trouvé quoi ?

— Je ne sais pas.

Mark porta son attention sur les grandes maisons

jumelées qui bordaient l'avenue ombragée, des traînées violettes et bleues zébrant maintenant le ciel à mesure que la nuit d'été approchait.

— Peut-être qu'ils ont reçu les résultats ADN et que les deux victimes sont apparentées ?

— Non, c'est trop tôt pour les résultats ADN. Ça prend deux semaines minimum en ce moment, et c'est uniquement parce que le labo a embauché trois nouveaux analystes en mai.

— Je ne sais pas alors. Je suppose qu'on va devoir le découvrir.

Gillian faisait les cent pas dans le couloir au-delà de la zone d'accueil quand ils arrivèrent, son masque baissé sous le menton et les yeux plissés d'inquiétude.

— Bien, vous êtes là. Je commençais à me demander—

— Qu'est-ce que tu peux nous dire ? la coupa Jan, à bout de souffle.

— Il vaut mieux que vous voyiez par vous-mêmes. Vous pouvez vous habiller et je vous retrouve là-bas ? Angela est en train de prendre quelques notes finales pour pouvoir tout vous expliquer. Je suis sûre que vous allez avoir des questions.

Mark remarqua le regard en coin que sa collègue lui lança, puis il acquiesça.

— Ok. On se voit dans dix minutes.

Gillian réussit à esquisser un léger sourire.

— Faites plus vite si vous pouvez. Elle facture à l'heure, et ça va sur le budget de Kennedy.

Sur ces mots, elle pivota et repartit en direction des doubles portes de la morgue.

Jan ricana.

— Qu'est-ce que tu avais prévu pour dîner ?

— Chinois. Et toi ?

— Spaghetti bolognaise. Le plat préféré de Luke. Inutile de dire que lui et Harry étaient déjà en train de finir mon assiette quand je suis partie.

Elle soupira, remonta son sac sur son épaule et s'appuya contre la porte du vestiaire des femmes avant de sourire.

— Je suppose que Hamish a eu la tienne.

Six minutes plus tard, ils se retrouvèrent tous deux dans l'environnement familier de la morgue, à regarder les restes de la première victime disposés sur une table d'examen en acier inoxydable au fond de la pièce.

Derrière Mark, le squelette de la seconde victime reposait là où Angela et Gillian l'avaient étudié plus tôt dans la journée, un rappel brutal que lui et le reste de l'équipe de Kennedy avaient encore trop de questions, et que quelque part, deux familles attendaient des réponses.

L'anthropologue hocha la tête en guise de salut, puis désigna la première victime.

— Bon, je ne vais pas vous faire languir davantage. Nous avons tous eu une longue journée et je suis sûre que vous avez aussi des familles qui vous attendent. J'ai terminé mon examen et je vais vous expliquer mes conclusions, si vous le permettez ? Ensuite, si vous avez des questions sur ce que j'ai trouvé, je pourrai y répondre.

— Parfait, merci.

Mark croisa les bras sur sa poitrine.

Il remarqua que Gillian fit un pas en arrière pour leur laisser l'espace de suivre Powell autour de la table tandis qu'elle leur fournissait des explications détaillées.

— Vous vous rappelez que plus tôt aujourd'hui, j'ai indiqué que notre seconde victime présentait des signes de vieillissement, particulièrement au niveau des dents et des vestiges de la mâchoire, ainsi que dans la dégradation de ses os.

Angela fit une pause et saisit un humérus. Elle passa son petit doigt sur les crêtes et les striations.

— Les os de cette première femme sont similaires. Je comprends ce que pensait le Dr Kerridge, l'acidité du sol et l'emplacement des restes près du ruisseau auraient certainement causé des dommages aux os, et ils ont probablement contribué à l'absence de matière organique trouvée. Cependant, une *faible* masse osseuse peut également entraîner ce type d'effet néfaste sur la préservation des restes. Moins d'os signifie que le squelette peut se décomposer plus facilement.

Mark se frotta la mâchoire, ses entrailles nouées pendant qu'il écoutait.

— Avec cette victime, nous avons une implication supplémentaire, poursuivit Angela.

Inconsciente de son malaise, elle leur fit signe de s'approcher du bassin de la victime.

— Vous voyez ici ? Dans l'articulation de la hanche, il y a encore plus de dégradation, vous pouvez constater par vous-mêmes l'amincissement de l'os.

— Qu'est-ce qui provoque cela ? demanda Jan en se penchant plus près.

— Des maladies osseuses, une malnutrition sévère, un cancer, ce genre de choses. Dans ce cas, je dirais que votre victime souffrait d'ostéoporose avancée, ce qui expliquerait en partie les anciennes blessures que nous pouvons voir sur son bras ici.

— Ça ressemble à une ancienne fracture, dit Mark.

— Vous avez raison, détective, acquiesça Angela, visiblement satisfaite de son observation. Elle s'est guérie avec le temps, je dirais que cette blessure s'est cicatrisée environ un an avant son décès, mais avec les faiblesses évidentes dans sa hanche, je suis plutôt encline à penser qu'il s'agit d'une personne âgée, plutôt que d'une jeune personne souffrant d'ostéoporose. Je suggérerais aussi qu'elle ne recevait aucun traitement, ou pas le traitement approprié, au moment où elle a été tuée.

L'anthropologue se tourna vers Gillian.

— Vous avez cette copie du rapport du Dr Kerridge, s'il vous plaît ?

— Tenez.

Après l'avoir pris sur la table derrière elle, Gillian le lui tendit.

Mark jeta un coup d'œil aux notes adhésives colorées qui dépassaient presque à chaque page et réprima un gémissement.

Angela feuilleta les pages jusqu'à ce qu'elle trouve une note vers la fin et elle hocha la tête, puis elle retourna le document pour que lui et Jan puissent le lire.

— Le profil ostéologique qu'il a fourni n'est pas correct. Vous avez vu ces marques sur les os.

Elle soupira.

— Nous appelons cela une pseudo-pathologie. Les preuves archéologiques et anthropologiques ont été mal interprétées. Je pense que le Dr Kerridge a mal interprété le premier corps comme étant d'âge moyen, et non pas âgé, et comme ayant été dans le sol *plus longtemps* en se basant sur la dégradation osseuse, plutôt que de reconnaître qu'il s'agissait d'une dégénérescence liée à l'âge. En fait, les corps sont *plus âgés* et sont restés dans le sol *moins* longtemps.

Mark regarda le squelette disposé sur la civière.

— Elle a plus de cinquante ans ?

— Oh oui. Bien plus. En fait, je serais prête à affirmer que les deux victimes avaient au moins soixante-dix ans au moment de leur décès, peut-être même un peu plus.

— Donc, ce que vous nous dites, c'est que Kerridge a merdé.

Il entendit la colère dans sa propre voix, incapable de contenir sa frustration.

— Il nous a dit que la victime était plus jeune qu'elle ne l'était réellement.

Le regard d'Angela se tourna vers Gillian, puis revint vers eux.

— Je crains qu'il ne soit pas de mon ressort professionnel de commenter l'approche professionnelle du Dr Kerridge.

— Officieusement ?

— Je pense que le Dr Kerridge se trompe dans ses conclusions. Je pense que vous recherchez un tueur qui cible des victimes plus âgées.

Mark se tourna vers Jan.

— Il faut qu'on prévienne Kennedy. Je te retrouve à la voiture.

— Attendez !

Angela s'avança pour bloquer sa sortie.

— Vous ne comprenez pas.

— Je crois que si. Kerridge a merdé. Et nous avons passé ces trois derniers jours à chercher les mauvaises personnes disparues.

— Non, je veux dire… Oui, il y a ça…

Angela prit une profonde inspiration.

— Il y a aussi le fait que la détérioration des os suggère que non seulement les victimes sont plus âgées, mais qu'elles ont été enterrées plus récemment.

Mark déglutit et son cœur fit un bond.

— À quel point récemment ?

— D'après mon expérience, et ce que Hayden Bridges indique dans le rapport archéologique sur le site d'inhumation, je dirais que ces corps n'ont pas été dans le sol plus de deux ans. Peut-être même moins que ça.

— Merde, dit Jan, les yeux écarquillés. Ce n'est plus une affaire non résolue, n'est-ce pas ? Notre tueur pourrait encore être actif.

CHAPITRE 20

Les oreilles bourdonnantes, Mark abaissa son téléphone portable, leva les yeux vers le ciel nocturne et expira.

La réaction de Kennedy face aux découvertes d'Angela Powell reflétait étroitement la sienne, mais avec plus de jurons.

Beaucoup plus de jurons.

Au bout d'un moment, l'inspecteur principal lui avait dit de rentrer chez lui et d'arriver tôt le lendemain matin pour un compte-rendu complet avec toute l'équipe, puis il avait promptement raccroché.

Une sirène d'ambulance retentit depuis l'autre côté de l'enceinte de l'hôpital, filant vers la ville jusqu'à se perdre parmi les bruits résiduels du trafic des derniers travailleurs du soir.

Il glissa son téléphone dans sa poche et il retourna vers les portes d'accueil de la morgue pour appuyer sur l'interphone.

Un grésillement tremblota dans le haut-parleur avant que la voix de Gillian ne lui parvienne.

— Nous sommes dans mon bureau.

Il poussa la porte au bruit du mécanisme de sécurité qui cédait, s'assura qu'elle se referme derrière lui puis il grimpa l'escalier métallique à gauche du comptoir d'accueil, ses pas résonnant contre les murs de plâtre de chaque côté.

Il suivit un long couloir le long de la façade du bâtiment, dont les fenêtres donnaient sur le parking en contrebas.

Seules deux voitures restaient maintenant – celle de Jan et celle de la médecin légiste.

Angela était partie pendant qu'il parlait à Kennedy, levant une main en signe d'adieu coupable alors qu'elle se précipitait vers une voiture de sport à deux portes avant de quitter le parking à toute vitesse.

D'une certaine façon, il pensait qu'elle avait la bonne idée.

Après avoir livré des nouvelles pareilles, qui pourrait la blâmer ?

Comme indiqué, Gillian se trouvait dans son bureau au bout du couloir, la seule lumière provenant d'une lampe au-dessus de son bureau.

Jan était assise dans l'un des fauteuils pour visiteurs, sa veste drapée sur le dossier. Elle jeta un coup d'œil par-dessus son épaule quand il entra.

— Comment ça s'est passé ?

— J'ai cru qu'il allait faire une crise cardiaque.

Gillian grimaça.

— Et toi ?

— Je me calme un peu.

La médecin légiste tapota ses mains sur le bureau, puis se leva de sa chaise et traversa la pièce jusqu'à une bibliothèque à côté de Jan.

Elle tira un épais volume de l'étagère du bas tandis que Mark s'affalait dans le fauteuil libre.

— Tu vérifies quelque chose ? demanda-t-il en haussant un sourcil.

En réponse, Gillian sortit une bouteille de whisky single malt cachée derrière le livre de référence, et elle sourit.

— Tu ne croirais pas tous les endroits où nous devons cacher ce genre de choses pour que les étudiants ne les trouvent pas.

— Tu es pleine de surprises, dit-il en laissant échapper un rire étranglé.

— Jan ? Ça te va d'en prendre un petit ? Je présume que c'est ta voiture dehors.

— Oui, et merci, je veux bien.

Mark attendit que Gillian ait sorti trois verres du fond d'un tiroir de classeur et leur ait versé à chacun une lichette, puis il fit tinter son verre contre les autres.

— À Angela Powell, dit-il.

Les deux femmes murmurèrent leur accord avant de prendre une gorgée, et il savoura la première brûlure douce de l'alcool dans sa gorge.

— Alors, finit-il par dire en pointant vers les images de radiographie étalées sur le bureau entre eux. Comment diable Kerridge a-t-il pu faire une erreur aussi monumentale ? Parce que croyez-moi, Kennedy va vouloir des réponses demain matin.

— Malheureusement, la recherche médico-légale sur les maltraitances des personnes âgées n'est pas aussi avancée que celle pour les victimes plus jeunes. Robert n'a peut-être jamais rencontré quelque chose comme ça auparavant dans sa carrière.

Gillian pinça les lèvres.

— Après tout, son travail a généralement été à la pointe

des avancées anthropologiques concernant les jeunes victimes de meurtre.

— Le travail sexy qui fait les gros titres, tu veux dire ? répliqua Jan.

Les lèvres de Mark s'arquèrent.

Comme d'habitude, sa collègue disait ce qu'elle pensait.

C'était l'une des raisons pour lesquelles il aimait tant travailler avec elle.

— Où est-ce qu'il était basé avant Nottingham ? demanda-t-il.

— Leicester. Encore une fois, il travaillait sur des enquêtes pour meurtre à haut profil. Il a eu de la chance tout au long de sa carrière. Il a été embauché par l'un des plus grands experts en tant que doctorant et il n'a jamais regardé en arrière.

— Un peu d'introspection serait peut-être approprié après ça.

Jan prit une autre gorgée délicate de whisky.

Mark entendit le ton méprisant dans la voix de sa collègue et prit l'une des radiographies.

— Comment a-t-il pu se tromper sur l'âge ?

— Parce qu'il a supposé que votre tueur avait une prédilection pour les femmes plus jeunes, en se basant sur l'état des os.

Gillian soupira.

— Il n'a pas pris en compte ce que l'archéologue nous a dit. Nous sommes tous experts dans notre domaine, mais nous devons nous rappeler d'examiner toutes les preuves à notre disposition avant de former une conclusion. Tout comme tu le fais.

Jan examina la radiographie que Mark lui tendait et fronça les sourcils.

— Alors, comment est-ce que tu pourrais déterminer si nos victimes ont subi des abus dans les jours ou les semaines précédant leur mort ?

— Généralement, on recherche des traumatismes sur la partie supérieure du corps, des signes de fractures aux bras, au niveau des côtes, même des fractures du visage. Parfois, ces fractures peuvent survenir accidentellement, la fragilité des os qui se sont dégradés, en raison de l'ostéoporose par exemple, pourrait rendre très facile de causer une blessure en soulevant une personne d'une baignoire. Une chose que vous allez vouloir examiner est cette fracture du bras.

— Mais on ne soulève pas quelqu'un d'une baignoire pour ensuite le frapper à la tête, dit Mark.

Gillian secoua la tête et prit une gorgée avant de les regarder par-dessus son verre.

— Non, en effet.

Jan finit de trier les images radiographiques et les fit glisser sur le bureau.

— Est-ce que les restes de la seconde victime montraient des signes de maltraitance potentielle ?

— Je n'ai rien déterminé de ce genre.

Gillian glissa les images dans une grande enveloppe en papier et la plaça sur un plateau de classement à côté de son coude.

— Mais la maltraitance prend de nombreuses formes, comme vous le savez.

CHAPITRE 21

Une sensation écrasante de déjà-vu submergea Mark le lendemain matin alors qu'il se tenait devant le tableau blanc face à l'équipe.

Malgré le fait que ce soit un samedi, tous les officiers étaient présents, attentifs et désireux de faire avancer l'enquête.

Il avait déjà été porteur de mauvaises nouvelles durant cette affaire, et ce qu'il s'apprêtait à partager n'allait pas arranger les choses.

S'il n'y prenait pas garde, ses collègues lui trouveraient bientôt un nouveau surnom, probablement peu flatteur.

Mark jeta un coup d'œil vers l'endroit où Kennedy se tenait, manches retroussées jusqu'aux coudes, bras croisés sur la poitrine, debout près du premier rang d'officiers, et il s'éclaircit la gorge.

— Pour faire court, Angela Powell nous a informés hier soir que l'interprétation de Kerridge concernant le squelette de la première victime était erronée. Elle n'était pas d'âge moyen quand elle a été assassinée. En fait, nos deux victimes ont bien plus de cinquante ans.

— Qu'est-ce que tu veux dire par là ? demanda Caroline, son ordinateur portable ouvert pendant qu'elle écoutait. Elles ont quel âge exactement ?

— Le Dr Powell estime que les deux victimes étaient septuagénaires au moment de leur décès. Ce sont deux retraitées qui se trouvent à la morgue. Pas des femmes d'âge moyen.

— Si elle a raison, alors nous avons cherché les mauvaises personnes disparues, n'est-ce pas ?

Mark acquiesça.

— J'en ai bien peur. Gillian a parlé avec l'archéologue pour avoir son opinion sur ce que le Dr Powell a suggéré comme ayant contribué à l'erreur de Kerridge, l'aspect environnemental, et Hayden Bridges a confirmé ses dires.

Kennedy gémit, baissa les yeux vers son café comme s'il aurait préféré quelque chose de plus fort, puis il lança un regard noir à Mark.

— Quand je vais parler à Kerridge, je vais—

— Après moi, chef. En l'état, nous allons devoir recommencer les entretiens. Repartir de zéro, pour ainsi dire.

— Et notre estimé expert va me payer ça de sa poche. Il a intérêt à ne pas m'envoyer une foutue facture…

L'inspecteur principal secoua la tête et soupira.

— Bon, quoi d'autre ? Est-ce que Powell pense qu'il s'agit du même tueur, vu l'emplacement des deux tombes ?

— Oui, chef. Les deux victimes ont subi un traumatisme crânien, un coup à l'arrière du crâne, juste derrière l'oreille.

Mark ne consulta pas ses notes. Il se souvenait parfaitement des conclusions d'Angela, ayant passé la majeure partie de la nuit éveillé à y réfléchir.

Il but une gorgée d'eau pour soulager la sensation de grattement au fond de sa gorge, puis il poursuivit.

— La victime retrouvée dans la seconde tombe n'est pas morte sur le coup, selon le Dr Powell. Elle pense qu'elle respirait encore après être tombée au sol, et qu'elle a ensuite été étranglée. L'os hyoïde présentait des signes de dommages.

Alex passa son doigt sous son col, puis leva la main.

— Peut-être que le tueur était pressé avec celle-là ? C'était la tombe qui était grossièrement creusée, n'est-ce pas ?

— C'est une bonne remarque, dit Kennedy. Qu'en est-il du délai entre les deux meurtres, Mark ? Le Dr Powell a-t-elle une opinion à ce sujet ?

— La détérioration dans ce sol a vraiment compliqué ce qu'elle pouvait déterminer à partir des restes, chef. Elle et Gillian envoient des échantillons à un autre laboratoire, mais elles n'auront probablement pas les résultats avant une semaine ou plus. Ce qu'elle a précisé, c'est que ces femmes ont été enterrées il y a moins de deux ans, peut-être même beaucoup moins. Le premier squelette trouvé était en légèrement meilleur état, alors quand je lui ai demandé quelque chose officieusement, le Dr Powell a dit qu'elle pensait que celui-ci avait probablement été enterré trois à quatre mois après l'autre. Mais ça ne figurera pas dans le rapport qu'elle vous enverra cet après-midi.

— Compris. Au moins, c'est un élément à garder à l'esprit lorsque nous examinerons à nouveau les informations sur les personnes disparues.

Kennedy avala les dernières gouttes de son café, puis posa la tasse vide sur le bureau à côté de lui.

— Autre chose ?

— C'est tout, chef.

— Très bien, merci, et merci à vous aussi, Jan. Je vais appeler Gillian après cette réunion. Je sais que ça a été une longue soirée pour vous tous.

Mark se dirigea vers un siège libre à côté de Jan et ouvrit son carnet tandis que Kennedy poursuivait le briefing.

— Suite à cette révélation, nous allons abandonner les entretiens restants prévus pour aujourd'hui, annonça l'inspecteur. Caroline, Alex, désolé, mais c'est à vous qu'il revient de travailler avec Tracy pour établir une nouvelle liste de personnes disparues localement en fonction des nouveaux paramètres d'âge. Vous pourrez avoir quatre agents en uniforme pour commencer, mais je veux une liste préliminaire pour le briefing de cet après-midi.

— Compris, chef.

L'enquêteuse haussa légèrement les épaules et ferma son ordinateur portable, résignée face à cette nouvelle mission.

— Mark, Jan, pendant qu'ils font cela, commencez à appeler les cabinets médicaux à proximité des deux tombes, et élargissez progressivement votre recherche. Plusieurs sont ouverts ce matin, alors faites ce que vous pouvez. Renseignez-vous pour savoir s'ils sont au courant de personnes disparues parmi leurs patients, ou de patients dont ils n'ont pas eu de nouvelles depuis un moment alors qu'ils n'ont pas déménagé. Restez attentifs à tout ce qui pourrait vous sembler préoccupant, et soyez prêts à présenter vos conclusions cet après-midi.

Kennedy tira sur sa cravate et leva son regard vers le fond de l'assemblée d'officiers.

— Nous avons perdu beaucoup de temps dans cette enquête à cause du Dr Kerridge, et nous allons devoir faire de longues heures pour rattraper ce retard. Je vais faire approuver les heures supplémentaires par Kidlington, mais en contrepartie, j'ai besoin que vous vous consacriez entièrement à cette affaire, c'est bien compris ?

Un murmure d'assentiment parcourut la salle.

— Déléguez ce que vous pouvez de vos autres dossiers, et informez-moi de tout ce que vous ne pouvez pas transmettre. Je veux également être au courant de toutes les comparutions au tribunal qui ne peuvent pas être ignorées afin que nous puissions établir de nouveaux plannings cet après-midi.

Kennedy esquissa un sourire sinistre.

— Je n'irai pas jusqu'à annuler les congés déjà réservés, mais je n'en approuverai pas d'autres tant que nous n'aurons pas obtenu de réponses. Si vous avez un problème avec ça, venez me voir après cette réunion.

Mark déglutit, la tension dans la pièce était palpable.

Il était certain que si Kerridge entrait dans la pièce à ce moment précis, il y aurait une bousculade dans la précipitation pour lui asséner le premier coup.

— Bien, c'est tout pour le moment. On se retrouve à seize heures trente, dit l'inspecteur principal en consultant sa montre. Vous pouvez disposer.

CHAPITRE 22

Jan essuya les miettes de ses doigts avec un mouchoir en papier avant de plisser les yeux vers son écran d'ordinateur une fois de plus.

Elle et Turpin avaient commencé une recherche sur Internet des cabinets médicaux locaux après le briefing, et ils étaient maintenant assis face à face pendant qu'ils travaillaient sur une liste initiale de dix cabinets, couvrant tous la zone sud-ouest de Didcot.

En appelant les deux premiers cabinets qui apparaissaient sur la liste, elle fut à la fois soulagée et frustrée qu'aucune personne de ces cabinets médicaux n'ait disparu au cours des deux dernières années et demie, et que la seule personne disparue connue qu'une réceptionniste avait trouvée sur sa liste de patients avait été localisée en deux jours – elle séjournait chez son neveu après s'être disputée avec son mari pour la troisième fois au cours de l'année précédente.

— Réglée comme une horloge, celle-là, gloussa la réceptionniste. Mais elle ne voulait pas divorcer.

— Est-ce qu'il la maltraitait ? demanda Jan, choquée.

— Pas du tout, elle avait simplement l'habitude de partir quand il l'agaçait. La dernière fois, c'était parce qu'il refusait de payer quelqu'un pour décorer la salle de bain du rez-de-chaussée, alors qu'ils en avaient largement les moyens.

Jan secoua la tête, se demandant si ces gens-là réalisaient combien de temps ils faisaient perdre à la fois à ses collègues et aux associations locales qui auraient organisé des recherches, s'attendant au pire.

— Et maintenant ?

— Elle est décédée il y a trois mois, et elle s'est bien vengée de son mari. Son testament stipulait qu'il devait louer un cheval et une calèche pour emmener son cercueil à l'église. Il n'avait aucune idée qu'elle avait changé son testament l'année passée, il pensait qu'elle voulait être incinérée parce que c'était moins cher. On a tous cru qu'il allait faire une crise cardiaque quand il l'a découvert.

Réprimant un fou rire inapproprié, Jan s'efforça de garder une voix ferme.

— Eh bien, si vous entendez parler de quoi que ce soit qui pourrait nous aider dans nos enquêtes…

Elle donna son numéro direct à la réceptionniste bavarde avant de raccrocher et elle examina le cabinet suivant sur la liste.

— Tu as déjà fini ? Je croyais qu'on gardait ça pour le déjeuner.

Elle jeta un coup d'œil vers le bureau de Turpin alors qu'il terminait un autre appel et pointait l'emballage de sandwich vide abandonné à côté de son coude.

En réponse, elle le balaya dans la poubelle.

— Je vais manger le tien aussi dans une minute si tu ne te dépêches pas. Tu oublies, je n'ai pas dîné hier soir.

— Moi non plus.

Jan haussa un sourcil en guise de réponse.

— D'accord, j'ai peut-être réussi à manger un peu avant que le chien ne finisse.

Il sourit, déballa la nourriture et planta ses dents dans le pain.

— Tu as eu de la chance avec les tiens ? demanda-t-il entre deux bouchées.

— Non.

Elle fronça les sourcils en regardant l'écran de l'ordinateur.

— Il nous en reste six.

Il avala, puis s'essuya la bouche avec une serviette en papier qu'elle lui passa.

— Je pense que si on n'a pas de chance avec ceux-là, on devrait aussi parler aux maisons de retraite des environs.

— C'est une bonne idée. Je n'y avais pas pensé.

Turpin froissa l'emballage du sandwich et le jeta avec la serviette dans la poubelle à côté de leurs bureaux avant de se frotter les mains.

— Bon, tu prends les trois premiers de cette liste, je prends les autres et on va voir si on peut boucler ça dans l'heure qui vient.

Jan composa le numéro du cabinet médical suivant sur son téléphone de bureau et repoussa sa chaise, étirant ses jambes pendant qu'elle écoutait la tonalité.

Après trois sonneries, elle écouta un message enregistré qui l'informait qu'elle était actuellement la quatrième dans la file d'attente.

Elle regarda le numéro suivant sur la liste, et elle se demandait si elle devait raccrocher et appeler celui-là à la place quand une voix féminine enjouée répondit.

— Cabinet Crescent Wood, comment puis-je vous aider ?

— Bonjour. Je suis l'enquêteuse Jan West, et je me demandais si vous pourriez...

Jan répéta ce qu'elle avait dit aux autres cabinets médicaux, qu'ils cherchaient des informations sur toute personne disparue inscrite chez les médecins, âgée de plus de cinquante ans et de sexe féminin, puis elle s'arrêta lorsque la femme l'interrompit.

— Excusez-moi, vous êtes... ?

— Enquêteuse Jan West, police de la vallée de la Tamise.

— Écoutez, je ne suis là que depuis deux semaines, mais je suis sûre d'avoir vu quelque chose de ce genre dans notre système. Vous pouvez patienter ?

Elle n'attendit pas de réponse.

Jan soupira lorsqu'une version morne de *Greensleeves* commença à jouer, et elle éloigna son téléphone de son oreille.

— Tu as trouvé quelque chose ? demanda Turpin en baissant son téléphone.

Jan fit pivoter sa chaise d'avant en arrière tout en résistant à l'envie de fredonner l'air et elle haussa légèrement les épaules.

— Je ne sais pas, répondit-elle. Peut-être. Elle vérifie avec quelqu'un d'autre.

Elle leva une main vers lui alors qu'une voix différente se faisait entendre au bout du fil.

— Allô ? Enquêteuse West ?

— C'est bien moi.

— Je suis Marion Stephens, la directrice du cabinet. Je crois comprendre que vous recherchez des informations concernant une femme disparue âgée de cinquante ans ou plus ?

— En effet. Votre collègue a mentionné qu'elle pensait

que vous pourriez avoir une patiente dans votre système qui correspondrait à la description.

— C'est le cas, malheureusement. Attendez un instant, je vais fermer la porte du bureau.

Il y eut un bruissement à l'autre bout de la ligne, puis le claquement doux d'une porte qui se fermait avant que la directrice ne revienne.

— Voilà qui est mieux. Bien, j'ai trouvé les détails dans notre système.

— Vraiment ?

Jan rapprocha son carnet, incapable de cacher l'excitation dans sa voix.

— Qu'est-ce que vous pouvez me dire ?

— C'était il y a neuf mois, début novembre, dit Marion. Annabelle Studley. Soixante-douze ans au moment de sa disparition, son anniversaire était en octobre. Son mari John et sa fille Elizabeth nous ont prévenus. Je n'oublierai jamais le matin où ils sont entrés ici. Ils étaient complètement sous le choc.

Jan tendit le cou jusqu'à ce qu'elle puisse voir au-delà de Turpin là où Caroline était assise, et elle agita la main pour attirer son attention. Elle lui fit signe d'approcher, puis elle pointa son carnet quand celle-ci s'approcha, et elle souligna le nom d'Annabelle en ajoutant un point d'interrogation.

Caroline acquiesça avant de retourner en hâte à son ordinateur.

— Et nous n'avons plus rien entendu depuis, continuait Marion.

— Je suis désolée, j'étais en train de parler à une collègue, dit Jan, contrite. Vous pourriez répéter ?

— Je disais qu'avec l'état d'Annabelle, nous sommes de plus en plus inquiets face à l'absence de nouvelles. La santé de John s'est détériorée depuis sa disparition. Vous l'avez retrouvée ?

Jan se mordit la lèvre avant de répondre.

— Je ne peux rien dire pour l'instant, désolée. Nous sommes en train de consulter nos propres dossiers concernant le signalement de disparition, mais que voulez-vous dire par son état ?

— Elle souffrait de démence. Assez sévère, d'ailleurs. John attendait de savoir s'il y aurait une place dans un établissement spécialisé à proximité, mais les temps d'attente sont effroyables—

— Vous pourriez me donner son numéro de téléphone ? demanda Jan. Nous aimerions vraiment lui parler aujourd'hui.

Il y eut un moment de silence, puis :

— Je ne suis pas censée communiquer des informations personnelles comme ça, mais je suppose que dans ces circonstances…

— J'apprécierais vraiment votre aide.

Jan croisa les doigts, espérant que son désespoir n'était pas trop évident.

— Bon, d'accord. Voici. C'est le numéro de téléphone de sa fille, Elizabeth. Comme je vous l'ai dit, la santé de John s'est dégradée cette année, donc il vaut probablement mieux l'appeler elle en premier lieu.

Jan griffonna le numéro de portable sur la page et expira bruyamment.

— Merci. Serait-il possible de parler également au médecin de Mme Studley ce matin ?

Elle entendit l'autre femme siffler entre ses dents avant de répondre.

— Nous réservons généralement le samedi matin pour les patients sans rendez-vous, les urgences, ce genre de choses.

— Nous pouvons être là dans l'heure.

— Je ne sais pas, il n'apprécie pas vraiment—

— Il ne s'agit pas de ce qu'il apprécie, la coupa Jan, puis elle se frotta les tempes. Écoutez, pardon. Mais il est urgent que nous lui parlions dès que possible.

Marion resta silencieuse, et tout ce que Jan pouvait entendre était le bruit d'ongles sur un clavier d'ordinateur à l'autre bout de la ligne. Au bout d'un moment, la femme répondit.

— Je peux vous caler à onze heures dix. Ça vous convient ?

— Parfait, merci. Nous serons là.

Après avoir raccroché, Jan se retourna tandis que Caroline revenait en hâte, un rapport fraîchement imprimé à la main et une expression déterminée dans les yeux.

— Tu l'as trouvée ?

— Oui, mais ça ne va pas te plaire.

CHAPITRE 23

— Qu'est-ce que ça dit ?

Mark glissa sa main autour du volant, activa le clignotant et s'engagea doucement sur la bretelle de sortie de la voie rapide.

À côté de lui, Jan gardait la tête baissée et la mâchoire serrée pendant qu'elle relisait le rapport de disparition que Caroline avait trouvé.

— L'agent qui a déposé ce rapport soupçonnait qu'il la maltraitait.

— Le mari ?

— Ouais.

— Et les dépositions de la famille ?

— La fille ne soupçonnait clairement rien, et le mari était frénétique à ce moment-là, ils pouvaient à peine obtenir un mot cohérent de sa part. Quand j'ai appelé le cabinet médical pour avancer ce rendez-vous après avoir lu ça, j'ai mentionné les violences à la directrice du cabinet. Elle a jeté un coup d'œil rapide aux dossiers qu'ils ont et elle m'a dit que le médecin qui l'a vue la dernière fois avait noté des ecchymoses sur son bras.

— Est-ce qu'il lui a dit d'aller voir la police ?

— Elle ne voulait pas, apparemment. Elle était assez insistante.

— C'était quand ?

— Deux semaines avant sa disparition.

— Merde, soupira-t-il, puis il s'arrêta doucement à un feu rouge. Caroline a vérifié, juste au cas où ?

— Oui. Rien dans le système. John Studley a été réinterrogé formellement par procédure normale quand lui et sa fille ont signalé la disparition d'Annabelle, mais il n'était pas considéré comme suspect à l'époque.

— Où est-ce qu'il était quand elle a disparu ?

— Sorti acheter des cigarettes. Il prétend avoir été absent seulement quinze minutes. À son retour, la porte d'entrée était ouverte et elle avait disparu. Caroline a préparé une transcription de l'appel au numéro d'urgence que la fille a passé quand elle est arrivée.

— Le mari n'a pas appelé ?

— Non, il a appelé Elizabeth, la fille, et ils ont fait un tour en voiture pour essayer de trouver Annabelle eux-mêmes avant d'appeler.

Les feux passèrent au vert et Mark s'éloigna rapidement du carrefour.

Bientôt, la route se rétrécit et après une montée régulière, les haies laissèrent place à des bas-côtés herbeux qui offraient une vue panoramique sur les champs d'orge et de blé dans toutes les directions.

Parfaitement droite, la route d'asphalte montait et descendait sous les pneus de la voiture pendant qu'il réfléchissait aux questions qu'il voulait poser.

— Est-ce que le médecin d'Annabelle a été interrogé à

l'époque ? finit-il par demander en changeant de vitesse tandis que la route descendait à travers une série de virages sinueux, puis il freina à un carrefour dangereux.

— Oui. Seulement pour clarifier quels médicaments elle prenait et s'il avait des inquiétudes concernant son bien-être avant sa disparition.

— Est-ce qu'il a mentionné les violences quand il a été interrogé ?

— Rien n'est indiqué ici dans les notes. On ne lui a pas demandé de fournir une déposition.

— Bon sang. Ok, par où maintenant ?

Mark vérifia dans son rétroviseur alors qu'une autre voiture approchait.

— À gauche ou à droite ?

— À droite, le cabinet est sur la route principale après les panneaux de limitation de vitesse du prochain village.

Cinq minutes plus tard, il se gara sur un parking en gravier devant un cabinet médical d'apparence moderne.

Le soleil se reflétait sur les vitres teintées qui couvraient les fenêtres inférieures et chauffait la façade en briques rouges, tandis que des parterres de fleurs bien entretenus bordaient l'aire de stationnement.

Lorsque Mark sortit de la voiture, il entendit de l'eau couler et jeta un coup d'œil au-delà d'une haie de troènes à côté de la voiture pour voir un homme âgé avec un tuyau d'arrosage en train de s'occuper d'un parterre de rosiers.

— Elles sentent merveilleusement bon, dit Jan, le nez en l'air pendant qu'ils marchaient vers l'entrée. Ça me rappelle le jardin de mon grand-père.

Les doubles portes s'ouvrirent à leur approche et un homme corpulent vêtu d'un t-shirt délavé avec un badge officiel épinglé aida une femme âgée à franchir la bordure du trottoir incliné pour monter dans une voiture qui l'attendait. Ils étaient en train de rire et Mark sourit en entendant les taquineries espiègles entre eux tandis que l'homme s'assurait que la femme était confortablement installée avant d'attacher sa ceinture de sécurité et de fermer la portière passager, puis il sifflota pendant qu'il remplissait un document sur un porte-documents.

Une bouffée bienvenue d'air frais accueillit Mark lorsqu'il suivit Jan dans l'espace de réception et les portes se refermèrent derrière eux avec un bruissement.

Le parfum des roses fut immédiatement remplacé par l'odeur âcre de produits nettoyants antiseptiques, tandis que la musique classique en fond sonore créait une ambiance de calme.

Trois personnes – un homme et deux femmes – étaient assises dans une salle d'attente sur sa gauche, occupées à regarder leurs téléphones ou à feuilleter des magazines, toutes avec des expressions ennuyées alors qu'une horloge au-dessus de leurs têtes égrenait bruyamment les minutes.

Deux femmes travaillaient derrière un haut comptoir de réception à sa droite, séparées du public par un panneau en plastique transparent, et l'une d'elles leva les yeux de son travail quand Jan s'approcha.

— Bonjour, commença l'enquêteuse en ouvrant le portefeuille en cuir contenant sa carte professionnelle. J'ai appelé plus tôt—

— Ah, enquêteuse West, oui, c'est moi que vous avez eue au téléphone. Je suis Marion Stephens.

La femme se leva et fit un geste vers une porte latérale.

— Le Dr Hamilton termine ses appels téléphoniques, mais entrez.

Elle disparut un instant, puis Mark entendit le

bourdonnement familier d'un mécanisme de sécurité se déverrouiller quelques secondes avant que la porte ne s'ouvre vers l'intérieur, la femme se tint sur le côté pour les laisser passer avant de la refermer.

— Je vais vous installer dans l'une des salles de soins, dit-elle par-dessus son épaule tout en les guidant le long d'un court couloir brillamment éclairé. Aucun des patients qui attendent n'en aura besoin car ils sont là pour voir le Dr Hazlitt qui a vingt minutes de retard sur son planning.

Quelques instants plus tard, elle les avait déposés dans une pièce qui semblait avoir été astiquée de fond en comble, elle leur avait dit que le Dr Hamilton les rejoindrait sous peu, et elle avait fermé la porte.

Tandis que Jan s'installait dans l'un des fauteuils rembourrés à côté d'un écran d'ordinateur éteint et qu'elle posait son sac à ses pieds, Mark arpentait la pièce en examinant les étagères remplies de divers paquets scellés de pansements et de tampons antiseptiques.

Tout l'équipement et les fournitures avaient été étiquetés et rangés pour faciliter l'accès, un système rendu nécessaire par le besoin d'efficacité et les contraintes budgétaires tout en garantissant que quiconque administrait un traitement avait tout ce dont il avait besoin à portée de main.

Le loquet de la porte cliqua et il pivota alors qu'un homme costaud dans la cinquantaine avancée entrait dans la pièce, manches retroussées et une épaisse liasse de documents dans les mains.

Il tendit sa main droite à Jan.

— Enquêteuse West, je présume. Dr Hamilton.

Après leur avoir serré la main, il prit la chaise à côté d'elle et fit signe à Mark de s'asseoir sur un siège libre à côté d'une armoire verrouillée à portes vitrées, diverses boîtes de médicaments et de matériel pour injections entassées dans l'espace.

Cela convenait à Mark – Jan avait initié l'entretien, et il voulait observer le médecin pendant qu'ils parlaient, alors il sortit son carnet et lui fit un léger signe de tête.

— Docteur, merci de nous recevoir si rapidement, commença-t-elle. Je vais vous donner l'avertissement standard pour un entretien, simplement parce que nous aimerions faire un enregistrement formel de notre conversation. Est-ce que cela vous convient ?

Les sourcils touffus de Hamilton se haussèrent.

— Bien sûr. Oui, si vous pensez que c'est nécessaire.

— Avant de commencer, nous devons vous demander que tout ce dont nous discutons aujourd'hui reste confidentiel, dit-elle après avoir récité l'avertissement. Même vis-à-vis de votre personnel.

— Je comprends.

Hamilton jeta un coup d'œil à Mark, puis revint à Jan, son expression perplexe pendant un moment, puis la compréhension apparut sur son visage.

— Oh. Oh mon Dieu. Vous avez retrouvé Annabelle, n'est-ce pas ?

— Cela reste à déterminer, poursuivit Jan. Il y a cinq jours, les restes d'une femme ont été découverts dans un bosquet à environ trois kilomètres d'ici. Au début, en raison de la dégradation environnementale du squelette, on a pensé que les ossements appartenaient à une femme d'âge moyen. Nous avons obtenu un second avis d'un anthropologue hier qui confirme qu'en fait, notre victime était beaucoup plus âgée que cela.

Elle fit une pause, fouilla dans son sac et en sortit un dossier mince. Elle l'orienta face au médecin et elle ouvrit la couverture.

— Voici une image satellite montrant où le corps a été trouvé. Il avait été enterré dans une tombe peu profonde. D'après nos experts, l'inhumation remonterait à une période comprise entre six et vingt-quatre mois. Vous comprenez qu'avec le nombre de personnes disparues qui figurent dans notre système, sans parler de celles qui sont dans la base de données nationale des personnes disparues, le nom d'Annabelle n'a pas été le premier à apparaître lors de nos recherches ce matin et pendant nos appels aux cabinets médicaux locaux.

Mark observa Hamilton s'affaisser contre le petit bureau et pousser le clavier d'ordinateur hors de son chemin.

Le médecin appuya son coude sur l'accoudoir de la chaise et passa une main sur sa mâchoire.

— J'ai toujours cru qu'elle serait rentrée chez elle, d'une façon ou d'une autre.

— Nous avons appris par votre responsable de cabinet qu'Annabelle était venue ici, deux semaines avant sa mort, dit Jan. Qu'est-ce que vous pouvez nous dire à ce sujet ?

En réponse, Hamilton leur tendit la liasse de documents.

— Je ne suis pas censé vous remettre des copies du dossier médical d'un patient sans avoir reçu les formulaires de demande appropriés de votre part, mais étant donné les circonstances...

— Merci.

— Assurez-vous simplement de m'envoyer la demande officielle d'ici lundi.

Il pointa un doigt vers les documents.

— Vous trouverez les détails de cette consultation à la dernière page.

Jan les feuilleta, parcourut rapidement les mots imprimés, puis se pencha et passa le tout à Mark.

Il trouva la page mentionnée par Hamilton et pinça les lèvres.

— Est-ce qu'elle était victime de maltraitance, alors ?

Avant de répondre, le médecin se leva et se dirigea vers une fenêtre carrée, dont la vitre teintée donnait sur la haie de troènes qui entourait l'arrière du bâtiment.

— Il m'est difficile de l'affirmer avec certitude, répondit-il par-dessus son épaule. C'était la première fois depuis environ trois ans que je voyais Annabelle, voyez-vous.

Il soupira en fixant le sol carrelé pâle.

— Comme beaucoup de cabinets, nous dépendons de personnel temporaire, des médecins remplaçants et autres, pour nous aider au quotidien. C'est difficile d'attirer de nouveaux membres permanents dans la profession. Ce sont de longues heures, c'est stressant…

Sa voix s'éteignit et Mark attendit que l'homme rassemble ses pensées.

— J'ai l'impression de chercher des excuses et je suppose que c'est le cas.

Hamilton se tourna vers eux, les mains enfoncées dans ses poches.

— Le problème, et ce que vous verrez dans ces notes, c'est que certains des médecins temporaires et juniors que nous avons eus ici au cours des trois ou quatre dernières années n'ont pas été aussi minutieux dans leurs notes que je l'aurais souhaité.

— Quelque chose a été négligé ?

Mark parcourut les pages et jeta un coup d'œil aux annotations succinctes et tapées à la hâte pour les consultations précédentes.

— Ils ne l'ont pas remarqué ?

— Vous devez comprendre, comme je l'ai dit, nous manquons terriblement de personnel ici… Nous n'avons pas souvent l'occasion de discuter des patients d'une consultation à l'autre, c'est presque comme une chaîne de production là-bas à l'accueil parfois.

Le médecin sortit les mains de ses poches pour les joindre devant lui, le regard suppliant.

— La maltraitance des personnes âgées est… c'est difficile à repérer si on ne sait pas quoi chercher, et parfois même quand on le sait. À moins d'être témoin direct de la maltraitance, un bleu ou même une blessure plus grave comme un bras cassé peut facilement être attribué à un accident. L'ostéoporose, la dégradation générale de la masse osseuse… tout cela contribue à ce que les os se brisent plus facilement à cet âge. En plus, nous devons prendre en compte la détérioration de la santé mentale d'Annabelle.

— Ah bon ?

Jan se redressa.

— Vous voulez dire la démence ?

— Oui, répondit Hamilton en hochant vigoureusement la tête. Elle aurait pu complètement oublier qu'elle s'était cogné le bras contre quelque chose, par exemple, et accuser John des ecchymoses à la place.

— Est-ce que vous avez rencontré le mari d'Annabelle dans les semaines précédant sa disparition ? demanda Jan.

— John ? Non, je ne l'ai pas vu, mais je peux vérifier si l'un de mes collègues l'a rencontré.

Hamilton se laissa tomber sur la chaise à côté d'elle pour se connecter au système informatique avec un geste qui suggérait qu'il était soulagé de ne plus être au centre de son interrogatoire.

— Voilà. Oui, il était là la semaine d'avant.

Il fronça les sourcils et se pencha plus près de l'écran.

— Hm. Il est indiqué ici qu'il avait du mal à dormir et qu'il a demandé des analgésiques plus puissants pour des douleurs dorsales. Dr Salah, le médecin qui l'a vu ce jour-là, a noté qu'il craignait que John n'arrive pas à s'occuper d'Annabelle tout seul, même s'ils bénéficiaient de l'aide d'une personne qui venait trois fois par semaine.

— Quel genre d'aide recevaient-ils ? demanda Mark en levant les yeux du dossier médical.

— Il s'agissait principalement d'aider à la toilette d'Annabelle, de s'assurer que John était capable d'administrer ses injections d'insuline, elle était diabétique, vous savez, et de la surveiller pendant quelques heures pour que John puisse se reposer, dit Hamilton, l'air préoccupé lorsqu'il se détourna de l'écran pour lui faire face. Le Dr Salah et moi-même étions d'avis qu'il était temps qu'Annabelle soit placée dans un établissement de soins permanents, sa maladie pesait lourdement sur John, comme en témoigne la détérioration de sa propre santé, mais il y a un tel manque de personnel dans la plupart des maisons de retraite actuellement que les listes d'attente sont interminables. Cette aide à domicile était le maximum qu'ils pouvaient obtenir.

— Cette aide était-elle fournie par une infirmière de secteur ? demanda Jan. Quelqu'un de ce cabinet, ou d'un hôpital local ?

— Mon Dieu, non.

Le médecin généraliste laissa échapper un petit rire désabusé.

— Il y a un déficit de services disponibles dans le secteur public, et personne pour combler les postes vacants. Nous sommes contraints de conseiller aux familles de contacter des entreprises privées plus souvent de nos jours, et c'est certainement ce que nous avons fait dans le cas de John et Annabelle. Nous n'avions malheureusement pas d'autre choix.

Mark ferma le dossier contenant les dossiers médicaux et reboucha son stylo tandis que Jan se levait.

— Merci pour votre temps, docteur. Nous vous recontacterons si nous avons d'autres questions.

— Je vous en prie. Et n'oubliez pas de m'envoyer par email les documents officiels de demande dès que possible, sinon le manque de personnel sera le cadet de mes soucis.

CHAPITRE 24

Le lendemain, encore troublé par les paroles du médecin et les révélations concernant l'impact qu'avait eu la maladie d'Annabelle Studley sur sa famille, Mark dirigea la voiture de service vers Harwell et roula des épaules.

En quittant l'embranchement de la voie rapide, il jura à voix basse lorsqu'un tracteur lent avec une énorme remorque s'engagea depuis une route devant eux. Tandis que l'engin gravissait péniblement la côte, des nuages de fumée diesel s'échappant du pot d'échappement, il jeta un coup d'œil à sa montre.

Ils devaient rencontrer John Studley et sa fille dans vingt minutes, et il n'avait pas encore lu leurs déclarations initiales.

Après les révélations du Dr Hamilton, il voulait s'assurer d'être bien préparé, prêt à entendre tout ce qui pourrait lui donner un indice sur les raisons de la disparition d'Annabelle, et pourquoi ses ossements auraient pu être retrouvés dans une tombe peu profonde à l'extérieur de Didcot, à environ cinq kilomètres de son domicile.

Enfin, le tracteur mit son clignotant à gauche et tourna

dans un champ, la remorque cahotant sur un chemin plein d'ornières avant de disparaître, et Mark appuya à fond sur l'accélérateur.

Tandis que la campagne aride défilait par la fenêtre, il baissa la climatisation et scruta les nuages qui se formaient à l'horizon.

— On pourrait avoir un orage ce soir, je pense.

— Dieu merci.

Jan sortit une petite bouteille d'eau de son sac à main, but une gorgée puis la lui tendit.

— Tu en veux ?

— Ça va. Merci.

Le silence retomba tandis qu'elle reportait son attention sur les documents que Caroline avait imprimés, et les pensées de Mark dérivèrent vers sa propre famille.

Ses parents vivaient toujours en périphérie de Cirencester. Ils avaient opté pour un logement plus petit six ans auparavant pour s'installer dans une communauté de retraités dynamique, bien avant que leur santé ne l'exige. Son père avait accepté ce changement avec un haussement d'épaules stoïque, reconnaissant que c'était mieux que d'attendre l'inévitable et de se retrouver à vivre dans un endroit qu'ils détesteraient.

Maintenant, Mark réalisait à quel point ses parents étaient devenus vulnérables et il se demandait quelles décisions l'attendraient lorsqu'ils ne pourraient plus faire ces choix par eux-mêmes.

Dix minutes plus tard, il freina devant une maison de plain-pied recouverte d'une pierre couleur sable qui réfléchissait les rayons du soleil.

Sous la fenêtre de façade, une série de pots de fleurs en pierre était disposée avec des bégonias et des géraniums qui se disputaient l'espace parmi des magnolias trapus. La pelouse avait été tondue récemment, avec des brins d'herbe sèche qui se dressaient en défiant le manque d'eau.

Une seule voiture argentée à deux portes était garée dans l'allée, et en passant devant, il pouvait entendre le moteur qui émettait un cliquetis en refroidissant.

— On dirait que nous n'étions pas les seuls à devoir nous dépêcher pour arriver à l'heure, dit-il lorsque Jan appuya sur la sonnette.

Un mouvement derrière le panneau de verre dépoli attira son regard, puis la porte s'ouvrit sur une femme d'une cinquantaine d'années aux cheveux bruns courts, les joues rouges.

Elle leva le menton pour regarder Jan, puis lui, et recula.

— Je présume que vous êtes de la police ? Entrez. J'étais en train de faire un café à Papa. Vous en voulez un ?

— Non merci, ça ira.

Jan ouvrit la marche et présenta sa carte professionnelle.

— Vous êtes Elizabeth ?

— Oui.

Elle ferma la porte derrière Mark et tendit sa main.

— Liz Moorlock.

Les présentations faites, ils suivirent la femme le long d'un couloir avant qu'elle ne les conduise par une porte à droite, tout au bout.

Mark cligna des yeux, surpris par la taille de la cuisine bien équipée et l'espace aéré créé par une petite véranda qui y menait.

La pièce sentait le produit nettoyant au citron et il remarqua que les portes du réfrigérateur et du four brillaient tout comme les plans de travail.

— Je viens juste d'arriver, dit Liz en versant de l'eau chaude dans deux tasses avant d'y ajouter un peu de lait.

Elle fit un signe de tête vers la véranda.

— Papa est là-bas. Allez-y, j'arrive dans une minute.

Un homme dans les quatre-vingts ans se leva avec peine d'un canapé usé et rembourré lorsque Mark et Jan entrèrent dans la véranda, ses avant-bras bronzés en contraste avec un polo en coton blanc et un pantalon gris.

Il se tenait légèrement courbé et il accueillit Mark d'un regard humide en lui tendant la main.

— John Studley, dit-il d'une voix tremblante.

Il se tourna vers Jan.

— Je présume que vous êtes l'enquêteuse West.

— Merci de nous recevoir si tard dans la journée, dit Jan.

— Je vais présumer que comme vous êtes deux et que vous n'êtes pas en uniforme, ce ne sont pas de bonnes nouvelles.

Sa voix était résignée, comme s'il était habitué aux faux espoirs et aux déceptions.

— Je crois que j'ai toujours su qu'Annabelle était partie pour toujours. C'est de ne pas savoir qui fait mal…

— Je suis désolé, dit Mark. Nous n'avons encore rien de définitif à signaler, mais nous devons passer en revue quelques formalités. Est-ce que c'est possible ?

Studley haussa les épaules.

— Je suppose. Asseyez-vous.

Il indiqua deux fauteuils en osier face au canapé et se cala contre les coussins tandis que sa fille apparaissait. Il prit la tasse qu'elle lui tendait, la porta à ses lèvres, puis grimaça.

— Attends quelques minutes, Papa, le réprimanda-t-elle. Tu vas te brûler la bouche.

— Tout comme sa mère, celle-là, dit Studley tandis que

Mark s'installait dans l'un des fauteuils. Toujours à s'inquiéter.

Mark regarda à travers les portes-fenêtres ouvertes qui menaient à une terrasse pavée et à un jardin soigné. Une légère brise pénétrait dans la véranda et un pincement de tristesse lui serra la poitrine lorsqu'il se retourna vers Studley.

— Parlez-moi de votre femme, dit-il.

L'homme abaissa la tasse de café sur son genou d'une main tremblante.

— C'était la meilleure chose qui me soit jamais arrivée, dit-il avec nostalgie en fixant le sol. Nous nous sommes rencontrés lors d'un bal à la salle communale du village, et c'était réglé. Il n'y avait personne d'autre pour moi, en ce qui me concernait. Nous nous sommes mariés l'année suivante.

Mark écoutait tandis que Studley continuait à décrire leurs vacances en voiture à travers le Royaume-Uni et l'Irlande, puis la naissance de deux filles, Liz, et une aînée qui vivait à Édimbourg. Lorsque Studley avait pris sa retraite après avoir travaillé comme directeur de banque à Wallingford, lui et Annabelle avaient acheté cette maison dans le village et ils passaient la plupart de leur temps dans le jardin.

Le seul bruit, hormis la voix de l'homme, était le grattement du stylo de Jan sur son carnet pendant que Studley continuait à leur parler des heures que lui et sa femme avaient consacrées au jardin avant que sa santé ne se détériore.

— C'est très joli là-dehors, remarqua Mark.

Studley cligna des yeux en regardant la pelouse impeccable et les parterres de fleurs.

— Parfois, quand je suis dehors, j'ai l'impression de la sentir debout à côté de moi. Je m'attends presque à ce qu'elle me dise que je taille mal les rosiers.

— Nous avons compris d'après son médecin qu'elle souffrait de démence ?

— C'étaient de petites choses au début, dit Studley.

Il fit une pause pour boire la moitié du contenu de sa tasse, puis il soupira.

— J'avais des soupçons, mais après six mois, quand j'ai trouvé Annabelle debout au milieu du jardin en chemise de nuit un soir, l'hiver avant sa disparition, j'ai insisté pour que nous allions chez le médecin.

— Les tests ont pris une éternité, ajouta Liz, la voix brisée. Maman a été ballottée de spécialiste en spécialiste pendant un moment. Pauvre Papa était épuisé au moment où le diagnostic est tombé.

— C'était en juin, dit Studley. Annabelle a décliné rapidement après ça, presque comme si elle savait qu'il n'y avait pas de retour possible à ce que nous avions. Je voyais des bribes de son ancien moi de temps en temps, mais ça l'a changée à jamais.

— Le médecin de votre femme a mentionné que vous essayiez de lui trouver une place dans une maison de soins, dit Jan doucement. Je n'imagine pas que c'était une décision facile à prendre.

L'homme secoua la tête, puis renifla.

— J'avais l'impression de la laisser tomber.

— Ce n'était pas le cas, Papa.

Liz se pencha et enveloppa la main de Studley de ses doigts.

— Ça avait des conséquences sur ta santé aussi, tu te souviens. Julie et moi étions mortes d'inquiétude pour toi.

Elle fit une pause et se tourna vers Mark et Jan.

— C'est pour ça que nous avons suggéré les soins à

domicile. Juste le temps que nous attendions une place pour Maman, pour soulager un peu Papa.

— Que s'est-il passé la nuit de sa disparition ?

Studley serra la main de sa fille, puis lui donna la tasse de café maintenant vide.

— Elle l'avait déjà fait avant, vous savez. Deux fois. C'est pour ça que je n'ai pas appelé la police tout de suite. Je ne voulais pas vous faire perdre votre temps. La fois avant cette dernière disparition, nous l'avons trouvée devant la poste du village, n'est-ce pas, ma chérie ?

— Elle se demandait pourquoi ce n'était pas ouvert, dit Liz. Alors qu'il était huit heures et demie du soir.

— J'étais juste sorti pour arroser le jardin, dit Studley. La minute d'après, Mme Jennings d'un des cottages près de la poste m'a téléphoné pour me dire qu'Annabelle errait dans la rue avec l'air perdu.

Mark secoua la tête avec stupéfaction en entendant l'angoisse dans les paroles de l'autre homme.

— Et la dernière fois ?

Studley poussa un soupir tremblant comme s'il était terrifié à l'idée de laisser le souvenir franchir ses lèvres.

— Elle avait commencé à se plaindre du fait que je fume, dit-il finalement. J'ai toujours fumé, notez bien. Seulement quatre cigarettes par jour environ, mais j'aimais ça. Quoi qu'il en soit, quand la démence d'Annabelle s'est installée, elle a commencé à cacher mes cigarettes ou à les jeter. Elle avait passé une journée particulièrement difficile ce mercredi-là, et je l'avais mise au lit un peu plus tôt. Je... je pensais qu'elle dormait... Je croyais qu'elle irait bien pendant un petit moment...

Il fit une pause et sortit un mouchoir en coton de sa poche, puis il se moucha avant de le remettre.

— Je ne trouvais mes cigarettes nulle part, et Dieu m'est témoin que si j'avais su que je ne la reverrais jamais, j'aurais arrêté sur-le-champ, je le jure.

— Vous êtes sorti ? l'encouragea Jan.

Studley hocha la tête.

— J'ai fait un saut à la station-service pour acheter des cigarettes, celle juste à la sortie du village. Vous avez dû passer devant en venant ici. C'est à seulement cinq minutes en voiture. J'avais encore la voiture à l'époque. Je suis parti peut-être dix, quinze minutes, dit-il alors que de grosses larmes roulaient sur ses joues veinées. À mon retour, la porte d'entrée était ouverte et elle avait disparu…

Sa fille essuya ses propres larmes et tendit à nouveau la main vers celle de son père.

— Papa m'a appelée tout de suite et j'ai contacté la police après avoir fait rapidement le tour du village en voiture. Aucun des voisins ne l'avait vue non plus, dit-elle. Maman était aussi diabétique et même si elle avait eu son injection d'insuline ce soir-là, nous étions terrifiés à l'idée de ce qui pourrait arriver si elle passait la nuit dehors. Il y avait un vent glacial et il faisait un froid de canard.

— Nous ne l'avons jamais retrouvée…

La bouche de Studley s'agita, mais aucun autre mot n'en sortit.

Mark leur laissa à tous les deux quelques instants pour se ressaisir pendant qu'il laissait les paroles de l'homme faire leur chemin.

Il n'imaginait pas la culpabilité avec laquelle l'homme devait vivre depuis, à se demander si sa femme serait encore en vie sans une dépendance à la nicotine qui s'était avérée trop tentante à cause du stress lié aux soins qu'il lui prodiguait.

— Est-ce qu'il y avait quelque chose de différent dans la routine quotidienne d'Annabelle avant sa disparition ? demanda-t-il finalement.

— Non, pas du tout.

Studley essuya ses yeux du revers de la main.

— L'aide-soignante était passée ce jour-là, Sonia, c'était son nom. Sacrément merveilleuse, surtout quand Annabelle passait une journée difficile. Sonia savait comment la calmer, et c'est grâce à elle que je pouvais me reposer l'après-midi si j'en avais besoin.

— À quelle heure est-elle partie ce jour-là ?

Studley se mordit la lèvre en regardant par les portes ouvertes un instant.

— Vers cinq heures et demie. Oui, cinq heures et demie. Je m'en souviens parce que je devais faire l'injection d'insuline à Annabelle à six heures, ce que j'ai fait. Ensuite, elle a pris un léger souper avant que je l'aide à se mettre au lit.

Mark écouta Jan guider Studley et sa fille à travers la liste des endroits où ils avaient cherché Annabelle avant d'appeler la police, puis il s'éclaircit la gorge.

— L'une des raisons de notre visite aujourd'hui était de vous demander, Liz, si cela vous dérangerait de nous laisser prélever un échantillon pour un test ADN, expliqua-t-il en gardant un ton neutre. Est-ce que ce serait possible ?

La femme se redressa sur sa chaise et jeta un regard en biais à son père.

— Vous avez donc trouvé un corps. Vous pensez que c'est elle ?

— Je suis vraiment désolé, nous ne pouvons pas l'affirmer avec certitude pour le moment, répondit-il. Mais un échantillon d'ADN nous aiderait beaucoup à écarter votre mère de nos enquêtes.

— Ou à confirmer que c'est bien elle que vous avez trouvée.

Studley se moucha à nouveau.

— Je pense que tu devrais le faire, Liz. Je veux savoir si c'est elle. Ne pas savoir est trop difficile à supporter.

— Dans ce cas, dit Liz en se tournant vers eux, qu'est-ce que je dois faire ?

— C'est très simple, si vous voulez bien accompagner l'enquêteuse West dans la cuisine pour qu'elle puisse faire le prélèvement ?

Il attendit que les deux femmes s'éloignent, puis il se leva de la chaise en osier et avança jusqu'aux portes-fenêtres.

Un mouvement du coin de l'œil attira son attention et il jeta un coup d'œil alors que Studley le rejoignait.

— Merci pour votre temps cet après-midi, monsieur Studley. Nous vous en sommes reconnaissants. Je me rends compte que nous avons ravivé des souvenirs douloureux.

— Assurez-vous simplement de trouver le salaud qui l'a tuée, détective Turpin.

La mâchoire de l'autre homme se crispa.

— Parce que si c'est moi qui le trouve, je ne suis pas sûr de ce que je lui ferai.

CHAPITRE 25

Liz Moorlock les accompagna jusqu'à la porte d'entrée après que Jan avait effectué le prélèvement.

Tandis que Mark refermait la porte de la cuisine et suivait les deux femmes, il aperçut les cheveux blancs clairsemés de Studley qui captaient la lumière du soleil, comme une auréole, et il redressa les épaules.

— Liz ? Avant que nous partions…

Elle s'arrêta en entendant ses mots et posa sa main sur une table d'appoint adossée au mur du couloir, sur laquelle une série de photographies de famille encadrées étaient exposées, et elle se pencha pour essuyer une poussière imaginaire sur l'une d'elles.

— Qu'est-ce que vous voulez me demander que vous ne pouviez pas dire devant mon père ? dit-elle en se retournant enfin vers lui et en croisant les bras sur sa poitrine généreuse.

— Il n'y a pas de façon délicate d'aborder cela, dit-il, mais c'est une question standard que nous devons poser. Est-ce que vous avez déjà soupçonné que votre père pourrait avoir eu du mal à faire face, peut-être en déchargeant sa frustration sur votre mère ?

Elle chancela visiblement à ces mots.

— Non, répondit-elle avec véhémence.

Elle secoua la tête comme pour chasser cette pensée.

— Non, ils s'adoraient. Vous l'avez entendu vous-même. Ils ont été mariés pendant soixante ans. Papa était dévasté par la démence de Maman, nous l'étions tous. Si quelqu'un subissait des abus, c'était Papa, pas elle.

— Qu'est-ce que vous voulez dire ? demanda Jan en gardant sa voix basse.

— Vers la fin… Je veux dire, dans les semaines avant la disparition de Maman, sa démence s'aggravait. Elle était de plus en plus confuse, et avec ça, elle devenait colérique. Frustrée. Elle passait ses nerfs sur nous deux.

— Est-ce qu'elle a déjà subi une fracture au bras ? demanda Mark.

Les yeux de Liz s'écarquillèrent.

— Vous l'*avez* retrouvée, n'est-ce pas ?

— S'il vous plaît, répondez simplement à la question.

— O-oui. Elle s'est cassé le bras. Environ un an avant sa disparition. Elle a glissé sur une flaque gelée là-bas sur la terrasse. On était paranoïaques après ça. Papa disait qu'il ne savait pas ce qu'il ferait si elle se blessait à nouveau. Ça lui brisait le cœur de voir combien elle souffrait, et à ce moment-là, ils étaient tous les deux à bout de nerfs, même avec l'aide qu'ils recevaient de Sonia.

— Est-ce que vous pourriez nous communiquer ses coordonnées ? demanda Mark.

— Pourquoi est-ce que vous voudriez… Excusez-moi. Je sais que vous faites simplement votre travail. Attendez, j'ai toujours son numéro dans mon téléphone. Pardonnez-moi.

Elle passa devant lui, retourna à la cuisine, et revint avec un téléphone portable avant de réciter le nom et le numéro de l'aide-soignante.

— C'est le numéro principal. Il vous met en contact avec un centre d'appels au siège. Je crois qu'ils sont basés dans l'une des zones industrielles de l'autre côté de Didcot. Si vous demandez à lui parler, ils devraient pouvoir vous mettre en relation.

— Vous l'avez revue depuis la disparition de votre mère ?

— Non. Pas besoin.

Liz inclina son menton vers l'arrière de la maison.

— Papa se débrouille assez bien, il est en bonne santé, il fait livrer la plupart de ses repas, et je passe tous les jours après le travail pour voir comment il va. Nous avons insisté pour qu'il porte un de ces pendentifs d'alerte, juste au cas où.

Elle leur offrit un sourire contrit.

— Il déteste le porter, mais au moins ça nous rassure de savoir qu'il peut appeler quelqu'un en cas d'urgence.

Mark se dirigea vers la porte d'entrée.

— Merci pour votre temps cet après-midi. Et remerciez votre père de notre part également. Nous vous contacterons quand nous aurons du nouveau.

En s'installant au volant de la voiture de service, il jeta un coup d'œil à la maison et il vit Liz Moorlock debout sur le pas de la porte, son expression désolée.

— Je déteste ne pas pouvoir leur donner de réponse, murmura-t-il.

Une fois que Jan eut attaché sa ceinture, il s'éloigna du trottoir et vit l'heure affichée sur le tableau de bord.

— Tu veux appeler rapidement cette société de soins ? dit-il. Savoir si cette Sonia est de service demain matin, et si oui, si on peut lui parler ?

— Je m'en occupe.

Jan avait déjà son téléphone à l'oreille et il écouta pendant qu'elle fut d'abord mise en attente, puis transférée à quelqu'un qui, d'après la réponse concise que donna Jan, était aussi efficace que sa collègue.

Il risqua un coup d'œil vers elle lorsqu'elle termina l'appel.

— Alors ?

— Bonne nouvelle, dit-elle. Sonia Adams travaille toujours pour l'entreprise.

— C'est déjà ça, au moins. Est-ce qu'elle est disponible aujourd'hui, ou elle est en train de s'occuper de patients ?

— Oh, elle est bien disponible.

Jan sourit.

— Elle a été promue il y a six mois. Elle dirige maintenant le département des soins à domicile.

CHAPITRE 26

Une forte odeur d'ozone imprégnait l'air lorsque Mark descendit de la voiture devant un immeuble de bureaux moderne le lendemain matin.

Le bâtiment surplombait une large plaine qui abritait autrefois les hangars d'entretien de l'ancienne centrale électrique et offrait désormais une vue panoramique sur l'arrière des entrepôts et d'autres grands bâtiments qui s'étendaient le long d'une autre route dans le réseau tentaculaire de la zone industrielle.

À côté de lui, Jan retira ses lunettes de soleil et examina les panneaux brillants et les fenêtres étincelantes.

— Ils s'en sortent plutôt bien, on dirait.

— Le vieillissement de la population y est sans doute pour quelque chose.

Mark entendit le sarcasme dans sa propre voix et sourit.

— Ou alors c'est grâce à une publicité efficace.

— Et un système de santé à bout de souffle, répondit Jan avant de se diriger vers les portes de la réception indiquées par un panneau. J'ai parlé avec ma mère la semaine dernière, et ils viennent de recevoir un devis d'un établissement comme celui-ci.

— Mais tes parents vont bien ?

— Oui, ils sont juste pragmatiques, je suppose.

Elle s'arrêta pour laisser les portes automatiques s'ouvrir, puis elle avança jusqu'à un bureau de réception au milieu d'une vaste pièce illuminée par des spots et une verrière qui déversait la lumière du soleil depuis le plafond trois étages plus haut.

— Bonjour, je peux vous aider ?

L'homme d'âge moyen au comptoir portait un polo vert foncé avec le logo de l'entreprise brodé au niveau du cœur, et un casque relié à une console centrale.

— Nous avons rendez-vous avec Sonia Adams, dit Jan. Je suis l'enquêteuse Jan West, et voici mon collègue, l'inspecteur Mark Turpin.

L'homme poussa un bloc-notes vers eux.

— Veuillez signer, s'il vous plaît, et je vais l'informer de votre arrivée. N'hésitez pas à vous asseoir pendant que vous attendez.

Mark griffonna sa signature sous celle de Jan, puis la suivit vers un ensemble de trois petites tables en chêne entourées de six chaises.

Jan utilisa son carnet pour s'éventer tandis que Mark regardait par la baie vitrée le parking où une camionnette blanche était en train de se garer à côté des portes de la réception, ses flancs couverts par la livrée de l'entreprise de soins.

Pendant qu'il observait, une femme d'une vingtaine d'années sortit puis fit glisser la porte latérale, révélant un intérieur bien approvisionné en matériel de nettoyage.

— Ce n'est qu'un des services que nous proposons à nos clients.

Il se retourna en entendant cette voix pour voir Jan serrer la main d'une femme qui portait un chemisier bleu clair et un pantalon bleu marine.

— Je suis désolé, j'étais complètement ailleurs.

Il se présenta en lui adressant un sourire penaud.

— Je suis Sonia Adams.

La femme jeta un coup d'œil à Jan en replaçant une mèche rebelle de ses cheveux blonds derrière son oreille.

— Je crois comprendre que vous aviez besoin de me parler d'urgence au sujet d'Annabelle Studley ? Elle a été retrouvée ?

— Y a-t-il un endroit plus discret où nous pourrions parler, mademoiselle Adams ? demanda Mark, son regard se posant sur l'homme à la réception qui feignait de s'intéresser au contenu de son tiroir de bureau tout en les observant du coin de l'œil.

— Bien sûr. Venez dans mon bureau. Et appelez-moi Sonia, s'il vous plaît.

Elle partit à grandes enjambées vers un escalier en acier qui montait le long du côté gauche de la réception, puis elle traversa un palier jusqu'à une porte à l'arrière et se mit de côté.

— La vue n'est pas aussi intéressante qu'à l'avant, mais de toute façon je n'ai pas beaucoup de temps pour l'apprécier.

Une fois installé dans l'une des deux chaises pour visiteurs face au bureau de Sonia, Mark regarda autour de lui les différents certificats accrochés aux murs, qui occupaient tout l'espace disponible entre les étagères remplies de classeurs à levier et d'ouvrages médicaux, pendant que la responsable des soins rangeait un carnet relié en cuir et son clavier d'ordinateur, glissant les deux sous un écran à gauche de son bureau.

— Comme je vous l'ai dit au téléphone, détective West, j'occupe ce poste depuis moins d'un an, mais je ferai tout ce que je peux pour vous aider. Il s'agit bien d'une des patientes dont je m'occupais auparavant ?

— En effet, répondit Jan. Nous aimerions clarifier votre rôle à l'époque et connaître votre point de vue sur la situation familiale de Mme Studley, sous forme de déclaration de témoin, si vous le permettez.

— Bien sûr. Comme je l'ai dit, je ferai tout ce qui est en mon pouvoir pour vous aider.

Jan récita la mise en garde officielle.

La femme joignit ses mains sur son bureau après avoir confirmé qu'elle comprenait les implications, puis elle pencha la tête sur le côté.

— J'ai l'impression que ce ne sera pas une bonne nouvelle, détectives.

— En toute confidentialité, nous pouvons confirmer que les restes de deux femmes, dont l'âge est estimé à plus de cinquante ans, ont été découverts au sud de la ville il y a quelques jours, commença Mark. Les tests ADN sont en cours, mais pour le moment, nous aimerions vous parler d'Annabelle Studley.

— Deux femmes ?

Sonia pâlit et ses doigts effleurèrent la médaille de saint Christophe en argent qu'elle portait au cou.

— Mon Dieu. Est-ce que vous… savez-vous ce qui leur est arrivé ?

— Nous ne sommes pas en mesure de divulguer cette information pour le moment, répondit Mark. Nous espérions que vous pourriez nous en dire plus sur la période où vous

vous occupiez d'Annabelle. Quand est-ce que vous avez commencé à vous rendre chez les Studley ?

— Ça devait être trois mois avant sa disparition, dit Sonia en faisant glisser la chaîne en argent entre ses doigts. Je suis restée encore quelques jours pendant les recherches, surtout pour tenir compagnie à John quand sa fille ne pouvait pas être avec lui. Je m'inquiétais pour lui.

— Vous a-t-il déjà donné des raisons de vous inquiéter concernant le bien-être de sa femme ?

— Non, jamais.

Sonia laissa retomber sa main sur ses genoux, le regard nostalgique.

— Il l'aimait, détective Turpin. C'était très clair. Il avait du mal avec sa santé, cependant, c'était si triste à voir. C'est pour ça que je suis restée. Je ne l'ai jamais dit à ma responsable à l'époque, j'ai simplement pris des congés annuels pour pouvoir être là pour lui. Et pour Liz.

— Est-ce que l'entreprise l'a découvert ? demanda Jan. Ça ne les a pas dérangés ?

— Oui, et non.

Elle esquissa un léger sourire.

— Beaucoup d'entre nous font des efforts supplémentaires pour aider nos patients, au-delà de ce qui est prévu dans les contrats de service que les patients ou leurs familles signent. Je ne pense pas que nous puissions nous en empêcher même si nous essayions. Nous nous attachons tellement à eux, je suppose.

— Quand est-ce que vous avez commencé à travailler comme aide-soignante ?

— Quand j'étais dans la vingtaine. J'avais commencé des études d'infirmière mais j'ai changé d'avis après avoir passé une journée dans un service gériatrique.

Sonia soupira.

— C'était déprimant, pour être honnête, et je ne pouvais pas m'empêcher de penser que ces personnes seraient mieux si elles pouvaient vivre leur vie dans leur propre environnement, selon leurs propres conditions. J'ai démissionné une semaine plus tard et j'ai accepté un poste subalterne dans un établissement de soins pour personnes âgées à la périphérie d'Oxford pendant environ trois ans, puis je suis passée au secteur privé. J'ai rejoint cette entreprise il y a huit ans.

— Et vous étiez principalement sur le terrain, ou basée au bureau ?

— Toujours sur le terrain. J'adorais ça. Chaque aide-soignante se voit attribuer un certain nombre de clients, donc on ne s'ennuie jamais et, honnêtement, c'est agréable d'avoir des visites régulières.

Sonia sourit.

— J'avais hâte de voir tous mes patients. On apprend à connaître leurs familles si elles sont proches, et voir l'indépendance supplémentaire qu'ils gagnent... c'est gratifiant. C'est juste dommage que ce que nous faisons ne puisse pas être proposé par le secteur public. Je suis sûre que cela permettrait d'économiser des millions de livres à long terme.

— Et pourtant, vous avez abandonné cela pour un poste au bureau, dit Mark. Pourquoi ?

— J'ai été persuadée.

Sonia sourit.

— Ma prédécesseure a changé d'avis au dernier moment concernant son retour de congé maternité, et notre équipe de direction a fait pression sur moi. J'étais l'aide-soignante avec le plus d'ancienneté, voyez-vous, donc je connais toutes les politiques et procédures par cœur, je connaissais tout notre personnel de service, et je pouvais comprendre les problèmes que les aides-soignantes pouvaient rencontrer de temps en temps. C'était logique qu'ils me proposent ce poste.

— Je sens une certaine réticence.

— Il a fallu me convaincre. Mais à l'idée des tracas qu'ils allaient traverser pour trouver quelqu'un d'expérimenté, qui pourrait apprendre nos systèmes sous une telle pression… Je ne pouvais pas leur faire ça, alors j'ai accepté.

— Vous appréciez ce rôle ? demanda Jan.

— Oui, je l'apprécie. Cela signifie que je dois travailler quelques samedis chaque mois au cas où notre équipe de soins du week-end aurait des problèmes, mais ça en vaut la peine.

Une expression nostalgique traversa le visage de la responsable.

— Les gens me manquent cependant, je dois l'avouer. Pouvoir les aider me manque.

— Combien de personnes travaillent ici ? demanda Mark.

Sonia expira.

— De mémoire, environ cent cinquante.

— Autant ?

— Oui, ça tourne bien.

— Est-ce dû à la démographie de la région, ou—

— Pas vraiment. Nos autres centres à Bristol et Portsmouth sont tout aussi occupés, et ce depuis environ deux ans.

La bouche de Sonia se tordit.

— Nous devons utiliser beaucoup de personnel temporaire, ce qui explique pourquoi nos effectifs semblent si élevés. Nous avons parfois trois personnes qui se partagent le travail d'une journée entre les sorties d'école, les devoirs universitaires et autres, quand ce n'est pas les vacances d'été. Malheureusement, les salaires à temps plein sont trop bas pour attirer les jeunes diplômés, et travailler avec les personnes âgées n'est pas fait pour tout le monde. Depuis tous les changements dans les lois sur l'immigration et les salaires minimums pour les visas de travail, il y a un énorme déficit entre la demande de services et la disponibilité du personnel, expliqua-t-elle. Pas seulement ici, mais dans tout le pays. Et, avec une population vieillissante, ça ne va faire qu'empirer.

— Quels types de services est-ce que vous proposez à vos clients ? demanda Jan.

— Beaucoup de gens ne veulent pas renoncer à leur indépendance, détective. Beaucoup préfèrent rester chez eux plutôt que d'aller dans un établissement de soins spécialisés. Cela crée à son tour un problème pour le service public, qui n'a pas les effectifs nécessaires pour offrir des soins à domicile à tout le monde.

Sonia fit un sourire crispé.

— Il n'y a qu'un nombre limité d'infirmiers de district disponibles dans chaque région, et ils sont déjà débordés. C'est là que des organisations comme la nôtre peuvent combler les lacunes. Nous offrons un service privé aux personnes qui veulent rester chez elles, qui ont juste besoin d'un soutien supplémentaire sur une base hebdomadaire ou quotidienne.

— Donc les soins que vous fournissez ne sont pas à temps plein ?

— Cela dépend des besoins de chacun. Certaines personnes… Souvent, c'est une étape intermédiaire avant des soins à temps plein, mais il a été prouvé maintes fois que la santé mentale des gens s'améliore s'ils peuvent rester chez eux aussi longtemps que possible. Pour revenir à votre question sur la vie domestique d'Annabelle, nous sommes tous formés pour repérer les signes de maltraitance. Beaucoup de nos clients sont extrêmement vulnérables, et nous prenons notre rôle très au sérieux. Il faut comprendre que la plupart de nos employés voient ces personnes plus souvent que leurs propres médecins généralistes, donc nous sommes presque la première ligne de défense en matière de bien-être.

— Parlez-nous de la dernière fois que vous avez vu Annabelle, dit Mark. C'était quand ?

Sonia se pencha en arrière dans son fauteuil.

— C'était le jour de sa disparition. Vous avez déjà parlé à John ou à Liz ?

— Hier.

— Alors ils vous ont probablement dit que c'était une période particulièrement difficile pour eux. Surtout pour John, bien sûr. Il était épuisé quand je suis arrivée ce jour-là.

— C'était à quelle heure ?

Le front de la femme se plissa.

— C'était mon service de l'après-midi, donc je devais être arrivée chez eux vers quatorze heures trente. Je suis restée jusqu'à un peu après dix-sept heures trente.

— Et avez-vous eu une quelconque indication qu'Annabelle pourrait s'éloigner ?

— Non, pas du tout. Elle était querelleuse cet après-midi-là, et très confuse. Il a fallu un peu de temps pour la calmer, mais je l'ai aidée à aller dans la véranda pour qu'elle puisse regarder le jardin, et je lui ai mis une couverture autour d'elle pour la protéger du froid.

Elle esquissa un petit sourire.

— John n'arrêtait pas de dire qu'il allait faire venir quelqu'un pour installer un meilleur radiateur là-bas, mais il ne l'a jamais fait. Une fois qu'elle s'est calmée, je lui ai dit d'aller se reposer un peu à l'étage. Je l'ai entendu ronfler au bout de quelques minutes.

— Et vous dites être partie à dix-sept heures trente ? demanda Mark.

— Oui. Je pense que John a dû programmer son réveil parce qu'il est descendu à dix-sept heures et je lui ai préparé une tasse de thé pendant que je remplissais ma feuille de temps pour qu'il la signe. Je ne devais pas les revoir avant le vendredi après-midi, voyez-vous, et la paie ici se fait le vendredi matin. Si vous ne remettez pas votre feuille de temps avant neuf heures le jeudi, vous devez attendre la semaine suivante.

— Vous avez dit que vous êtes restée encore quelques jours pendant que les recherches commençaient, dit Jan en feuilletant ses notes. Est-ce que vous avez entendu ou vu quelque chose qui vous a inquiétée pendant cette période ?

La main de Sonia revint sur la médaille de saint Christophe tandis qu'elle réfléchissait à la question de Jan, puis elle secoua la tête.

— Non. Rien qui me vienne à l'esprit. Sauf que… J'ai été surprise que John la laisse seule. Je veux dire, c'est avec le recul bien sûr, n'est-ce pas ? Mais connaissant le genre de journée qu'elle avait eue, et à quel point cela la laissait souvent confuse, je me demande s'il aurait dû sortir et la laisser seule. Et maintenant vous dites qu'elle a été assassinée ?

— Nous n'affirmons rien avec certitude pour le moment, précisa Mark. Seulement que les restes de deux femmes ont été trouvés. Nous ne savons pas encore avec certitude si l'une d'elles est Annabelle.

— Bien sûr. Toutes mes excuses.

Elle soupira.

— Alors j'espère que ce n'est pas elle. Je sais que les chances de la retrouver après tout ce temps sont minces, mais…

Mark se leva de son siège pendant que Jan rangeait son carnet dans son sac à main, et il lui tendit sa carte de visite.

— Merci pour votre temps cet après-midi. Nous vous contacterons si nous avons d'autres questions, mais si vous pensez à quelque chose qui pourrait nous aider, mon numéro direct est sur la carte.

— S'il vous plaît, faites-nous savoir ce qui lui est arrivé quand vous le pourrez, dit Sonia. Quel que soit le résultat. C'est vraiment une femme charmante et elle nous manque. Elle me manque.

— Je le ferai, merci.

CHAPITRE 27

La main de Mark planait au-dessus de la souris de son ordinateur, ses yeux douloureux à force de fixer l'écran depuis plus d'une heure.

Au-delà de son bureau, au-delà des stores qui couvraient les fenêtres donnant sur le fast-food et l'hôpital du quartier, le grondement du tonnerre se rapprochait.

— Bonne soirée, chef, lança Alex en passant devant son bureau, sac à dos sur l'épaule, avant de s'arrêter. Tu restes encore longtemps ?

— Je lis juste les dernières dépositions qu'on a prises cet après-midi, et je m'en vais.

Il repoussa la souris et étira ses bras au-dessus de sa tête.

— Merci pour ton aide aujourd'hui.

— Pas de problème.

Le jeune enquêteur s'efforça de sourire.

— Avec un peu de chance, on devrait avoir finalisé cette nouvelle liste de personnes disparues demain matin. Espérons que ça corresponde à certaines informations dans les rapports de Gillian.

— Croisons les doigts.

Un éclair brillant parcourut le pourtour des stores des fenêtres, et le bâtiment trembla sous la force du tonnerre qui n'était qu'à un kilomètre ou deux.

— Tu ferais mieux d'y aller, la pluie ne va pas tarder.

Mark posa ses mains sur son bureau pour soulager une tension dans son cou tandis qu'Alex lui adressait un signe de la main par-dessus son épaule et se dirigeait vers la porte.

Saisi par un large bâillement, il jeta un coup d'œil à la porte ouverte du bureau de Kennedy, la voix de l'inspecteur principal était audible alors qu'il se disputait avec un responsable des médias de Kidlington à propos de la formulation du communiqué de presse officiel qui serait publié le lendemain matin.

Des rumeurs commençaient à circuler parmi les journalistes locaux, et Jan avait déjà feint l'ignorance lorsqu'un rédacteur en chef d'un journal d'Oxford l'avait appelée sur le chemin du retour au commissariat.

Cinq jours, aucun progrès à signaler…

Il grimaça, heureux de ne pas être à la place de Kennedy.

En lisant les derniers paragraphes de la déposition de Carly Evans concernant sa fille Tara, il tendit la main vers son portable et appuya sur la numérotation rapide.

— Papa !

— Bon sang, Louise.

Il arracha le téléphone de son oreille et baissa le volume.

— Où est-ce que tu es ?

— À la patinoire.

La voix de sa fille s'étouffa, puis revint.

— Désolée, j'étais sous une des enceintes. Quoi de neuf ?

— Rien. Je voulais juste savoir comment tu allais. Anna est avec toi ?

— Ouais. Mais elle ne patine pas. Elle dit que c'est nul. Elle est au café, en train de me regarder.

Il leva les yeux au ciel, imaginant la dispute si sa fille cadette pouvait entendre les paroles de sa sœur.

— Elle te fusille du regard maintenant, c'est ça ?

Louise rit.

— Comment tu as deviné ?

— Vous êtes mes filles. Je sais tout.

— Ouais, bien sûr.

Il plaça la souris sur l'icône d'impression à l'écran, puis recula sa chaise et traversa la pièce tandis que la machine se mettait en marche.

— Comment va ta mère ?

— Bien. Tu es encore au travail ?

— Je termine juste ma journée.

Il y eut une pause, puis Louise baissa la voix.

— Tu travailles sur une affaire de meurtre ?

— Hm. Écoute, je vais peut-être devoir reporter notre rendez-vous du week-end prochain. Je voulais m'excuser auprès de vous deux avant d'appeler votre mère.

— Oh.

Sa réponse monosyllabique ne pouvait masquer sa déception.

— Je suis désolé, Lou. Je t'aurais dit de venir quand même, mais Lucy a aussi une exposition qui débute dans une galerie locale dans les prochains jours, et je ne pense pas que tu voudrais traîner toute seule toute la journée, n'est-ce pas ?

— Nan.

Mark jura entre ses dents quand l'imprimante s'arrêta brusquement et qu'un voyant d'avertissement rouge commença à clignoter sur l'écran frontal.

— Papa ? Je dois y aller. Je—

— Je sais, tu as du patinage à faire, c'est ça ?

Il sourit.

— Et je suppose que ça n'est pas devenu moins cher depuis la dernière fois qu'on y est allés ensemble.

— Et quelqu'un me lance des regards assassins.

— Fais un câlin à Anna de ma part ?

— À plus tard.

Il baissa son téléphone et fixa l'écran en ressentant un pincement douloureux à la poitrine.

Ses filles grandissaient vite.

Trop vite.

Il glissa son portable dans sa poche et il essaya de comprendre les instructions à l'intérieur du capot avant de l'imprimante, regrettant qu'aucun des jeunes employés administratifs ne soit encore présent.

Ils auraient su comment la réparer.

— Vous êtes encore là, Mark ? demanda Kennedy en regardant l'imprimante tandis qu'il passait en direction du tableau blanc.

Il grimaça.

— Mieux vaut laisser ça pour demain matin. C'était quoi ?

— La déclaration du médecin généraliste d'aujourd'hui. Elle est dans HOLMES2, je voulais imprimer une copie pour que Jan puisse la lire quand elle arrivera demain.

— Vous avez réussi à éclaircir cette histoire de maltraitance présumée ?

— La fille de John Studley nie que son père aurait pu faire du mal à sa mère, et la femme de la société d'aide à domicile à qui nous avons parlé affirme n'avoir jamais vu de blessures qui auraient pu l'inquiéter, expliqua Mark en se frottant le dos tout en s'approchant de l'endroit où Kennedy se tenait maintenant.

Il parcourait des yeux l'écriture bouclée qui s'étalait sur le tableau blanc.

— Et nous ne pouvons pas donner suite au rapport initial qui a été déposé car l'agent qui l'a rédigé n'est plus parmi nous.

De nouvelles photographies avaient été épinglées en haut du tableau, celle d'Annabelle Studley désormais au centre, avec à côté une seconde photo montrant la tombe qui avait été découverte.

— Quel foutu lien y a-t-il entre elles, Mark ? lâcha Kennedy. Vous pensez qu'elles pourraient être parentes ?

— Je ne sais pas. Je ne pense pas, surtout avec l'ajustement des âges que l'experte de Gillian nous a fourni. Ça doit être autre chose. Si seulement nous pouvions obtenir quelque chose sur la deuxième victime qui nous donnerait au moins une idée de son identité…

— Vous avez parlé au laboratoire à votre retour, au sujet des échantillons ADN ?

— Oui. Malheureusement, ils sont débordés, donc nous n'aurons rien cette semaine.

— Merde, lâcha l'inspecteur principal en retirant ses lunettes de lecture et en se pinçant l'arête du nez un instant.

— Comment s'est passée votre réunion, chef ? demanda-t-il.

Kennedy releva la tête et son regard suivit les épaisses lignes noires tracées autour d'une carte agrandie de la scène de crime.

— Aussi bien que possible. Évidemment, Andrew Tolley de l'équipe des relations médias veut divulguer plus d'informations que nous ne sommes à l'aise de partager actuellement. Il prétend que c'est dans l'espoir de nous faire avancer, mais essayer de lui faire comprendre qu'il y a une différence entre une piste utile et un déluge de foutues informations inutiles à éplucher…

— Qu'est-ce que nous allons communiquer ?

— Les bases. Deux victimes retrouvées dans des tombes peu profondes sur un chantier au sud de Didcot, âge estimé à plus de cinquante ans. Supposées enterrées depuis moins de trois ans. Appelez-nous si vous avez remarqué quelque chose d'inhabituel aux environs de Hacca's Brook, bla, bla, bla…

Mark soupira en examinant tour à tour chacune des photographies de la scène de crime, avant de tendre la main pour redresser l'image du squelette de la seconde victime.

— Nous avons besoin de quelque chose, chef. Rapidement.

— Et à la place, nous allons être soumis à des spéculations et à du désespoir dès que les sites d'information publieront notre communiqué demain matin, répondit l'inspecteur principal avec un sourire fatigué en remettant ses lunettes. Attendez-vous donc au déluge.

Mark leva les yeux vers le plafond alors qu'un coup de tonnerre retentissait autour du commissariat, et il laissa échapper un ricanement sardonique.

— En parlant de ça, je ferais mieux d'y aller, chef.

— Je vous vois demain matin. Soyez prêt, les choses pourraient devenir compliquées.

CHAPITRE 28

Jan était allongée avec le drap tiré jusqu'à sa taille, un débardeur en coton lui assurant un minimum de pudeur au cas où l'un des garçons entrerait à nouveau.

À côté d'elle, Scott ronfla une fois, puis se retourna, sa respiration se stabilisant de nouveau tandis qu'il retombait dans un sommeil profond.

La pluie battait sur les tuiles du toit, martelant les fenêtres au pied de leur lit tandis que les derniers vestiges de l'orage grondaient au loin.

Les yeux irrités par le manque de sommeil, elle tourna le cou pour voir l'affichage numérique du réveil sur la table de nuit de Scott.

Trois heures et demie.

Elle expira, souhaitant s'endormir, mais sachant que dès qu'elle fermerait les yeux, ce serait l'heure de se lever, et elle se demanda combien d'étés encore Luke devrait endurer sa terreur des orages.

Au moment où elle partirait travailler, les jumeaux et

Scott émergeraient tous les yeux embués des effets des cris terrifiés qui les avaient réveillés une heure plus tôt.

Même Harry s'inquiétait pour son frère, et elle se demandait pourquoi l'un de ses jumeaux pouvait être si effrayé et l'autre son opposé polaire quand il s'agissait de leurs peurs individuelles.

Un éclair de lumière filtra à travers les rideaux et illumina le plafond en projetant des ombres sur les murs.

Elle retint son souffle en attendant le cri angoissé en provenance de la chambre au bout du couloir, et elle compta jusqu'à cinq.

Le tonnerre était plus doux maintenant, il s'éloignait.

Et Luke continuait de dormir.

Bientôt, la pluie diminua jusqu'à devenir un doux crépitement et les rideaux se gonflèrent lorsqu'une brise chassa les derniers nuages, rafraîchissant instantanément la pièce.

Jan fixa le plafond et ses pensées se tournèrent vers les personnes disparues sur la liste de Caroline.

Combien étaient maintenant sans toit, sans endroit où s'abriter de l'orage ?

Pourquoi aucun d'entre eux n'avait contacté leur famille pour leur faire savoir où ils étaient ?

De quoi avaient-ils peur ?

Elle roula sur le côté et elle remua l'oreiller pour le placer comme elle le souhaitait sous sa nuque, puis elle ferma les yeux, le front plissé.

Elle se rappela les restes des deux victimes disposés dans la morgue de Gillian et son nez se plissa au souvenir de l'odeur écœurante qui remplissait la pièce pendant que la médecin légiste travaillait, la liste des questions se transformant en une inquiétante série de choses qu'elle aurait pu manquer.

Est-ce qu'elle avait posé les bonnes questions ?

Et s'ils ne trouvaient pas la personne responsable ?

L'épuisement s'infiltrait dans ses muscles, et tandis qu'elle restait aussi immobile que possible, ne voulant pas réveiller Scott, elle se demanda si Turpin et le reste de l'équipe d'enquête étaient aussi troublés qu'elle par cette affaire non résolue qu'ils étaient censés résoudre.

Quelques instants plus tard, son téléphone la tira d'un sommeil agité en vibrant sur la table de chevet. L'écran était allumé et elle se précipita pour répondre alors que Scott grommelait et se retournait.

— Allô ? murmura-t-elle en cherchant à tâtons le cordon de la lampe qui pendait sur la table pour l'allumer.

Elle passa sa main dans ses cheveux et elle jeta un coup d'œil à l'heure sur l'écran.

Cinq heures.

— Jan ? Désolé de te réveiller, mais Tom Wilcox m'a dit que tu étais de garde cette nuit.

— Jasper ?

Elle balança ses jambes hors du lit, le cœur battant à cause du choc du téléphone qui venait de sonner et du tremblement dans la voix du chef de la police scientifique.

— Que se passe-t-il ?

— J'ai besoin que tu reviennes dans les bois, aussi vite que possible.

— Le… les bois ?

Elle s'arrêta, son pantalon à mi-cuisses, submergée par la confusion.

Puis elle entendit des voix en train de crier au loin, et la réponse étouffée de Jasper alors qu'il couvrait le microphone de son téléphone avec sa main, puis des excuses murmurées.

— Tu es à Hacca's Brook ? parvint-elle à dire.

— Oui, et tu dois venir ici maintenant, fut la réponse.

— Pourquoi ?

— Parce que nous venons de découvrir un troisième corps.

CHAPITRE 29

Mark écarta les bras et jura contre le sentier boueux et glissant sous ses bottes.

Les yeux embués après une nuit blanche à réfléchir à l'affaire avant d'être réveillé par la sonnerie de son téléphone, son pantalon déjà souillé au niveau des ourlets et complètement trempé, il s'arrêta pour prendre une profonde inspiration et se reconcentrer sur la tâche à accomplir.

Plus loin, le long du chemin familier qui serpentait à côté du ruisseau maintenant gonflé, il pouvait voir Jasper et son équipe rassemblés près d'un nouveau cordon bleu et blanc.

La zone boisée s'était transformée, passant d'un bosquet idyllique à un endroit sombre et humide qui empestait le sous-bois pourri, faiblement éclairé par un ciel gris qui tentait de percer la canopée des arbres au-dessus.

Il fit un pas de plus et sa botte s'arracha de la boue avec un bruit de succion réticent. Il aperçut sa collègue parmi un groupe d'agents en uniforme, lui tournant le dos pendant qu'elle donnait des ordres.

Le chef de la police scientifique leva les yeux de sa

tablette tandis que Mark s'approchait, il s'excusa auprès du groupe improvisé et il vint à sa rencontre à la limite extérieure du ruban.

— Bonjour, Mark.

— Jasper. Jan m'a dit au téléphone que tu avais trouvé un autre corps.

Il regarda par-dessus l'épaule de l'homme, au-delà du ruban et vers le ruisseau débordant.

— Il est où ?

— Là-bas sur une bâche, juste derrière ce tronc d'arbre à droite.

Jasper grimaça.

— Nous n'avions pas le choix, l'eau monte rapidement.

— À quelle vitesse ?

— Tout ça sera sous l'eau d'ici quelques heures.

Le technicien ajusta son masque et l'abaissa sur son cou.

— Qui l'a trouvé ?

— C'est moi. Je suis arrivé ici il y a quelques heures, aux premières lueurs. Je m'inquiétais de l'effet des inondations sur les deux sites funéraires, au cas où Gillian ou ton équipe auriez besoin de plus d'informations avant qu'on ne rende les bois à la société de construction. J'ai discuté avec Hayden Bridges l'autre jour, et il m'a dit que le Hacca's Brook, ce ruisseau, avait tendance à déborder. Dans les villages, les propriétaires gèrent l'atténuation des inondations et maintiennent le ruisseau libre de débris pendant l'année, mais ici…

— Qu'est-ce que tu as vu quand tu es arrivé ?

— Je vais te montrer. Tu as des chaussures imperméables là-dessous ?

Mark jeta un coup d'œil aux revêtements protecteurs en plastique sur ses pieds et il hocha la tête.

— Même si je pense que l'idée du fabricant de ce qui est imperméable est généreuse dans la description.

— Allez viens, dépêchons-nous avant que tout ne soit détrempé.

Jasper remit son masque, attendit un moment que Mark fasse de même et tire une capuche protectrice sur sa tête, puis il souleva le ruban.

Mark emboîta le pas au chef de la police scientifique en veillant à poser ses pieds dans les empreintes de l'autre homme, et il le suivit au-delà des deux tombes d'origine.

Elles étaient remplies d'une eau sale couleur café, avec des débris de feuilles et des brindilles qui flottaient à la surface là où la pluie avait balayé le champ de l'autre côté de la haie et vers le ruisseau.

— Par ici.

La voix de Jasper le rappela à l'ordre et il se dépêcha de le rattraper.

Le sentier s'élargissait vers le ruisseau et Mark remarqua que l'eau débordait sur une grande partie de la fine bande de terre qui descendait en pente.

Le sol ici s'était effondré, emportant avec lui un vieux tronc de chêne tombé qui bloquait partiellement l'écoulement du ruisseau.

— L'agence pour l'environnement nous a déjà contactés, dit Jasper en s'agrippant à un jeune arbre d'une main gantée pour ne pas glisser dans l'eau. Ils veulent intervenir et enlever cet arbre dans l'heure, sinon il y aura des inondations plus en amont d'ici midi.

— Bon sang.

Mark balaya du regard la scène.

— Ok, alors où était le corps quand tu l'as trouvé ?

— Il était à environ deux mètres à droite de là où tu te

tiens. Je ne l'ai vu que parce que je me promenais par ici pour voir jusqu'où l'eau était montée.

Mark fit un pas de côté et gémit lorsque son pied s'enfonça dans le sol et que l'eau lui monta jusqu'au genou.

— Ce n'était pas aussi haut il y a une heure, évidemment, dit Jasper sans humour. C'est pour ça que nous avons déplacé le mort.

— Lui, pas elle ?

— C'est ce que Gillian a dit quand elle a vu les restes. J'ai vu le crâne parmi la terre qui est au pied de cette racine d'arbre là-bas. La pluie a dû le déterrer ou quelque chose comme ça.

Mark s'extirpa soigneusement de l'eau et prit la main tendue de Jasper avec un grognement de remerciement.

— Il est dans quel état ? Le squelette, je veux dire.

— Dans un pire état que les autres.

Le technicien de la police scientifique plissa le nez.

— Le sol est probablement plus humide ici, même pendant les mois secs, c'est sans doute pour ça. Dès que je l'ai vu, j'ai signalé la découverte et j'ai fait venir trois membres de mon équipe pour qu'on puisse récupérer ce qu'on pouvait avant que cette berge ne soit inondée.

— Bon sang.

Mark jeta un dernier regard à l'eau qui léchait ses pieds.

— Très bien, examinons-le avant qu'ils ne l'emmènent, d'accord ?

— Par ici.

Ils trouvèrent Jan en pleine conversation avec Gillian à côté d'une bâche en plastique que Jasper et son équipe avaient déployée sur un talus herbeux plus élevé que la ligne d'eau et à l'abri des torrents qui cascadaient maintenant à travers les broussailles depuis les champs environnants.

Disposés en une approximation grossière de forme humaine se trouvaient les restes brisés d'un squelette, et à ses pieds, une collection hétéroclite de vestiges de vêtements.

Jan grimaça quand elle croisa son regard.

— Celui qui l'a tué lui a coupé l'annulaire, chef.

Mark regarda vers l'endroit où il s'attendait à voir la main gauche du squelette et il fronça les sourcils devant l'amas d'os en désordre.

— Comment est-ce que tu peux le dire en voyant tout ça ?

La médecin légiste s'accroupit et sortit un stylo à bille de sa poche.

— Tu vois l'os ici ? Je sais que certains fragments d'os ont probablement été perdus dans l'inondation, mais celui-ci a été cassé. Pas comme dans le cas d'une fracture. Je pense, et je confirmerai cela une fois de retour au labo, qu'il a été coupé avec une lame.

Mark grimaça.

— Merde. Avant ou après—

— Désolée. Je ne peux pas le dire à partir de ça.

— On peut donc supposer que cette victime était mariée, et que celui qui l'a assassiné n'a pas pu enlever l'alliance.

Mark tourna son attention vers le crâne.

— Même blessure, derrière l'oreille ?

— Il y a des dommages au crâne, oui. Je ne peux pas confirmer si c'est la cause de la mort avant de l'avoir nettoyé.

Jan se déplaça jusqu'à se tenir à son épaule et elle lui donna un léger coup.

— Gillian a trouvé quelque chose qui pourrait nous aider, chef.

— Vraiment ? Quoi ?

En réponse, la médecin légiste leva les yeux vers Jasper.

— Ton équipe a fait du bon travail en récupérant ce que vous pouviez, vu les circonstances. Surtout ceci.

Elle tourna la jambe gauche du squelette jusqu'à ce que Mark aperçoive un petit scintillement percer l'obscurité.

— Est-ce que c'est—

— Oui.

Gillian leva les yeux et sourit.

— Il a subi une opération de remplacement du genou à un moment donné. Nous devrions pouvoir nettoyer ça et obtenir un numéro de série sur cette prothèse.

Malgré tout, malgré le fait qu'ils avaient maintenant une troisième victime, malgré le fait que leur scène de crime disparaissait rapidement sous l'eau, Mark sourit.

— Eh bien, il était grand temps qu'on ait un peu de chance, non ?

CHAPITRE 30

Mark s'arrêta sur le seuil de la salle des opérations, le cœur serré devant la cacophonie des téléphones qui sonnaient.

— Oh mon Dieu, murmura Jan en repoussant ses cheveux mouillés de son visage.

Elle lui donna une légère poussée pour atteindre son bureau et sortit une serviette du tiroir du bas.

— Le communiqué de presse est sorti ce matin, n'est-ce pas ?

— Et Bill McFarlane nous a déjà appelés deux fois, dit Caroline en leur remettant à tous deux un ordre du jour avant même qu'ils n'aient pu retirer leurs vestes. Apparemment, ses responsables et le client ont entamé des négociations de contrat pour une prolongation de délai, et cela va se chiffrer en centaines de milliers.

— On se fiche des négociations de contrat.

Mark se retourna en entendant cette voix bourrue pour voir Kennedy debout à la porte de son bureau, les mains sur sa ceinture.

— Comment diable les chiens détecteurs de cadavres ont-ils pu rater un troisième corps ? aboya-t-il.

— Peut-être qu'on devrait envoyer Jasper plutôt que les chiens à l'avenir, dit Alex, puis il baissa les yeux vers son écran d'ordinateur, le visage en feu alors que l'inspecteur principal lui lançait un regard noir.

— Très drôle, McClellan. Mark, Jan, allez enfiler des vêtements secs. Briefing dans dix minutes.

Mark attrapa son sac à dos sous son bureau et se précipita au rez-de-chaussée vers le vestiaire des hommes alors que Jan disparaissait dans celui des femmes quelques secondes avant lui.

Après la douche la plus rapide possible, il sortit une chemise et des chaussettes propres de son casier, tira un jean de son sac à dos et retourna en chaussettes dans la salle des opérations.

Jan sourit en le voyant, ses cheveux mouillés attachés en arrière et l'exemplaire du *Herald* de la veille à la main. Elle le déchira en deux et lui tendit la section sports.

— Mets ça dans tes chaussures, dit-elle. Avec un peu de chance, elles seront sèches dans quelques heures.

Il suivit son conseil, puis prit son carnet et un stylo avant de se dépêcher de la rejoindre avec le reste de l'équipe d'enquête devant le tableau blanc.

Kennedy haussa un sourcil et consulta sa montre tandis que Mark se laissait tomber sur une chaise libre à côté de Tracy.

— Pas mal. Au moins vous avez réussi à passer un peigne dans vos cheveux, Turpin.

Le reste de l'équipe ricana, puis le visage de l'inspecteur principal devint sérieux.

— Tout d'abord, dit-il, Jan, les photos sur votre téléphone, j'ai besoin que vous les téléchargiez dans HOLMES2 dès que nous aurons terminé ici. Est-ce que vous avez pris des clichés des pièces chirurgicales identifiées par Gillian ?

— Oui, chef. Elle a réussi à nettoyer une partie de la saleté sur place et j'ai noté le numéro de série qu'elle a repéré. Je vais essayer de retrouver le fabricant ce matin. Avec un peu de chance, ils pourront nous dire où ces pièces ont été utilisées, et nous pourrons alors contacter l'hôpital concerné.

Kennedy mit à jour les notes sur le tableau blanc pendant qu'elle parlait, puis il hocha la tête.

— Bien, merci. Est-ce que quelqu'un a quelque chose d'utile parmi les appels téléphoniques reçus jusqu'à présent suite au communiqué de presse de ce matin ?

— Nous avons réussi à retirer trois personnes de notre liste des personnes disparues, dit Caroline. La ligne d'assistance nationale a reçu deux appels, et nous en avons reçu un anonyme ici d'une femme nous demandant de faire savoir à sa famille qu'elle était saine et sauve, elle veut simplement éviter tout contact avec eux.

Mark vit une partie du stress quitter le visage de l'inspecteur principal.

— C'est bien d'avoir quelque chose de positif qui sorte de tout ça, dit-il. Espérons qu'il y en aura d'autres. Quelqu'un d'autre ?

— J'ai retravaillé la liste des personnes disparues de la base de données pour tenir compte de notre dernière victime, dit Alex depuis l'arrière du groupe.

Il se leva et éleva la voix au-dessus des conversations murmurées.

— En utilisant les mêmes paramètres que pour notre liste

de femmes disparues de plus de cinquante ans, et en me limitant aux hommes de la région pour commencer, j'ai réduit la liste à soixante-douze noms.

Ses paroles furent accueillies par un gémissement sonore et Mark baissa les yeux vers la moquette, le cœur serré à cette nouvelle. Quand il releva la tête, même Kennedy semblait abattu.

— Est-ce qu'il y a quelqu'un sur cette liste qui se démarque ? demanda l'inspecteur principal.

— J'ai parcouru rapidement certains des rapports qui ont été déposés à l'époque, répondit Alex en gardant un ton optimiste malgré le désespoir de ses collègues. Je pense que si nous recoupons ces informations avec ce que la ligne d'assistance nationale pourrait avoir comme renseignements, nous pourrions éliminer certains de ces noms. Vous savez, des personnes qui ne veulent pas être retrouvées par leurs familles, ou celles que je trouve dans notre système qui sont en détention provisoire, là encore peut-être à l'insu de leurs familles. Je devrais avoir une liste finalisée à partager d'ici une heure environ, chef.

— Ok.

Kennedy se retourna vers le tableau et ajouta la mise à jour d'Alex.

— Tenez-moi au courant dès que possible. Qui est retourné sur le site avec l'équipe de Jasper ?

— Grant Wickes et Alice Fields, chef. Maintenant que la presse a eu vent de cette affaire, j'ai pensé qu'il fallait y maintenir une présence régulière, au moins jusqu'à ce qu'on soit absolument certains cette fois qu'il n'y a pas d'autres restes là-bas.

Mark remua ses orteils en chaussettes sur la moquette tout

en parcourant du regard les notes plus anciennes sur le tableau.

— Nous devons surveiller le niveau des eaux là-bas, et dès qu'il commencera à baisser, Jasper dit qu'il y retournera avec une équipe pour fouiller la zone au cas où quelque chose aurait été emporté par les eaux et n'aurait pas été repéré auparavant.

L'inspecteur principal soupira.

— Je ferais mieux d'appeler le quartier général après ça pour leur dire qu'ils vont devoir débloquer un budget plus important pour cette affaire… Alex, vous pouvez relancer le labo concernant cette analyse ADN ? Je sais qu'ils vous diront qu'il va falloir une semaine ou plus, mais peut-être qu'ils vont avoir pitié de nous.

— Je m'en occupe, chef.

— Bien.

Kennedy parcourut du pouce sa copie de l'ordre du jour, puis leva les yeux.

— Priorités pour le reste de la journée : identifier l'hôpital qui a reçu ces prothèses de genou et le patient sur lequel elles ont été utilisées, et finaliser le reste des entretiens avec les familles des personnes disparues localement qui correspondent à notre profil révisé. Mettons-nous au travail.

Mark sortit son téléphone de la poche de sa chemise quand il vibra, il jeta un coup d'œil à l'écran puis se dirigea vers Kennedy pendant que le reste de l'équipe retournait à leurs bureaux.

— Gillian m'a envoyé un message pour me dire qu'elle va faire l'autopsie de notre troisième victime cet après-midi, dit-il. Elle prévoit de faire une visioconférence avec Angela Powell en même temps. Elle a mentionné ce matin que c'est le seul moyen d'obtenir une évaluation anthropologique des restes le plus rapidement possible. Angela ne peut pas revenir ici avant trois jours en raison d'engagements en tant qu'enseignante, mais elle sera disponible après cela si Gillian estime nécessaire qu'elle examine les restes de plus près.

— Ok.

L'inspecteur principal fit un signe du menton vers les détectives de rang inférieur qui se regroupaient autour de leurs bureaux.

— Commencez à appeler les fabricants médicaux. Caroline et Alex peuvent assister à l'autopsie pendant que vous et Jan examinez les prothèses pour voir si vous pouvez retrouver notre victime à partir de ce numéro de série.

— Ça me va, chef.

— Nous devons maintenir cette enquête dans la bonne direction, Mark. Surtout maintenant que la presse s'y intéresse de près.

CHAPITRE 31

Le menton posé dans la main, Mark clignait des yeux pour contrer la sécheresse et l'éblouissement causés par l'écran de son ordinateur.

Un lever matinal, une nouvelle victime, et la pensée terrifiante qu'un tueur était passé inaperçu pendant deux ans, peut-être plus, commençait à peser sur toute l'équipe.

— Tiens.

Il sursauta en entendant la voix à côté de lui, puis adressa un sourire penaud à Caroline qui lui tendait un grand gobelet de café à emporter du fast-food d'en face.

— Tu avais l'air d'en avoir besoin, dit-elle en faisant le tour avec son plateau en carton jusqu'au bureau de Jan pour distribuer le reste des boissons. Moi, en tout cas, j'en avais besoin.

— Je te revaudrai ça.

Mark retira doucement le couvercle et inhala l'arôme.

— Comment ça avance ?

Caroline jeta le plateau dans une boîte vide réservée au recyclage et examina l'écran de Jan.

— On attend le rappel du registre national des prothèses concernant le numéro de série de la pièce que Gillian a trouvée, dit Mark. Si on connaissait l'identité de la victime, on pourrait simplement demander à son médecin traitant dans quel hôpital il a été opéré, et ils pourraient confirmer grâce aux étiquettes qu'ils retirent de la prothèse et ajoutent à son dossier médical.

— Donc c'est une façon de procéder à l'envers ?

— Oui, en quelque sorte. Mais si le registre peut retrouver le numéro de série, alors le même principe devrait fonctionner. Ils devraient pouvoir nous mettre en contact avec l'hôpital et nous donner le nom de notre victime.

— À condition que notre victime n'ait pas subi cette opération à l'étranger.

Mark laissa échapper un rire sans joie.

— Merci pour ça.

— Désolée. Beaucoup de gens le font, non ?

— Espérons que notre victime n'en fasse pas partie. À quelle heure Gillian fait l'autopsie ?

— À treize heures. Ils ne voulaient pas attendre pour déplacer les restes loin du ruisseau de peur de perdre d'autres ossements, et elle dit que plus tôt elle commencera, plus elle aura de temps pour appeler Angela Powell et la consulter entre ses cours de cet après-midi.

— Ça se tient. Ok, en attendant, reconnecte-toi à ton ordinateur et aide-nous, Jan et moi, avec cette liste, tu veux bien ? Alex a élargi les paramètres de la base de données pour inclure les hommes ainsi que les femmes de plus de cinquante ans, et on cherche des dépositions qui mentionnent des chirurgies du genou au cas où on n'obtiendrait rien du registre des prothèses.

— Pas de problème. Vous en avez trouvé combien jusqu'à présent ?

— Quatre possibilités. Jan appelle pour essayer d'obtenir plus d'informations à leur sujet.

— Et tu peux rayer le dernier.

Sa collègue brandit son téléphone portable.

— M. Lucas a été retrouvé six semaines après sa disparition. Ni lui ni sa famille ne nous ont prévenus, donc le dossier n'avait pas été mis à jour.

Mark leva les yeux au ciel.

— Tu veux bien informer aussi le service des personnes disparues ?

— J'étais sur le point de leur envoyer un email.

— Merci. On continue, hein ?

Il avala la moitié de son café, puis posa le gobelet à côté de sa corbeille d'entrée et fit apparaître la prochaine entrée de la liste.

Cette fois, il s'agissait d'une femme d'une soixantaine d'années qui avait disparu un matin à Grove, sans jamais être revue.

Tandis qu'il parcourait rapidement les déclarations initiales de la famille et des amis, il essaya d'ignorer le désespoir qui lui étreignait les entrailles.

Jusqu'à présent, les sites d'actualités en ligne se contentaient de reprendre les termes du communiqué de presse émis le matin, mais avec trois corps maintenant retrouvés et aucune réponse, ce n'était qu'une question de temps avant qu'un journaliste ne s'aventure à suggérer qu'un tueur en série sévissait dans la région.

Un tueur en série qui avait, d'une manière ou d'une autre, échappé à toute détection jusqu'à présent.

Malgré la frustration de Kennedy face à la progression

des chiens détecteurs de cadavres sur la scène de crime, il avait convenu avec Jasper de les renvoyer sur place dans l'heure.

Mark déglutit.

L'idée qu'un quatrième corps, ou davantage, puisse encore être enterré dans le petit bois, allait mettre les journaux locaux en ébullition – et attirerait, selon toute vraisemblance, l'attention des médias nationaux.

Il expira bruyamment et fit défiler la liste jusqu'au rapport suivant avant que ses yeux ne se tournent vers le téléphone de son bureau qui sonnait.

Il reconnut le numéro affiché et il l'arracha de son socle avant la deuxième sonnerie.

— Inspecteur Turpin.

— Détective, c'est Madeline Taylor du registre national des prothèses. J'ai les informations que vous avez demandées.

Mark se redressa d'un coup sur son siège et claqua des doigts vers Jan, puis il pointa le téléphone.

— Vous avez un nom ? demanda-t-il en se levant, incapable de rester immobile.

— En effet. Cette pièce particulière a été utilisée lors d'une chirurgie du genou pour un patient de la région de Blewbury. Un certain M. Roger Parnett. Soixante-douze ans à l'époque, c'était il y a presque deux ans. J'ai ici les coordonnées du chirurgien, ainsi que celles de son médecin traitant. Vous avez un stylo sous la main ?

Mark griffonna les détails dans son carnet, remercia la femme, puis raccrocha.

Jan sourit.

— Tu l'as trouvé ?

— Il semblerait. Je vais appeler le cabinet médical

pendant que tu appelles le bureau du chirurgien. Une fois qu'on aura confirmé que ce Roger Parnett est bien notre homme, nous commencerons par interroger le médecin traitant, puis la famille.

— Qu'est-ce que tu veux que je fasse ? demanda Caroline.

— Dis à Gillian qu'on a un nom quand tu la verras, et qu'on va parler au médecin traitant de cet homme. Si elle trouve quoi que ce soit pendant l'autopsie et que tu penses que nous devrions le savoir, appelle-moi tout de suite.

— Je n'y manquerai pas, chef.

— Bien, Jan, allons-y. On peut passer ces coups de fil en descendant au parking.

CHAPITRE 32

Mark s'appuya contre la voiture et savoura la brise fraîche qui agitait les branches délicates du saule au-dessus de sa tête.

De l'autre côté de la route, une allée pavée serpentait derrière une haie de troènes qui ornait le jardin d'une grande maison en grès. Avec ses hautes cheminées à chaque extrémité d'un toit à pignon et ses fenêtres élevées, le bâtiment aurait paru imposant sans la jolie glycine lilas qui décorait le porche d'entrée et enlaçait les encadrements des fenêtres de chaque côté.

Sur l'allée était garé un élégant coupé noir, son toit souple abaissé exposant des sièges en cuir fauve qui respiraient le confort.

Il soupira et se détourna tandis que Jan terminait son appel, reléguant la vision de cette voiture à une liste de souhaits qui ne se concrétiserait jamais avec un salaire d'inspecteur.

— Désolée, j'étais obligée de répondre, dit-elle en fourrant son téléphone dans son sac avant d'en remonter la bandoulière sur son épaule.

— Tout va bien ?

Elle souffla pour dégager ses cheveux de ses yeux et elle hocha la tête.

— Scott doit commencer un nouveau contrat de décoration demain, alors on attendait de savoir si sa mère pouvait prendre les jumeaux pour les prochains jours.

— Si tu as besoin de partir plus tôt après ça, je peux te couvrir, dit-il en se dirigeant vers la maison. Juste pour que tu puisses t'organiser.

— Merci, mais ça va aller. Elle va passer demain pour les récupérer avant que je parte au travail.

Elle sourit.

— Je crois qu'ils ont pensé tous les deux qu'ils allaient pouvoir m'accompagner pendant un instant.

Mark rit doucement.

— Ok, pendant que tu étais au téléphone, je me suis renseigné sur le Dr Wilson—

— Entre deux coups d'œil à sa voiture ?

— Très drôle.

Il jeta un coup d'œil à ses notes.

— Dr Candice Wilson, médecin généraliste au cabinet de Roger Parnett pendant trente ans avant de prendre sa retraite il y a peu. Holly, la réceptionniste à qui j'ai parlé, m'a dit qu'elle était consciencieuse, excellente avec les patients, et que son départ était très regretté.

— D'accord, voyons ce qu'elle peut nous dire sur Roger, alors ?

Mark se tourna vers Jan lorsqu'ils atteignirent le porche et sonna.

— Je vais mener cet entretien, si ça te convient.

— Bien sûr, pas de problème.

Il redressa machinalement sa cravate en entendant un

verrou qu'on tirait, puis la porte s'ouvrit et une femme scruta par l'entrebâillement, ses yeux verts et vifs sous une touffe de cheveux blancs.

— Détective Turpin ?

— Et ma collègue, l'enquêteuse Jan West.

Il lui présenta sa carte professionnelle.

— Belle maison, Dr Wilson.

— Merci. Même si elle paraît plutôt vide quand les petits-enfants ne sont pas là à courir partout. Entrez, je vous en prie.

La femme les guida à travers un sol dallé, puis elle descendit une marche vers une cuisine lumineuse, avec une porte arrière ouverte sur un vaste jardin qui descendait doucement vers une berge.

Mark parcourut du regard le parquet en chêne et les plans de travail sur mesure, se rappelant que le mari de la médecin avait été trader à la City. Manifestement, la retraite leur convenait à tous deux – ainsi que leurs considérables pensions.

— Je comprends que vous souhaitiez me parler d'un de mes patients, dit Wilson en indiquant la porte arrière. Nous pouvons nous asseoir dehors ? C'est ombragé de ce côté de la maison pour encore une heure environ, et j'ai préparé du thé glacé.

Interceptant le regard désespéré que Jan lui lança, Mark acquiesça et suivit les deux femmes à l'extérieur.

La médecin retraitée traversa la pelouse soigneusement entretenue jusqu'à une table ronde en bois dur avec des chaises assorties, installées sous un grand marronnier. Le bourdonnement des abeilles dans les branches au-dessus de la tête de Mark produisait un son apaisant qui reflétait la tranquillité de ce vaste environnement.

— Michael est sorti pour la journée, du cricket à

Edgbaston, dit Wilson en versant du thé glacé d'un grand pichet dans trois verres qu'elle distribua pendant qu'ils s'asseyaient. Je ne supporte pas ce sport, mais son absence jusqu'à tard ce soir me donne le temps de me plonger dans un bon livre.

Mark remarqua le roman d'amour retourné et il reconnut le nom de l'auteur comme étant un écrivain local.

— Nous sommes désolés d'interrompre votre journée.

Wilson leva une main.

— Ne dites pas de bêtises. Vous avez un travail à faire, et je veux aider. Qu'est-ce que vous avez besoin de savoir ? C'était bien de Roger Parnett dont vous vouliez parler, n'est-ce pas ?

— Oui.

Il fit une pause pour prendre une gorgée de la boisson fraîche, puis il s'installa dans son siège en calant son dos entre deux des barreaux en bois dur.

— Nous avons appris par votre ancien cabinet que vous étiez son médecin traitant, ainsi que pour sa femme. Nous espérions parler à cette dernière, mais apparemment elle est décédée il y a six mois, juste avant votre départ en retraite.

— C'est bien ça, oui.

Wilson baissa son verre et son regard dériva vers la maison tandis qu'elle parlait.

— Brenda ne s'est jamais remise de la disparition de Roger. Elle a fini par avoir une attaque cérébrale massive, même si à l'époque, l'un de mes collègues a suggéré qu'elle était morte de chagrin. Bien sûr, il n'existe pas de condition médicale spécifique appelée ainsi, mais je pense que le stress a fortement contribué à son AVC.

— Comme je l'ai dit au téléphone, nous enquêtons sur les restes d'un homme trouvés au sud de Didcot et nous avons retrouvé la trace de Roger grâce aux dossiers de son opération de remplacement du genou, dit Mark. J'espère que vous allez pouvoir nous donner une idée de ce qu'il était quand il était votre patient.

Wilson se pencha en arrière dans sa chaise.

— Pauvre Roger. Il ne méritait pas ça.

— Depuis combien de temps est-ce que vous étiez son médecin ?

— Oh, depuis toujours.

Wilson esquissa un rapide sourire en faisant tourner son verre dans une flaque de condensation qui se formait sur la table.

— Au moins vingt ans, peut-être un peu plus.

— Lui ou sa femme ont-ils déjà mentionné des problèmes, peut-être des inquiétudes concernant les personnes autour d'eux ?

— Non, pas que je me souvienne. Ils n'avaient pas de proche famille, pas d'enfants.

Elle grimaça.

— L'opération du genou de Roger ne s'est pas aussi bien passée que nous l'espérions tous, et il a souffert beaucoup après. Brenda était en surpoids, et elle avait du mal à s'occuper de lui. Ils ne sortaient pas beaucoup avant son opération, et après j'ai essayé de les persuader de faire de courtes promenades pour aider à sa rééducation. Il était encore confiné à la maison des semaines après l'opération, même si je pense que c'était de sa faute. Il était plus réticent que la plupart à suivre le programme de kinésithérapie.

— Ah bon ? Pourquoi cela d'après vous ?

— Roger et Brenda vivaient plutôt repliés sur eux-mêmes. Leurs passe-temps, quels qu'ils soient, n'impliquaient pas d'autres personnes. C'était tellement dommage à voir, ils n'avaient pas de difficultés financières, ils auraient donc pu sortir et s'amuser davantage. Ils ont simplement choisi de ne pas le faire.

Wilson soupira.

— Je ne dis pas que les gens doivent avoir beaucoup d'interactions sociales pour avoir une meilleure qualité de vie, certaines personnes sont simplement plus introverties que d'autres, mais une fois qu'on apprenait à connaître Brenda et Roger, ils étaient assez sociables. Je finissais toujours par éclater de rire quand Roger venait me voir. Il avait un esprit très vif.

— Quand est-ce que vous avez appris sa disparition ?

— Le lendemain matin.

Wilson fit une pause pour prendre une gorgée délicate de thé glacé.

— Il me semble que c'est Holly au cabinet qui a entendu le message vocal sur notre répondeur.

— De qui venait le message ?

— Brenda. Elle avait la police chez elle à ce moment-là, et comme ils n'avaient pas d'enfants, je suppose qu'elle ne savait pas qui d'autre appeler. Comme je l'ai dit, je m'entendais bien avec eux, donc je présume que c'est pour cela qu'elle a téléphoné au cabinet.

— Il était quelle heure quand vous avez reçu le message ?

— J'étais en train de relire mes notes avant l'ouverture, donc il devait être environ huit heures moins dix quand Holly a fait irruption dans mon cabinet pour me le dire. J'ai appelé Brenda immédiatement, puis je suis allée chez elle dès que possible. Nous avions des patients toute la journée, donc je n'y suis arrivée qu'en fin d'après-midi. Il y avait une policière avec elle et l'un des voisins.

— Évidemment, sans pouvoir parler nous-mêmes à

Brenda, nous essayons de comprendre autant que possible la disparition de Roger à travers des entretiens comme celui-ci, dit Mark. Est-ce que vous vous souvenez de quelque chose qu'elle vous aurait dit à l'époque qui pourrait nous aider ? Y avait-il un indice que son mari pourrait disparaître ?

— Non, et c'est ce qui me tracasse depuis, dit Wilson. C'était Roger qui était réticent à intégrer la marche dans leur routine, pas Brenda. Quelques semaines après son opération, j'étais allée chez eux et je leur avais fait un petit discours sur leur santé. Je pense qu'après cela, Brenda a réalisé que sans la mobilité de Roger, elle allait devoir perdre du poids. Elle a dit qu'elle avait commencé le lendemain de ma visite…

— C'était quand, par rapport au jour de sa disparition ?

— Environ une semaine avant. Peut-être dix jours, mais pas plus.

— Continuez.

— D'après ce que j'ai pu comprendre, sa voisine d'à côté était aussi l'une de mes patientes avant ma retraite, Brenda attendait qu'il fasse nuit avant de quitter la maison. Je pense qu'elle se sentait un peu gênée par tout ça, pour être honnête. La voisine l'avait aperçue à quelques reprises en fermant les rideaux de l'étage. Quoi qu'il en soit, Brenda m'a dit qu'elle marchait jusqu'au bout de la rue, tournait à gauche et suivait la route principale pour revenir vers l'avenue où ils vivaient et faire une boucle.

— Combien de temps lui fallait-il pour faire le tour du pâté de maisons ?

— Trente minutes, selon elle. Gardez à l'esprit qu'elle était très obèse, donc elle devait être à bout de souffle au moment de rentrer chez elle, j'imagine.

Wilson sourit.

— Elle était vraiment déterminée à améliorer sa santé,

détective. J'aurais simplement souhaité qu'ils aient tous les deux commencé quelques années plus tôt.

— Revenons à la nuit où Roger a disparu…

— Oui, bien sûr. Pardon. Eh bien, elle est revenue de sa promenade habituelle, et il n'était plus là. Il avait juste… disparu.

Mark fronça les sourcils.

— Est-ce qu'elle a mentionné si la porte d'entrée était verrouillée ou ouverte ?

— Je ne m'en souviens pas, désolée.

— Ok. Qu'en est-il des autres problèmes de santé ? Roger semblait-il confus ou désorienté la dernière fois que vous l'avez vu ?

— Non, rien de ce genre. Comme je l'ai dit, il avait l'esprit vif et il était complètement dévoué à Brenda. C'était totalement contraire à sa personnalité.

— Une dernière question, si vous permettez, Dr Wilson.

Mark attendit pendant que Jan sortait un dossier de son sac et en extrayait une photographie.

— Pourriez-vous me dire si vous avez déjà rencontré cette femme, Annabelle Studley ?

La docteure prit les lunettes de lecture posées à côté du livre et les mit pour examiner l'image un moment.

— Je ne peux pas dire que je reconnaisse le visage ou que je me souvienne du nom. Est-ce qu'elle…

Tandis que ses mots s'estompaient, elle retira ses lunettes et son visage pâlit légèrement.

— Oh, non… c'est une autre victime ?

— Nous essayons de retrouver sa trace pour le moment.

Il rendit la photographie à Jan.

— Mais vous êtes sûre de ne jamais vous être occupée

d'elle ? Elle habitait à environ cinq kilomètres de votre ancien cabinet.

— Vous pouvez vérifier auprès de Holly, bien sûr, mais non, je ne me souviens pas d'elle. Est-ce qu'elle avait un médecin traitant qu'elle consultait régulièrement ?

— Oui, en effet.

La docteure vida son verre, puis le regarda avec curiosité.

— Je peux vous poser une question ? Concernant Roger.

— Bien sûr.

— Pourquoi diable un homme qui était incapable de marcher loin par lui-même et réticent à quitter sa maison aurait-il fait exactement cela, pour être ensuite assassiné et enterré dans une tombe peu profonde ?

C'était au tour de Mark de soupirer.

— Dr Wilson, si je le savais, je ne serais pas assis ici à me poser exactement la même question.

CHAPITRE 33

Jan ressentit un changement palpable d'énergie parmi ses collègues lorsqu'elle entra dans la salle des opérations le lendemain matin.

Elle aperçut Alex debout près du tableau blanc en train de parler à Kennedy et elle consulta sa montre.

Le briefing devait commencer dans dix minutes, elle prit donc un moment pour réviser ses notes de l'entretien avec la médecin de Roger Parnett. En feuilletant ses pages d'avant en arrière, elle se demanda à qui d'autre ils pourraient parler concernant la disparition de cet homme.

Ils étaient en train d'épuiser rapidement leurs options – après avoir quitté la maison du Dr Wilson, Turpin les avait conduits dans l'ancienne rue des Parnett où ils avaient passé une heure à frapper aux portes et à parler aux voisins qui se souvenaient du couple.

Même si ces derniers se rappelaient d'eux comme d'un couple discret qui ne socialisait pas beaucoup mais qui était assez amical quand on les rencontrait, les voisins n'avaient fourni aucune nouvelle information.

Une femme, qui vivait deux portes plus loin de l'ancienne maison des Parnett, se souvenait que Brenda avait peut-être une sœur au Canada, mais elle ne se rappelait ni son nom ni son adresse.

— Kennedy va commencer, dit Turpin. Mieux vaut y aller si tu veux une place assise.

Jan referma son carnet d'un coup sec et le suivit devant le tableau blanc où elle s'assit à côté d'Alex.

— Comment s'est passée l'autopsie hier ? murmura-t-elle.

Le jeune détective haussa les épaules sans conviction.

— Aussi bien que possible…

Avant qu'il ne puisse en dire plus, Kennedy sortit à grands pas de son bureau, avança jusqu'à l'endroit où ils attendaient et se lança directement dans l'ordre du jour prévu.

— Commençons, dit-il. Caroline et Alex, les résultats de l'autopsie, s'il vous plaît. Qu'est-ce que vous avez ?

— Ce qui restait du crâne indiquait une fracture similaire à l'arrière, comme pour les autres, répondit Caroline. Il était trop difficile de déterminer si une strangulation avait également eu lieu – les os étaient trop endommagés, soit par des animaux sauvages qui les auraient attrapés, soit parce qu'ils ont été emportés par l'eau avant que Jasper et son équipe ne puissent les récupérer.

— Ou ils ont été perdus pendant le processus de récupération.

Kennedy ajouta une note à côté de la photographie la plus récente de la scène de crime.

— Des nouvelles de l'équipe de recherche sur place, ou de l'équipe de Jasper ? Comment avancent-ils ?

— Ils luttent contre les niveaux d'eau, chef, répondit Alex. Ça les a ralentis pendant qu'ils travaillaient plus loin le long du ruisseau. Jasper a étendu la zone de recherche après la découverte de ce matin, mais il dit qu'ils n'avaient pas trouvé d'autres os.

— Il en est sûr cette fois ?

— C'est ce qu'il dit, chef.

— Peut-être que notre meurtrier s'est arrêté à trois, alors.

L'inspecteur principal traça une flèche vers un petit espace disponible parmi les diverses notes et il ajouta la suggestion d'Alex.

— Quelqu'un sait à quelle fréquence ce ruisseau déborde ?

— Selon le type à qui j'ai parlé au conseil municipal, environ tous les quatre à cinq ans, dit Caroline. Il n'a pas débordé ces dernières années, mais ils ont mis en place une stratégie d'atténuation dans les villages et parmi les propriétaires fonciers depuis la dernière grande inondation pour s'assurer que le cours d'eau reste dégagé.

— Ce dernier engorgement a été causé par la vente du terrain pour le projet, ajouta Alex. Donc personne n'a surveillé le ruisseau le long de cette portion depuis la signature des contrats.

— D'où l'inondation.

Kennedy arpenta la moquette devant les officiers assis tout en tapotant le bout de son stylo contre son menton.

— Et notre deuxième victime ? Quelqu'un a pu l'identifier ?

— Pas encore, chef.

Jan se retourna sur son siège pour voir le sergent Peter Cosley debout à l'arrière du demi-cercle d'officiers, l'air harassé derrière ses lunettes alors qu'il parlait.

— Rien du tout ?

— À moins que nous ne trouvions un lien entre les trois

victimes, chef, je pense que ce sera presque impossible. Les vêtements découverts avec elle étaient dans un si mauvais état qu'il est difficile pour le laboratoire d'obtenir un échantillon convenable à des fins de comparaison pour nous dire ce que ça pourrait être.

Jan se retourna quand le portable de son collègue émit un bip.

Turpin jeta un coup d'œil au message avant d'élever la voix.

— Chef ? Je viens d'avoir des nouvelles du labo. Ils ont terminé l'analyse de l'échantillon d'ADN fourni par Liz Moorlock. C'est une correspondance familiale avec la première victime.

Kennedy tapota sur la photographie de la première victime étendue dans sa tombe, puis se retourna vers l'équipe.

— Nous avons donc notre seconde confirmation. Il s'agit d'Annabelle Studley.

Jan baissa les yeux vers son carnet, se rappelant le mari de la femme et le désespoir dans sa voix lorsqu'ils l'avaient interrogé. Sa poitrine se serra, puis elle entendit son nom.

— Jan, Mark, allez voir la famille et annoncez-leur la nouvelle, ordonna Kennedy. Avant que les médias ne l'apprennent. Les autres, concentrez-vous maintenant sur la deuxième victime et sur tout lien entre elles. On se retrouve demain matin.

— Je vais appeler Liz, murmura Jan en suivant Turpin vers leurs bureaux. Avec un peu de chance, elle pourra passer voir son père quand nous irons l'informer.

— Bonne idée.

Il regarda sa montre.

— Si elle ne peut pas, demande-lui s'il y a quelqu'un

d'autre, un ami proche ou un voisin qui pourrait nous rejoindre là-bas, et ensuite nous—

Le téléphone portable de Jan se mit à sonner et elle retint un cri de surprise en voyant le numéro à l'écran.

— C'est Liz Moorlock, dit-elle.

— Mets le haut-parleur.

Turpin s'appuya contre son bureau tandis que Jan répondait à l'appel.

— Madame Moorlock, j'étais sur le point de vous appeler, commença-t-elle. Nous nous demandions si vous pourriez—

— Détective West ?

La femme semblait effrayée, à bout de souffle.

— Vous pouvez venir ? Chez mon père, je veux dire.

— Il y a un problème ? Qu'est-ce qui ne va pas ?

Alarmée par le ton de la femme, Jan attrapa sa veste du dossier de sa chaise et jeta un œil aux clés de voiture près de son clavier.

— C'est Papa. Il dit des choses sur la disparition de Maman… Des choses qu'il ne m'a jamais dites avant. Je pense que vous devriez venir. Je ne sais pas quoi faire d'autre.

Jan se dirigeait déjà vers la porte et lança un regard reconnaissant à Turpin qui balançait son sac à main sur son épaule et la suivait.

— On arrive tout de suite.

CHAPITRE 34

Mark choisit de conduire et fila sur la voie rapide en direction de la sortie de Harwell. Sa collègue avait le nez plongé dans le dossier de l'enquête initiale tandis qu'il manœuvrait la voiture vers la voie de dépassement et accélérait.

Jan abaissa les pages qu'elle tenait pour regarder un moment par la fenêtre côté passager, puis elle se tourna vers lui.

— L'agent qui est intervenu à l'origine n'a jamais demandé à Liz ce qu'elle faisait quand sa mère a disparu.

— Quoi ?

Mark cligna des yeux en corrigeant un léger écart à travers les lignes pointillées au milieu de la route, et il jeta un coup d'œil vers elle.

— Pourquoi pas ?

— Aucune info à ce propos. C'était un agent stagiaire qui a depuis quitté la police, selon ce vieux dossier. On a interrogé Liz sur la maladie de sa mère et sur ce qui s'est passé après l'appel de son père, mais pas sur ce qu'elle faisait avant ça.

Mark fronça les sourcils.

— Je ne suis pas sûr que j'y aurais pensé non plus comme stagiaire, pour être honnête. Je veux dire, ça nous semble évident avec le recul, mais à ce moment-là…

— Il aurait été plus préoccupé par les recherches d'Annabelle, termina Jan, son attention à nouveau tournée vers la campagne qui défilait par la fenêtre. Je sais…

— À quoi tu penses ?

Elle attendit qu'il négocie un carrefour encombré et accélère en passant à l'orange, puis elle soupira.

— Je cherche peut-être juste une piste, vu qu'on n'a rien jusqu'ici, mais quelles sont les chances qu'elle m'appelle avant qu'on ait eu l'occasion de lui parler des résultats ADN ?

— Tu ne crois pas que c'est une coïncidence ?

— Je ne sais pas. Je veux dire, c'est quand même pratique qu'elle ait déjà parlé à son père avant qu'on ait pu lui annoncer que l'une de nos victimes est sa femme, non ?

Il fronça les sourcils en ajustant habilement le volant pour contrer le dévers irrégulier de la route sinueuse, puis il mit son clignotant à gauche en direction du village où vivait John Studley.

— Elle a probablement vu le communiqué de presse diffusé ce matin. Peut-être qu'elle s'inquiétait que son père l'apprenne aussi et que ça le bouleverse. Je veux dire, elle a dit elle-même qu'elle passe normalement voir son père sur le chemin du retour du travail, non ?

— Je suppose.

Jan ferma le dossier et le posa à ses pieds.

— Cela dit, ça lui donne aussi amplement l'occasion de s'assurer que la version de son père tient debout avant qu'on lui annonce la nouvelle. Si elle savait que la victime était sa mère, je veux dire.

La voiture dévia vers l'accotement lorsque Mark jeta un regard à sa collègue, puis il corrigea rapidement la trajectoire du véhicule et ralentit.

Il fronça les sourcils en voyant apparaître un panneau avec le nom du village.

— Alors pourquoi l'appel pour nous dire qu'il a dit des choses qu'elle n'avait jamais entendues avant, et que ça l'effrayait ?

— Je ne sais pas.

Mark s'arrêta au bord du trottoir devant un joli cottage au toit de chaume et il serra le frein à main. Il fixa la rue étroite d'un regard vide, ses pensées tourbillonnant.

— Est-ce que nous avons quoi que ce soit qui suggère que Liz connaissait Roger Parnett ? finit-il par demander.

— Pas que je me souvienne.

— Et John ?

— Je ne sais pas.

— Appelle Caroline. Demande-lui de vérifier. Je sais que Dr Wilson a dit que les Parnett ne sortaient pas beaucoup, mais peut-être que les deux familles se sont croisées à un moment donné.

Pendant qu'il attendait, il tapota des doigts sur le volant, la mâchoire serrée en écoutant la partie de l'appel téléphonique qui venait de Jan.

Après cinq minutes, elle raccrocha et secoua la tête.

— Il n'y a rien dans leurs déclarations qui suggère un lien.

Mark prit une profonde inspiration, relâcha le frein à main et démarra.

— Très bien. Nous allons voir ce que John et Liz ont à

dire dans un instant, et ensuite on va réexaminer ta théorie. Ça te va ?

— Ok.

— Et on ne leur donne aucune indication qu'ils sont suspects. Pas avant d'avoir des réponses pour étayer cela.

— Compris.

Il lui adressa un rapide sourire en s'arrêtant devant la maison.

— Et tu peux mener cet interrogatoire. Je veux observer leurs réactions.

— Ok.

Mark entendit maintenant la nervosité dans sa voix, le doute qui commençait à s'installer.

— Écoute, tu es peut-être sur une piste. On ne saura pas avec certitude avant d'avoir fait ça.

— Je sais.

Jan sortit de la voiture, redressa les épaules et marcha vers la porte d'entrée.

La porte s'ouvrit avant qu'elle n'ait eu le temps de sonner et Liz Moorlock passa la tête, le visage pâle.

— Vous ne m'avez pas dit au téléphone pourquoi vous vouliez me voir, dit-elle en les faisant entrer. Je ne vous en ai pas laissé le temps, désolée.

— Tout en temps voulu, répondit Jan avec calme. Comment va votre père ?

— Il s'est un peu calmé, Dieu merci. Il est dans la véranda.

Liz les annonça tandis qu'elle les conduisait dans la cuisine.

— Papa ? C'est la police. Les deux détectives qui étaient là l'autre jour.

Quand Mark vit John Studley, il eut l'impression que l'homme avait vieilli d'une décennie supplémentaire.

Ses cheveux dressés en touffes et ses joues creusées, ses yeux bleus larmoyants alors qu'il se détournait de la vue du jardin pour leur faire face.

Jan s'assit dans un fauteuil à côté de l'homme.

— Monsieur Studley, votre fille m'a appelée pour me dire que vous vous étiez souvenu de certaines choses concernant le jour où votre épouse a disparu. C'est exact ?

— Oui.

Ses lèvres tremblaient.

— Et non.

Jan se pencha vers lui en fronçant les sourcils.

— Ok… eh bien, est-ce que vous pouvez me raconter ce que vous avez dit à Liz ?

John observa sa fille un instant, puis il fit un léger signe de tête.

— Je savais que j'avais des cigarettes.

— Pardon ?

— La nuit où Annabelle a disparu.

Son front se plissa.

— Je ne sais pas… je… je suppose que je l'ai accusée de les avoir cachées parce qu'elle faisait ça de temps en temps, mais elles n'étaient dans aucune des cachettes habituelles.

Mark vit la confusion gravée sur les traits de Jan.

— Où est-ce que vous les avez trouvées ? demanda-t-elle.

— C'est justement ça. Je ne les ai pas trouvées. Jamais.

Studley tendit les mains et enveloppa celles de Jan.

— Je les retrouvais toujours au bout d'un moment. Elle avait des cachettes préférées pour les choses, vous voyez. C'était lié à sa démence.

— Je suis désolée, monsieur Studley, mais je ne comprends pas. Qu'est-ce que vous essayez de me dire ?

— Je vous dis que ce n'est pas Annabelle qui a pris mes cigarettes. Sinon, je les aurais retrouvées. Sinon, je n'aurais pas…

Il lâcha sa main et s'essuya les yeux.

Mark se balança sur ses talons en retenant son souffle.

— Monsieur Studley, est-ce que vous êtes en train de suggérer que quelqu'un d'autre a caché vos cigarettes pour que vous quittiez la maison ?

L'homme hocha la tête, puis renifla.

— Exactement, détective.

— Vous avez une idée de qui aurait pu faire ça ?

— Il n'a pas réussi à penser à quelqu'un qui aurait fait une chose pareille, dit Liz en s'approchant de son père et en lui tendant des mouchoirs en papier d'une boîte usée. N'est-ce pas, Papa ?

En réponse, Studley secoua la tête en baissant le regard vers ses genoux.

— Qui d'autre avait accès à la maison en dehors de vous et de l'aide-soignante à temps partiel ? demanda Jan.

— Ma sœur, Julie, et mon mari de l'époque, dit Liz.

Sa bouche se tordit.

— Nous avons divorcé l'année dernière.

— Nous allons avoir besoin de leurs coordonnées.

La femme sortit dans la cuisine et revint avec son téléphone portable.

Après avoir noté les numéros et les adresses, Mark s'éclaircit la gorge.

— La raison pour laquelle l'enquêteuse West allait vous appeler était pour vous informer que nous avons reçu les résultats de l'échantillon d'ADN que vous nous avez fourni.

— Si tôt ?

Liz détacha son regard de l'écran de son téléphone, les yeux écarquillés.

— C'est inhabituel, je l'admets.

Mark s'approcha de l'endroit où son père tamponnait ses joues avec un mouchoir froissé et il s'accroupit à côté de lui.

— Monsieur Studley, d'après ces résultats ADN, je suis au regret de vous informer que nous pensons que les restes découverts plus tôt cette semaine sont ceux de votre épouse. Je suis vraiment désolé.

Studley poussa un sanglot tremblant et Liz se précipita à ses côtés.

Mark s'éloigna tandis qu'elle s'asseyait sur l'accoudoir du fauteuil du vieil homme et entourait ses épaules. Il la regarda essuyer doucement les larmes de ses joues.

Il se dirigea vers l'endroit où Jan était assise et il inclina son menton vers la cuisine.

— Laissons-leur un moment.

Après quelques minutes, Liz vint les rejoindre et passa une main dans ses cheveux, les yeux désespérés.

— Je suis désolé, madame Moorlock, dit Mark. Ce n'est pas la nouvelle que vous espériez…

— Mais dans notre cœur, nous l'avons toujours su. Vous êtes absolument certains, cependant ?

— Les résultats ADN ont été vérifiés deux fois avant que nos analystes ne fournissent leur rapport.

Liz serra ses bras autour de sa taille et se mordit la lèvre inférieure.

— Madame Moorlock, nous devons vous poser la question : où étiez-vous la nuit où votre mère a disparu, avant de recevoir l'appel de votre père ?

— J'étais chez moi.

— Est-ce que quelqu'un peut le confirmer ?

Les yeux de Liz se plissèrent.

— Est-ce que vous êtes en train de m'accuser d'avoir tué ma mère ?

— C'est juste une question standard, madame Moorlock.

— Mon ex-mari. Nous préparions le dîner.

— Et vous étiez allée voir vos parents ce jour-là ?

— Oui. Je vous l'ai dit, je passe toujours ici après le travail.

— Où est-ce que vous travaillez ?

— Je travaillais pour une entreprise à Oxford à l'époque. J'ai quitté ce poste il y a dix-huit mois pour prendre un poste administratif dans une société d'ingénierie basée au parc scientifique de Drayton.

Elle renifla et jeta un œil à l'homme recroquevillé dans la véranda, la tête baissée.

— Ils offrent des horaires flexibles, ce qui nous convient mieux. À mon dernier emploi, je devais toujours grappiller du temps ici et là pour aider à m'occuper de Maman, et ça ne leur plaisait pas. Je ne pouvais pas attendre de partir.

— Vous avez les noms et les coordonnées de vos deux employeurs ?

Mark leva les yeux de son carnet pour voir la femme qui le fusillait du regard. Il soutint son regard.

— C'est habituel dans des enquêtes comme celle-ci de parler à tout le monde.

Liz leva son téléphone et tapota l'écran de son index avant d'extraire les informations et de les réciter.

— Merci, dit Mark. Les cigarettes que votre père a mentionnées tout à l'heure. Vous vous rappelez qu'il les cherchait pendant que vous étiez ici ce jour-là ?

— Non, Papa a toujours été un fumeur du soir, vous

voyez. C'est une habitude qu'il a toujours eue. Je suppose que c'est sa façon de se détendre à la fin de la journée. Quand nous étions enfants, il s'asseyait soit dehors sur la terrasse avec un verre de vin, soit il allait au pub.

Elle fit un triste sourire.

— Quand il était encore ouvert. Je suis sûre qu'il aimerait bien avoir un endroit comme ça où aller maintenant qu'il n'a plus Maman pour lui tenir compagnie.

— Est-ce qu'il fume toujours ?

Liz baissa les yeux vers le sol carrelé et murmura :

— Il n'a pas fumé une seule cigarette depuis la nuit où Maman a disparu.

CHAPITRE 35

Mark piqua un morceau d'aiglefin pané avec sa fourchette et sourit au message reçu sur son téléphone.

Lucy dînait avec une amie sur une péniche à environ huit cents mètres en aval de leur domicile, Hamish à leurs côtés, et elle avait envoyé une photo d'eux trois, les deux femmes avec d'imposants verres de vin rouge en main.

Après avoir rapidement répondu qu'il la rejoindrait là-bas pour rentrer ensemble par le chemin de halage plutôt que de la laisser marcher seule dans l'obscurité, il reporta son attention sur Ewan Kennedy.

L'inspecteur principal équilibrait sur ses genoux un paquet de fish and chips enveloppé dans du papier sulfurisé, sa chaise placée un peu plus près du tableau blanc que celles de ses quatre détectives subalternes, et il but une gorgée de sa canette de soda.

Mark remarqua la fatigue sur le visage de l'homme, la pression d'une enquête active combinée aux subtilités de la gestion de l'intérêt médiatique et de celle du quartier général commençaient à prélever son tribut.

Malgré le rythme frustrant auquel progressait l'affaire, l'après-midi était passé rapidement, toute l'équipe était occupée à traiter les nouvelles informations et suivait encore des pistes potentielles bien après dix-huit heures.

C'était pour cette raison qu'une fois la majorité du personnel administratif et les agents en uniforme partis pour la journée, Kennedy avait suggéré une session stratégique en début de soirée afin d'analyser collectivement l'affaire sans les interruptions habituelles.

Avant que l'inspecteur principal ne puisse reprendre son examen, Caroline se précipita depuis son bureau et Jan poussa vers elle le dernier paquet de nourriture restant.

— Merci, dit l'enquêteuse en déchirant le papier et en ajoutant généreusement du vinaigre.

— Alors ? demanda Kennedy entre deux bouchées de poisson. Qu'ont dit les employeurs ?

— La responsable du personnel là où travaille Liz actuellement m'a dit qu'il n'y avait aucun problème et que c'était une employée modèle, répondit Caroline en mâchant une frite. J'ai aussi retrouvé son patron de l'entreprise qui l'employait quand Annabelle a disparu, juste avant qu'il ne parte. Ils utilisent un système de sécurité avec cartes magnétiques, et il a pu vérifier les registres pour moi. Elle n'est jamais partie avant quinze heures trente dans les semaines précédant cette période, et cela uniquement à quatre occasions.

Jan tendit à Mark ses frites restantes et s'essuya les doigts avec une serviette en papier.

— J'ai parlé à l'ex-mari de Liz dès que nous avons quitté la maison cet après-midi, et il a confirmé sa déclaration selon laquelle une fois rentrée chez elle ce jour-là, elle n'est pas retournée chez ses parents jusqu'à ce que son père l'appelle pour l'informer de la disparition d'Annabelle.

— Merde.

Kennedy se leva en tenant son emballage de frites d'une main avant de lécher ses doigts et d'utiliser un feutre pour barrer le nom de la femme sur le tableau.

— Je crois qu'on peut affirmer que Liz Moorlock n'est pas suspecte. Il n'y a rien qui la relie aux deux autres victimes non plus, n'est-ce pas ?

Mark ajouta du sel aux frites de Jan avant de les manger tout en écoutant, conscient qu'il n'avait rien mangé depuis la veille et se rappelant comment Lucy avait insisté pour qu'il suive un régime avant l'été. Au moins, il pouvait finir les restes avec moins de culpabilité, même si à ce rythme, elle allait rapidement le remettre au régime.

— On est revenus à la case départ, chef, dit-il.

— Pas tout à fait, mais je comprends que ça puisse en donner l'impression.

L'inspecteur principal fixait le tableau.

— Où est le schéma, cependant ? Je veux dire, quand il s'agissait des deux femmes, nous avions au moins ce lien. Maintenant, avec la découverte du corps de Roger Parnett, ce profil a changé. Et nous ne savons toujours pas qui est notre deuxième victime.

Mark emballa les dernières frites, s'avouant vaincu en jetant le tout dans une poubelle proche, et il tendit la main pour avoir le feutre.

— Je peux ?

— Je vous en prie.

Kennedy retourna à sa place et continua à manger.

Mark se tourna vers un deuxième tableau blanc qui avait été installé à l'avant de la salle plus tôt dans la semaine. Il traça une ligne au milieu pour délimiter un espace propre à côté des autres notes, puis il ajouta trois cercles, chacun contenant le nom d'une des victimes.

— Je détestais les maths à l'école, dit-il avec dépit, mais essayons un diagramme de Venn. Peut-être que nous pouvons essayer de visualiser tout ça plutôt que de tourner en rond dans nos têtes.

Kennedy marmonna son approbation.

— Des groupes de soutien, peut-être ?

Caroline leva les yeux de son scampi frit alors que tous les regards se tournaient vers elle, et elle haussa les épaules.

— Annabelle et Roger souffraient de maladies différentes, mais peut-être y a-t-il un lien commun dans le soutien local qu'ils auraient pu recevoir, ou des choses comme des services de livraison de nourriture.

— Bonne idée.

Mark dessina un cercle plus grand au milieu des trois petits pour les relier, il écrivit la suggestion de Caroline à l'intérieur, puis il agita le feutre en l'air en faisant les cent pas.

Alex s'éclaircit la gorge.

— On peut écarter les cabinets médicaux. J'ai passé en revue les déclarations que vous avez prises et j'ai parlé au personnel d'accueil des deux cabinets, et ni Annabelle ni Roger ne fréquentaient le cabinet de l'autre avant leur disparition.

— Ok.

Mark ajouta une croix dans le coin supérieur droit du tableau et écrivit « Médecins » en dessous.

— Quoi d'autre ? Qu'est-ce que nous n'avons pas encore couvert ? Qu'est-ce que nous avons négligé ?

Il s'arrêta en réalisant que Jan était silencieuse depuis un moment, et il se retourna pour la voir fixer un point dans le vide quelque part au-dessus du tableau blanc.

— Ça va ?

L'attention de sa collègue revint brusquement vers lui et elle cligna des yeux.

— Désolée, j'étais complètement ailleurs.

— À quoi tu penses ?

— Juste à ce que Caroline a dit, à propos du soutien local, dit-elle. On n'a jamais demandé au Dr Wilson si Roger Parnett et sa femme recevaient ce genre d'aide. Elle a dit qu'elle passait les voir quand elle pouvait pour les aider, mais vu à quel point ces deux-là avaient du mal à s'en sortir, je me demande s'ils avaient une infirmière à domicile qui venait régulièrement.

Mark regarda en direction de l'inspecteur principal tandis que celui-ci se levait.

— Retournez à l'ancien cabinet du Dr Wilson dès demain matin et renseignez-vous, dit Kennedy en froissant le papier graisseux avant de le jeter dans la poubelle la plus proche. Et assurez-vous de me faire un compte rendu d'ici midi, au plus tard.

CHAPITRE 36

Une matinée claire et fraîche accueillit Mark lorsqu'il enjamba le plat-bord de la péniche et qu'il traversa la prairie.

Les yeux embués, se maudissant d'avoir cédé au verre de rouge que l'amie de Lucy lui avait mis dans les mains quand il était arrivé la veille au soir, il admit avec regret que se coucher après minuit en semaine n'était pas la meilleure idée pendant une enquête active.

Il bâillait encore lorsqu'il atteignit la voiture de service garée à côté du portail métallique à cinq barreaux, envieux de Lucy qui était restée sur le bateau, encore enfouie sous une fine couverture et en train de ronfler doucement.

— Bonjour, rayon de soleil, gazouilla Jan.

Elle sortit un café à emporter des porte-gobelets entre les sièges.

— Tiens.

— Tu es un ange.

— C'est ce que je répète à mes enfants.

Elle sourit narquoisement tandis qu'il attachait sa ceinture, puis elle démarra et s'inséra dans la circulation.

— J'ai pensé qu'on pouvait prendre la route de campagne par Sutton Courtenay pour éviter de se battre à travers la ville.

— C'est toi qui diriges.

Il but une gorgée de café et jeta un œil sur le sac à main à ses pieds.

— Tu as des analgésiques là-dedans ?

— Dans la poche intérieure. Sers-toi.

— Merci.

Après avoir avalé deux comprimés avec une gorgée de café, il inclina légèrement son siège et ferma les yeux.

— Soirée arrosée ?

— Je n'ai bu qu'un seul verre, protesta-t-il. Ça devait être de la piquette ou quelque chose comme ça.

— Il était de quelle taille, ce verre ?

— Suffisamment grand.

Une demi-heure plus tard, et trop tôt au goût de Mark, Jan freina devant l'ancien cabinet du Dr Wilson et coupa le moteur.

— Tu veux dix minutes de plus ?

Il ouvrit les yeux et se redressa.

— Je me suis endormi ?

Sa collègue lui répondit par un sourire.

— Oh, mon Dieu. Ne le dis pas aux autres.

Il abaissa le miroir de courtoisie, passa une main dans ses cheveux en désordre et grimaça.

— Merde, pas le choix, ça devrait suffire. Allons-y.

Jan avait remis le gobelet vide dans le porte-gobelet pendant qu'il somnolait, alors il l'attrapa et le jeta dans une corbeille à papier du parking du cabinet avant de la suivre jusqu'à la porte d'entrée.

Aérée et lumineuse, la salle d'attente était bondée de personnes d'âges variés, certaines paraissant plus mal en point que d'autres.

Tandis que Mark s'approchait du bureau d'accueil qui occupait tout le fond de la pièce, il vit trois femmes gérer le standard téléphonique avec efficacité et détermination.

Il attendit patiemment à côté de Jan en gardant les yeux fixés sur un squelette près du bureau. Quelqu'un lui avait mis une cravate autour du cou, ce qui le fit sourire.

D'une manière ou d'une autre, malgré l'atmosphère tendue des rendez-vous matinaux, il semblait que le personnel parvenait à garder son sens de l'humour.

— Je peux vous aider ?

Il se retourna en entendant cette voix pour voir la plus jeune des trois femmes qui se penchait par-dessus le comptoir vers Jan.

Sa collègue garda une voix basse tout en montrant sa carte professionnelle, et demanda Holly.

— C'est moi, répondit la femme, les yeux écarquillés.

— Est-ce que nous pouvons avoir un mot rapidement ? Quelque part au calme, dit Jan.

Holly hocha la tête et indiqua une porte latérale.

— Il faut vraiment que ce soit rapide. Nous sommes débordés ce matin et l'un de nos médecins a appelé parce qu'il est malade.

— C'est ironique, murmura Mark.

Jan lui lança un regard noir, ses lèvres frémissant.

Quelques instants plus tard, Holly les conduisit dans un petit bureau arrière de la taille d'un placard et croisa les bras sur sa poitrine.

— De quoi s'agit-il ?

— Juste quelques questions complémentaires concernant Roger Parnett, expliqua Jan.

— Vous avez parlé au Dr Wilson ?

— Oui. Est-ce que vous pourriez nous dire, d'après vos dossiers de patients, si Roger et sa femme ont déjà reçu la visite d'une infirmière de secteur après son opération ?

— Un instant.

Holly se pencha sur un ordinateur portable posé sur un bureau près de la fenêtre et se connecta. Elle plissa le nez.

— C'est certain, ils n'ont pas eu d'infirmière de secteur à domicile, mais ce n'est pas inhabituel.

— Qu'en est-il des soins privés ?

Holly se redressa.

— Ils n'avaient pas besoin de payer pour ça. Dr Wilson passait les voir sur son chemin de retour pour vérifier s'ils allaient bien.

— Elle a mentionné qu'elle faisait ça, et qu'elle essayait de les convaincre de sortir davantage pour aider à la convalescence de Roger, dit Jan. Ce que nous voulons savoir, c'est s'ils recevaient de l'aide pour des choses comme le ménage, la cuisine—

— Oui, je comprends. Mais c'est ce que je voulais dire. Ils n'en avaient pas besoin, dit Holly avec un sourire. Le Dr Wilson s'en chargeait pendant ses visites. Elle passait l'aspirateur une fois par semaine et s'assurait qu'ils avaient assez de nourriture dans le réfrigérateur. Elle disait toujours que ce serait juste jusqu'à ce que Roger se remette sur pied et qu'ils puissent se débrouiller, mais nous savions tous comment elle était. Les Parnett n'étaient pas les seuls patients qu'elle aidait de cette façon.

— Ah bon ?

— Elle était juste comme ça. Toujours prête à faire plus que nécessaire pour les gens.

Mark plongea la main dans sa poche et sortit son carnet.

— Nous allons avoir besoin des noms et des coordonnées des autres personnes qu'elle aidait, s'il vous plaît, Holly.

CHAPITRE 37

Il n'y eut aucune réponse lorsque Jan sonna à la maison du Dr Wilson, ni quand Turpin martela la solide porte en chêne.

— Tu crois qu'ils sont tous les deux absents ? dit-elle en reculant et en levant les yeux vers les fenêtres, ses chaussures crissant sur l'allée en gravier. Il n'y a aucune voiture, après tout.

En réponse, son collègue leva la main.

— Tu entends ça ?

— Quoi ?

Elle s'immobilisa, tendit l'oreille, puis :

— De la musique ?

— Ça vient de derrière. Il y a quelqu'un. Viens. Il doit y avoir un portail ou autre chose.

Turpin pivota sur ses talons et marcha vers le côté de la maison.

Jan remonta son sac sur son épaule et soupira, se dépêchant de le rattraper tandis que ses talons s'enfonçaient entre les petits cailloux.

Un sentier avait été aménagé entre la maison et un garage

de la taille d'une grange, suffisamment large pour qu'ils puissent marcher côte à côte vers une barrière en bois au bout.

La musique devenait plus forte à mesure qu'ils avançaient, et elle reconnut un concerto que les jumeaux avaient tenté de massacrer le trimestre précédent.

Grâce à sa grande taille, Turpin parvint à passer son bras par-dessus la barrière pour atteindre le loquet.

— Attends.

— Quoi ?

Il jeta un coup d'œil par-dessus son épaule.

— Et s'ils ont un chien ?

— Je n'en ai pas vu la dernière fois.

— Ça ne veut pas dire…

Il sourit, ouvrit la barrière et la maintint ouverte.

— Les dames d'abord.

Jan se faufila en plissant les yeux vers lui.

Elle repéra Candice Wilson tout de suite.

La médecin se trouvait au fond du jardin, dos au portail, des cisailles à la main, en train de s'attaquer avec entrain à une haie de troènes.

Les portes arrière de la maison étaient ouvertes, la musique suffisamment forte pour que la médecin retraitée puisse l'écouter pendant qu'elle travaillait.

Un petit West Highland terrier blanc était couché sur les dalles de la terrasse.

La tête du chien pivota quand Turpin laissa la barrière claquer, après quoi il se leva immédiatement et commença à aboyer.

Jan recula.

— Je te l'avais dit, siffla-t-elle à voix basse.

— Inoffensif, je parie.

Turpin fouilla dans sa poche, puis tendit la main.

— Viens ici, mon grand.

Le terrier traversa la pelouse en trombe vers eux tandis que Dr Wilson posait ses cisailles dans une brouette à proximité et retirait ses gants de jardinage.

— Il est amical, ne vous inquiétez pas, cria-t-elle.

Jan décida de réserver son jugement pour le moment, mais Turpin s'accroupit et tendit sa main alors que le chien approchait.

— Biscuit, dit-il.

Le chien s'arrêta net et s'assit aussitôt, la langue pendante.

— Bon chien.

Turpin lui donna la friandise.

— Je vais le dire à Hamish, siffla Jan. Je croyais que c'étaient les siens.

— J'en ai toujours en plus.

Son collègue lui fit un clin d'œil, puis se releva et tourna son attention vers la propriétaire du chien.

— Désolé de vous déranger, Dr Wilson. Nous avons essayé la porte d'entrée.

— Je présume que vous avez d'autres questions.

La femme indiqua la table et les chaises sous le saule.

— Venez vous asseoir à l'ombre. J'avais justement besoin d'une pause.

Elle n'offrit pas de thé glacé cette fois.

Au lieu de cela, elle s'installa dans l'une des chaises et posa ses mains sur ses genoux, attendant patiemment pendant qu'ils s'approchaient. Elle releva le menton vers Turpin lorsqu'il s'assit.

— Une arrivée imprévue. Ça doit être urgent.

— Et officiel, répondit-il avant de réciter la mise en garde.

Le sang-froid du Dr Wilson vacilla légèrement et Jan remarqua un tic qui commençait sous son œil gauche.

— Est-ce que c'est toujours à propos de Roger ? parvint-elle à dire, puis elle passa sa langue sur ses lèvres comme si sa bouche était sèche.

— Vous n'avez pas mentionné lors de notre dernière conversation que vous passiez autant de temps chez les Parnett avant la disparition de Roger, dit Turpin. Pourquoi cela ?

— Eh bien, je… je suppose que je ne pensais pas que c'était pertinent.

— C'est une enquête pour meurtre, Dr Wilson. Tout est pertinent. Veuillez répondre à la question, s'il vous plaît.

— Comme je vous l'ai déjà dit, ils étaient en difficulté. J'aimais garder un œil sur eux, quand je le pouvais.

— Lors de notre dernière conversation, vous avez dit que vous étiez allée chez eux après son opération pour essayer de les convaincre de commencer à faire des activités physiques. Qu'est-ce que vous avez fait d'autre ?

— J'avais de la peine pour eux. Comme je l'ai dit, je les connaissais depuis une vingtaine d'années, et ils n'avaient pas de famille pour les aider. Je leur ai rendu visite quelques jours après le retour de Roger de l'hôpital, simplement par courtoisie sur le chemin du retour. Brenda ne s'en sortait vraiment pas bien, la maison était dans un état lamentable. Il y avait au moins trois jours de vaisselle sale qui couvrait les plans de travail, je pouvais voir de la saleté sur la moquette…

La médecin soupira.

— J'ai fait ce que j'ai pu cet après-midi-là, puis j'ai commencé à repasser tous les deux jours. Je leur ai clairement fait comprendre que ce n'était pas un arrangement permanent, j'ai ma propre maison et mon mari dont je dois m'occuper. Mais c'était juste une façon de leur donner du temps pour s'adapter à leur nouvelle situation, c'est tout.

— Est-ce que vous faisiez encore cela quand Roger a disparu ?

Wilson secoua la tête.

— Non. C'est pour ça que je n'ai pas pensé à le mentionner quand vous étiez ici hier. Au moment de sa disparition, Roger pouvait se déplacer correctement dans la maison et Brenda pouvait gérer la cuisine et le ménage avec un peu d'effort.

Elle sourit.

— En plus, Michael commençait à se sentir négligé.

— Vous avez déjà aidé d'autres patients de cette façon ?

— Pas autant. Les Parnett étaient spéciaux, je suppose. Par ailleurs, je commençais à faire des projets pour ma propre retraite à cette époque, et devenir leur aide-soignante à temps plein n'était pas quelque chose que j'étais prête à faire. C'est pour cette raison que je leur ai donné quelques brochures.

Le cœur de Jan cogna contre ses côtes et elle regarda Turpin.

Il avait la même expression surprise qu'elle était sûre d'afficher.

— Quelles brochures ? demanda-t-il.

— Pour des aides-soignants à temps partiel, répondit le Dr Wilson. Malgré leurs problèmes, les Parnett vivaient confortablement, et je leur ai donc suggéré de faire venir quelqu'un une ou deux fois par semaine qui pourrait s'assurer qu'ils mangeaient sainement mais qui pourrait aussi aider avec quelques tâches ménagères de base.

— Quelle entreprise avez-vous recommandée ?

— Oh, je n'en ai pas recommandé une en particulier, cela aurait dépassé mes prérogatives professionnelles. Je leur ai simplement donné quelques brochures à consulter.

Son visage s'assombrit.

— Malheureusement, Roger a disparu peu après et Brenda ne s'est jamais suffisamment remise pour y réfléchir.

— Est-ce que vous pouvez vous souvenir des noms des entreprises sur les brochures que vous leur aviez données ? demanda Jan, incapable de contenir l'excitation dans sa voix.

— Non, désolée…

Turpin soupira.

— Mais le cabinet devrait pouvoir vous renseigner. Ils gardent un présentoir dans la zone d'accueil. Vous savez, un porte-brochures avec tous les services privés disponibles pour les patients.

CHAPITRE 38

Mark étala les brochures colorées sur un bureau libre à l'extérieur du bureau de Kennedy et desserra le bouton du haut de sa chemise.

Ses collègues se pressaient autour de la table et Jan grignotait nerveusement l'ongle de son pouce déjà abîmé.

Une attente palpable flottait dans l'air et il s'efforça d'organiser ses pensées de façon cohérente avant de commencer.

Après avoir quitté la maison du Dr Wilson, Jan était retournée en trombe au cabinet médical, freinant si brusquement devant les portes de la réception que Mark avait été projeté contre sa ceinture de sécurité.

Vingt minutes plus tard, ils étaient ressortis avec un sac en papier de pharmacie chargé de dépliants brillants.

— Bien, dit Kennedy en sortant de son bureau et en glissant son téléphone dans sa poche. Qu'est-ce que vous avez pour moi ?

— Il y a trente entreprises différentes qui proposent des services allant des soins à domicile aux aides à la marche, commença Mark. Cela inclut des brochures plus anciennes qui étaient enfouies au fond d'un placard, pas seulement les récentes.

— Holly, la femme du cabinet médical, a dit qu'ils ne gardaient pas toujours les anciens dépliants, donc il pourrait en manquer, ajouta Jan.

— Restons positifs, Jan. Restons positifs, dit l'inspecteur principal. Lesquelles pouvons-nous éliminer ?

Mark désigna cinq brochures disposées tout à gauche.

— Celles-ci. Prothèses, appareils auditifs et mobilier comme les fauteuils inclinables. Des objets plutôt que des services impliquant un contact humain, contrairement aux autres que nous avons ici.

— Ça se tient.

Kennedy hocha la tête.

— Ensuite ?

— Jan et moi avons divisé le reste en quatre groupes différents. Ce premier, qui comprend huit entreprises, concerne celles qui fournissent des aides à la mobilité, des équipements pour faciliter les tâches quotidiennes à domicile, comme l'utilisation des toilettes. Des articles uniques qui ne nécessitent probablement pas de visites répétées, mais impliquent au moins une visite au domicile de la personne pour évaluer ses besoins. Le deuxième groupe, là près d'Alex, concerne les entreprises qui proposent des services de conseil, de physiothérapie et autres, certaines ont des cliniques, d'autres interviennent à domicile.

Il tendit le bras et tapota la sélection suivante à sa droite.

— Celles-ci sont des entreprises qui, selon Holly, n'existent plus, mais existaient lorsque Roger Parnett a disparu.

— Et celles-ci ?

Kennedy prit les trois brochures restantes les plus proches de lui.

Mark sourit.

— Services de soins à domicile. Exactement les mêmes brochures que celles que le Dr Wilson a données à Roger et Brenda Parnett.

— Ok, bon travail. Comment est-ce que vous voulez procéder ?

— Je propose que Caroline retrouve autant d'informations que possible sur les entreprises qui n'existent plus. Il devrait y avoir une liste des directeurs sur le site web du registre des sociétés pour commencer, et je suppose que certains d'entre eux auront évolué vers d'autres postes. Avec un peu de chance, si nous pouvons retrouver une personne de chaque entreprise, elle pourra nous fournir les autres noms, et elle pourrait même se souvenir des noms du personnel.

— Une sorte d'effet domino, hasarda Alex.

— Exactement.

Mark hocha la tête en direction du jeune enquêteur.

— J'aimerais que tu suives les entreprises de conseil et de physiothérapie que tu as devant toi. Même processus, sauf que c'est un peu plus facile pour toi car elles sont toujours en activité.

— Je vais prendre aussi les entreprises d'aides à la mobilité, dit Alex en ramassant les brochures et en les étalant dans ses mains comme des cartes à jouer surdimensionnées. Ça vous libère, toi et Jan, pour vous concentrer sur les brochures de soins à domicile, étant donné que vous avez déjà parlé à celle qu'ont utilisée John et Annabelle Studley. C'est le candidat le plus probable pour l'instant, non ?

— Jusqu'à preuve du contraire, oui. Cependant, il est tout

aussi important que tu enquêtes sur les autres pour qu'on puisse les éliminer. Tout ça vous convient, chef ?

Mark jeta un coup d'œil à Kennedy.

— Je serai dans mon bureau si vous avez besoin de moi, dit l'inspecteur principal avec un sourire ironique. On dirait que vous avez tout sous contrôle.

— Ok, alors tu veux procéder comment ? demanda Jan tandis qu'ils retournaient à leurs bureaux. On retourne directement à l'entreprise qui s'occupait d'Annabelle Studley, ou on examine les deux autres ?

— Parlons d'abord aux autres, dit Mark en tendant la main pour qu'elle lui donne les clés de voiture. Mais faisons-le en personne plutôt que par téléphone. Les appeler ne ferait que nous retarder.

CHAPITRE 39

Une demi-heure plus tard, après s'être frayé un chemin à travers la circulation, Mark se gara sur le parking d'un bâtiment industriel de taille moyenne à la périphérie de Wallingford.

À la place des portes à enroulement habituelles en façade, des vitres teintées réfléchissaient la chaleur du soleil de l'après-midi et ne laissaient rien transparaître des activités qui se déroulaient derrière.

Mark mit sa main en visière pour se protéger de l'éblouissement des fenêtres et leva les yeux vers l'étage supérieur.

Quatre autres fenêtres donnaient sur le parking, également teintées.

— On dirait qu'ils ont fusionné deux unités en une seule, dit Jan.

— Ils ont l'air de bien s'en sortir.

En entrant dans le bâtiment par une porte unique à droite des fenêtres du rez-de-chaussée, Mark remarqua la décoration et le mobilier minimalistes similaires à ceux du commissariat, avant de porter son attention sur la femme à la réception.

Son badge indiquait qu'elle s'appelait Linda et, comme dans l'entreprise d'aide à domicile de la veille, elle portait un polo avec le logo de l'entreprise sur le côté gauche. Le tissu était bleu cette fois, pas vert.

Après les présentations, Linda les dirigea vers quatre sièges fraîchement rembourrés, de la même couleur que son polo, placés le long du mur gauche, et elle leur dit qu'ils devraient attendre – la personne à laquelle ils devaient parler était actuellement en visioconférence pour quinze minutes de plus.

Mark jeta un coup d'œil aux brochures étalées sur une table en imitation chêne à côté des chaises, puis à la photographie de paysage sur le mur, reconnaissant un article produit en série avec une phrase de motivation imprimée dans l'espace blanc en dessous, avant de s'asseoir à côté de Jan pour attendre.

Il examina l'étalage de brochures, toutes vantant les services de l'entreprise.

Les photos mises en scène en première page montraient un aide-soignant en uniforme sur le pas d'une porte à côté d'un couple âgé, vêtu d'une chemise identique à celle de la réceptionniste et arborant un sourire éclatant.

Il donna un coup de coude à Jan et baissa la voix en lui passant une des brochures.

— Tiens, prends ça et montre-le à Scott. Dis-lui que tu fais des recherches pour ses vieux jours.

Elle pouffa, puis lui lança un regard noir alors qu'une porte s'ouvrait en face d'eux.

Un homme d'une trentaine d'années s'avança vers eux, la main tendue, des dents blanchies étincelantes.

— Détectives, je suis Dan Nelson, directeur commercial. Vous voulez bien me suivre dans la salle de conférence ?

Sans attendre de réponse, il fit un clin d'œil à Linda, tourna les talons et repartit par la porte d'où il était apparu.

Mark le suivit avec Jan le long d'un large couloir moquetté, puis dans une pièce sur la droite qui donnait sur le parking à travers deux des fenêtres teintées.

Un assortiment de tasses de café vides et de stylos abandonnés jonchait la table ovale polie au centre, et l'arôme d'une longue réunion persistait dans l'air climatisé.

Un ordinateur portable était resté ouvert au bout de la table, son moteur à plein régime comme s'il haletait lui aussi.

— Désolé de vous avoir fait attendre, dit Nelson en leur indiquant deux sièges à l'extrémité opposée de la porte. Notre revue mensuelle des ventes a duré plus longtemps que prévu. Et veuillez excuser ce désordre, j'ai demandé à l'équipe administrative d'attendre que nous ayons terminé avant de nettoyer.

— Ce n'est rien.

Mark attendit que l'autre homme s'assoie en bout de table.

Le directeur commercial semblait à l'aise, il posa son coude gauche sur la surface polie et fit pivoter sa chaise pour leur faire face avant de croiser les jambes, dans une posture pleine d'assurance.

— Comment puis-je vous aider ? demanda-t-il.

— Nous enquêtons sur les meurtres de trois personnes âgées dont les restes ont été retrouvés au sud-ouest de Didcot, commença Mark. Dans le cadre de cette enquête, nous examinons les facteurs communs qui les reliaient, y compris leurs relations avec les prestataires de services.

La bouche de Nelson s'ouvrit.

— Il étaient clients chez nous ?

— C'est ce que nous sommes venus déterminer.

Toute prétention de contrôler la conversation s'évanouit tandis que le directeur commercial pivotait pour faire face à son ordinateur portable.

— Je peux vous le dire rapidement. Vous avez leurs noms ?

— Nous n'en avons que deux pour le moment.

Mark les lui communiqua, puis attendit pendant que l'homme tapotait sur le clavier.

— Alors ?

— Non, regardez.

Il poussa l'écran vers eux, puis rapprocha son fauteuil à roulettes dans son sillage.

— Voici notre système client, et j'ai filtré la recherche pour montrer tous ceux avec qui nous avons perdu contact.

— Est-ce que ça arrive souvent ? demanda Jan.

Nelson haussa les épaules.

— Parfois, comme vous pouvez le voir ici, oui. Il arrive que la famille change ses dispositions pour s'occuper elle-même d'un membre de la famille, ou que le client entre dans un établissement de soins à plein temps si sa santé se détériore. Ou, malheureusement, qu'il décède. Avec tout cela, il est assez naturel que les gens oublient de nous informer. Nous recevons un appel pour annuler les services au milieu de tout ça, mais nous ne cherchons pas à en savoir plus. Pas tout de suite, bien sûr. Nous faisons une courtoisie téléphonique trois mois plus tard pour voir si nous pouvons aider, mais après cela, le dossier est marqué comme ceci.

— Et concernant les personnes disparues ? dit Mark.

Nelson sourit en dévoilant ses dents étincelantes.

— Je ne crois pas que nous ayons déjà perdu quelqu'un.

— Ce n'est pas une plaisanterie, monsieur Nelson.

Le sourire disparut aussi vite qu'il était apparu.

— Désolé. Je ne voulais pas être insensible. Non, je ne pense pas qu'aucun de nos clients ait été signalé comme disparu.

— Des problèmes avec certains de vos employés au cours des trois ou quatre dernières années ?

— Pas que je me souvienne. Si c'était le cas, nous avons des procédures en place pour mener une enquête approfondie. Le service du personnel gère tout cela. Mais si quelqu'un causait des problèmes, son nom nous serait communiqué au service commercial pour que nous ne l'envoyions nulle part jusqu'à ce que l'enquête soit terminée.

— Et ils respecteraient cela ?

— S'ils veulent garder leur emploi, oui.

CHAPITRE 40

— Ce n'est pas parce que ce type est un connard qu'il a nécessairement tué les clients d'autres sociétés.

Mark entendit Ewan Kennedy faire tomber son téléphone pendant qu'il fermait la porte de son bureau, puis la voix de l'inspecteur principal revint.

— Qu'est-ce que le directeur commercial de l'autre société vous a dit quand vous lui avez parlé ?

— C'était plus ou moins une répétition de ce que nous avons entendu de la part de Dan Nelson, chef, dit Mark. Et il a nié toute connaissance de relations entre sa société et Roger Parnett ou Annabelle Studley.

— Vous pensez qu'il dit la vérité ?

— Nous n'avons pas eu besoin de suggérer de revenir avec un mandat de perquisition, il nous a directement montré les registres de vente pour les deux périodes où ils ont disparu. Il n'y avait aucun contact avec l'une ou l'autre famille.

— Et rien d'autre qui relie ces deux entreprises aux victimes, à part les brochures ?

— Non, chef. Nous avons également vérifié auprès de l'entreprise où travaille Sonia Adams, et ils ont confirmé que Roger Parnett n'a jamais été client chez eux non plus.

— Fait chier.

La chaise de Kennedy grinça tandis qu'il se penchait en arrière.

— Je pensais qu'on tenait quelque chose.

— Moi aussi.

Mark entendit la déception dans sa propre voix.

— Très bien, pas besoin d'assister au briefing, vous n'arriverez pas à temps de toute façon, dit l'inspecteur principal. Je vous verrai tous les deux demain matin. On commence à huit heures, n'oubliez pas. Le briefing sera à dix heures, j'ai une conférence téléphonique avec le quartier général à la première heure.

— Merci, chef.

Il termina l'appel et serra le téléphone entre ses mains en regardant fixement à travers le pare-brise sans rien voir.

— Je te prends à sept heures trente demain, alors ? demanda Jan.

— Ça te va ?

— Bien sûr.

Elle leva un doigt du volant alors que la route sinuait à travers le village et elle pointa un panneau noir en ardoise placé sur le bas-côté herbeux tandis qu'ils s'en approchaient, sa surface couverte d'une écriture à la craie en spirales.

— Un verre ? offrit-elle.

— J'ai cru que tu ne le proposerais jamais.

Elle sourit en réponse et ralentit la voiture.

<hr>

Mark s'écarta pour laisser entrer un jeune couple dans le pub, puis il apporta deux pintes fraîches de bière à une table à l'extrémité d'un jardin rectangulaire donnant sur le parc du village.

De la lavande et des buddleias bien établis poussaient dans des pots alignés pour créer une frontière entre le jardin du pub et l'allée de gravier qui le longeait, leur parfum capiteux mêlé à une bouffée de fumée de cigarette qui dérivait avec la brise depuis l'espace fumeurs situé à plusieurs mètres de là.

Jan leva les yeux de son téléphone quand il approcha.

— Ça va aller si on s'assoit ici, ou tu préfères qu'on aille à l'arrière si ça risque d'irriter ta gorge ?

Il secoua la tête et lui tendit une des pintes.

— Ça va aller. Et puis, c'est bondé là-bas. C'est plus tranquille ici.

— Ok. Santé.

Elle fit tinter son verre contre le sien, prit une gorgée et soupira de contentement.

— Bon sang, j'en avais besoin.

Mark sourit, puis goûta la saveur houblonnée de sa bière tout en contemplant la vue.

Le pub avait été construit plusieurs siècles auparavant sur une courbe majestueuse qui serpentait à travers le village entre Didcot et Abingdon, en retrait sur une vaste étendue herbeuse qui servait de tampon naturel entre le bâtiment et la route principale.

Un flot régulier de circulation passait tandis que les bureaux et les magasins des deux villes se vidaient et que les gens rentraient chez eux – ou allaient travailler, pour ceux qui étaient de service.

Jan attendit qu'un couple les ait dépassés – ils se

chamaillaient doucement à propos de la table où ils voulaient s'asseoir – puis elle se tourna vers Mark lorsqu'ils disparurent vers le vaste jardin à l'arrière.

— Et maintenant ?

— Je ne sais pas.

Il passa une main sur sa mâchoire, luttant contre l'épuisement.

Chaque moment d'éveil cette dernière semaine avait été consacré à penser à l'affaire, et la nuit, son sommeil était agité, insatisfaisant, tandis que son esprit se débattait avec toutes les questions sans réponse auxquelles l'équipe était confrontée.

Il regarda par-dessus son épaule pour vérifier qu'aucun client à proximité ne puisse entendre leur conversation, puis il sortit son carnet et commença à en feuilleter les pages.

— Il faut que quelque chose cède, marmonna-t-il. On a forcément raté quelque chose, quelque part.

Jan prit une autre gorgée de bière, puis ouvrit son sac et sortit son carnet pour feuilleter les pages d'avant en arrière.

Après un moment de silence, elle s'arrêta.

— La première société d'aide à domicile, je veux dire Sonia Adams, pas les deux à qui on a parlé aujourd'hui…

— Quoi ?

— Eh bien, ce n'est pas parce que Roger Parnett n'était pas un client effectif que son équipe commerciale n'était pas au courant de sa situation, non ? Elle ne connaissait Annabelle que parce qu'elle s'occupait d'elle. Et si quelqu'un d'autre là-bas connaissait Roger ? Le Dr Wilson a dit qu'elle leur avait donné, à lui et à sa femme, une sélection de dépliants. On n'a rien obtenu des deux autres sociétés, elles n'avaient même pas Annabelle dans leur système—

— Mais on n'a pas demandé à Sonia à propos des

prospects commerciaux parce qu'on n'avait pas cette information à ce moment-là.

Mark regarda sa montre.

— Trop tard pour lui demander maintenant, elle aura déjà quitté le bureau.

Jan soupira.

— Eh bien, je n'ai pas envie de me présenter au briefing de demain les mains vides. Et si on réinterrogeait Sonia à la première heure, pour pouvoir faire un compte rendu complet à Kennedy ?

Mark prit son verre à moitié plein et le fit tinter contre celui de Jan.

— Ça me semble être un bon plan.

CHAPITRE 41

Le lendemain matin, Mark s'appuya contre la portière passager de la voiture de service et observa le parking du personnel de l'entreprise de soins se remplir.

Huit heures moins le quart, seulement douze places restantes, et toujours aucun signe de Sonia Adams.

— Et si elle était en congé aujourd'hui ? demanda Jan en attachant ses cheveux en chignon à la base de sa nuque tandis qu'il jonglait avec les clés de voiture d'une main à l'autre.

— Alors nous allons simplement devoir parler à quelqu'un d'autre. Tu as le mandat de perquisition dans ton sac ?

Jan tapota la poche latérale.

— Il est là. Tu crois qu'on va en avoir besoin ?

— Probablement. Nous voulons examiner les dossiers du personnel et des patients si nous trouvons quelque chose, après tout. Mieux vaut prévenir que guérir.

— Comment est-ce que tu as réussi à trouver un juge pour signer ça si tard hier soir ?

Mark sourit.

— Elle et son mari fréquentent le même pub que nous. Je me suis dit que je la trouverais là-bas. Une fois qu'elle s'est remise du choc de me voir interrompre leur dîner, tout s'est bien passé.

— Je suis contente de ne pas avoir eu à faire ça.

— Je ne pense pas que j'oserais recommencer. Tu aurais dû voir la tête de son mari. Figure-toi que c'était leur anniversaire de mariage.

Le rire de Jan résonna à travers le parking, puis elle se retourna au bruit d'une voiture qui approchait.

Un SUV rutilant ralentit sur la route au-delà de la clôture, son clignotant allumé avant que le véhicule ne passe sous la barrière levée et ne se gare directement dans un emplacement devant le bâtiment.

— C'est elle.

Mark se redressa et s'approcha de l'endroit où Sonia Adams sortait de sa voiture, ses mouvements vifs alors qu'elle balançait un sac fourre-tout en cuir sur son épaule avant de soulever une mallette du siège arrière.

— Bonjour, mademoiselle Adams.

La femme eut un moment d'hésitation quand elle vit les deux détectives s'approcher, mais elle se força ensuite à sourire.

— Depuis combien de temps est-ce que vous m'attendez ?

— Pas longtemps. Nous aimerions vous parler de toute urgence.

Mark déplia le mandat et le lui tendit.

— Qu'est-ce que c'est ?

— Comme je l'ai dit, c'est urgent.

Sa mâchoire tomba.

— Mais… j'ai une réunion à huit heures. C'est important.

— Elle va devoir être annulée.

— Je ne peux pas, je—

— Mademoiselle Adams, il s'agit d'une enquête pour meurtre, dit Mark patiemment. Je suis sûr que la personne avec qui vous avez rendez-vous comprendra quand vous le lui expliquerez.

— Le lui expliquer ?

Elle pâlit en lui tendant le mandat comme s'il était contaminé.

— Je ne peux pas dire ça à un client, je—

— Dites-leur ce que vous voulez. Mais nous devons vous parler. Tout de suite.

Il fit un signe de tête vers le document dans sa main.

— Et vous pouvez le garder. Nous avons une copie.

Les épaules de Sonia s'affaissèrent, puis elle pointa sa clé vers sa voiture et les clignotants s'allumèrent une fois.

— Suivez-moi.

Après avoir ouvert la voie par la porte d'entrée sans prêter attention aux tentatives de la réceptionniste de faire signer Mark et Jan, la directrice des soins monta les escaliers et entra dans son bureau sans ralentir.

Elle posa sa mallette sur son bureau, plaça son sac à main en dessous et leur indiqua à contrecœur les deux sièges qu'ils avaient occupés quatre jours auparavant.

Mark ferma la porte et ignora l'offre.

— Parlez-moi de Roger Parnett.

— Qui est-ce ?

Le regard de Sonia se déplaça vers Jan, puis revint à Mark.

— Est-ce qu'il s'agit d'une autre personne disparue ?

— Le médecin de M. Parnett lui a remis une sélection de brochures de prestataires de soins. Étant donné que votre entreprise est située à proximité de l'endroit où lui et sa femme vivaient avant qu'il ne disparaisse également, il est probable que l'une de ces brochures provenait d'ici.

— Je suis désolée, je ne reconnais pas ce nom.

— Comment enregistrez-vous les demandes de renseignements commerciaux ?

Sonia tendit la main et alluma son ordinateur, puis elle retira sa veste et la plaça sur le dossier de sa chaise pendant qu'elle attendait qu'il démarre.

— Si quelqu'un appelle le numéro ou utilise l'adresse email sur la brochure, ce contact initial est enregistré dans notre logiciel de prospects commerciaux pour que l'équipe puisse y donner suite.

— Comme beaucoup d'entreprises.

— Oui, nous utilisons probablement le même logiciel, détective.

— Veuillez vérifier si Roger ou Brenda Parnett vous ont contactée.

Il contourna le bureau tandis qu'elle travaillait pour voir l'écran, sous le regard curieux de Jan.

— Ils l'ont fait. Regardez, dit Sonia en lui faisant signe de s'approcher.

— À quoi aurait servi ceci ? demanda Mark en tapotant l'écran.

— Le code à côté de l'adresse confirme qu'ils nous ont contactés après avoir lu une brochure, dit-elle en plissant les yeux pour mieux voir le texte. Normalement, l'équipe commerciale aurait désigné quelqu'un pour prendre rendez-vous avec la personne afin de discuter de nos services et d'en savoir plus sur ses besoins avant de fournir un devis.

— Comment pouvons-nous savoir si ce rendez-vous a été pris ?

— Attendez.

Mark patienta pendant que ses doigts volaient sur le clavier.

— Vous avez rencontré des problèmes avec des concurrents dans le secteur ? demanda-t-il en manipulant le store derrière elle et en regardant les autres bâtiments qui parsemaient le grand parc industriel.

— Dans quel sens ?

— Du vol de clients, peut-être. Des méthodes déloyales…

Il se retourna à temps pour voir une fossette se former sur sa joue droite alors qu'elle retenait un sourire.

— Qu'est-ce qui vous pousse à poser cette question ?

Elle leva les yeux vers lui tandis qu'il revenait à ses côtés.

— Ah, laissez-moi deviner. Vous avez parlé à Daniel Nelson.

— Et ?

— Rien que nous puissions prouver.

— Mais vous soupçonnez que ça arrive.

— Disons-le ainsi, la société pour laquelle Daniel travaille n'est pas la plus grande du secteur, détective, mais c'est *bien* la plus ambitieuse.

Elle reporta son attention sur son écran tandis qu'une nouvelle fenêtre apparaissait.

—Voilà, c'est ici que l'équipe commerciale enregistre la progression d'un nouveau prospect, expliqua Sonia, pour pouvoir le suivre du premier contact jusqu'à une présentation réussie et une nouvelle inscription.

— Il n'y a rien ici.

— Cela signifie que le contact n'a jamais été suivi.

Mark fronça les sourcils.

— Est-ce que c'est inhabituel ?

— Ça peut arriver de temps en temps.

Sonia soupira.

— C'est comme je vous l'ai dit l'autre jour, nous avons été tellement occupés, particulièrement ces deux dernières années, qu'un ou deux prospects peuvent passer entre les mailles du filet. On ne s'en aperçoit qu'aux révisions semestrielles, et à ce moment-là, il est souvent trop tard pour faire un suivi parce que le client potentiel serait déjà allé voir quelqu'un d'autre.

— Et le système a toujours fonctionné ainsi ?

— À peu près, je pense, à quelques mises à jour près. C'est un processus logique, c'est pour ça que ce logiciel est si populaire auprès des entreprises comme la nôtre.

— Qu'en est-il des commerciaux qui ont fait progresser le prospect jusqu'à ce point ? La partie où le client potentiel a appelé via les coordonnées sur la brochure ? Nous allons devoir leur parler.

Sonia fit une pause.

— Tout cela est mentionné dans le mandat de perquisition, mademoiselle Adams.

Elle soupira et elle déplaça la souris vers un autre onglet sur l'écran, cliqua sur le bouton, puis leva à nouveau les yeux.

— C'était Gary Levine.

— Il est présent aujourd'hui ?

— Je crains qu'il n'ait quitté l'entreprise au début de l'année dernière.

— Nous allons avoir besoin de son adresse.

— Je me doutais que vous alliez dire ça.

CHAPITRE 42

— Gary Levine habite dans un logement loué sur Broadway à Didcot. Il n'y a rien dans le système à son sujet, à part une amende pour excès de vitesse il y a trois ans. Il a été pris par un radar sur l'A34.

La voix de Caroline résonnait dans les haut-parleurs de la voiture tandis que Jan manœuvrait le véhicule à travers une myriade de routes autour de la zone industrielle.

— C'était à quelle heure ? demanda Mark en levant les yeux de ses notes.

— Treize heures vingt. Il n'a pas contesté l'amende, j'ai vérifié auprès du tribunal et il l'a payée bien avant la date limite.

— Monsieur Irréprochable, dit Jan.

— Personne n'est aussi irréprochable. Où est-ce qu'il travaille maintenant, Caroline ?

— D'après ses réseaux sociaux, il est actuellement sans emploi. Après avoir quitté l'entreprise d'aide à domicile, il a travaillé à temps partiel depuis chez lui pour une de ces sociétés qui vendent des équipements pour personnes à mobilité réduite qu'on a déjà interrogées, mais il est parti il y a six mois.

L'estomac de Mark se noua.

— Tiens. Il n'y est pas resté longtemps. Tu as une photo ?

— Je te l'envoie tout de suite.

— Merci. Tu peux trouver qui était son responsable chez le fournisseur d'équipements pendant qu'on interroge Gary ?

— Je m'en occupe. À plus tard.

Caroline raccrocha et une fraction de seconde plus tard, son téléphone émit un bip signalant l'arrivée d'un nouveau message.

Jan freina à un feu près d'un passage à niveau alors que la barrière rouge et blanche commençait à descendre et elle jeta un coup d'œil à l'écran pour ouvrir le fichier. Elle agrandit la photographie.

Un train passa en grondant, les vibrations de son poids secouant la voiture tandis qu'il prenait de la vitesse.

La photo avait été prise lors d'une sorte de rassemblement en plein air, peut-être un barbecue ou un pique-nique. Gary Levine y tenait une bouteille de bière, sa bouche formait une ligne fine et il se tenait à côté d'un couple tout sourires dans la quarantaine.

C'était un homme costaud. Sa chemise à manches courtes s'étirait sur de gros biceps et il dominait le couple de toute sa hauteur. Il semblait mal à l'aise et pas à sa place.

Mark sursauta au son d'un klaxon et il réalisa que la circulation avait repris.

— Merde, lâcha Jan en passant une vitesse. Elle leva la main vers le conducteur derrière eux, puis accéléra.

— Ça va ? demanda Mark après un moment. Tu semblais perdue dans tes pensées.

Son front se plissa.

— Je le reconnais de quelque part. Récemment, je veux dire.

— Où ça ?

— C'est justement ça. Je n'arrive pas à mettre le doigt dessus.

Mark pinça les lèvres.

— Fais-moi signe quand ça te reviendra.

Sa collègue contourna un rond-point avant de prendre la sortie pour Broadway et il tourna son attention vers les maisons qui s'entassaient sur le côté gauche.

Après avoir dépassé un marchand de matériaux de construction et un bureau de livraison de la poste sur la droite, le côté résidentiel de la rue n'offrait guère une meilleure vue.

Beaucoup de vitrines étaient recouvertes de peinture blanche, certaines condamnées par des planches comme si elles anticipaient une situation prolongée et un manque d'activité commerciale, tandis que d'autres avaient été transformées en boutiques caritatives temporaires. Ici et là, une petite entreprise prospérait – un service essentiel, un magasin spécialisé, une agence immobilière pleine d'espoir.

Les maisons elles-mêmes étaient plus anciennes, en accord avec l'histoire ferroviaire et militaire de la ville, et dans divers états d'entretien.

Il était facile de repérer les logements locatifs.

— Il n'y a pas de places pour se garer par ici, alors on va repérer où il habite et y retourner à pied une fois qu'on aura trouvé une place ailleurs, dit-il en gardant les yeux sur les numéros des maisons qui défilaient.

— Bonne idée. Il y a plein de rues qui partent de celle-ci.

Il repéra la maison au moment où Jan freinait pour laisser une camionnette de vitrier sortir d'une rue adjacente.

Un muret en pierre délabré séparait la terrasse du trottoir, derrière lequel il pouvait voir un jardin avant couvert de gravier – sans doute installé par le propriétaire comme option avec peu d'entretien, vu la hauteur de l'herbe dans la propriété voisine. Les deux maisons étaient reliées par un niveau supérieur au-dessus d'une ouverture menant à d'autres habitations.

À droite d'une porte d'entrée verte et abîmée, une fenêtre unique était obscurcie par d'épais rideaux en voile jaunis. La fenêtre du haut donnait sur la route, face aux boutiques vides.

— Prends la prochaine à gauche, dit Mark.

Deux minutes plus tard, ils revinrent à pied et il fronça le nez en voyant les emballages alimentaires jetés et les mégots de cigarettes qui avaient été lancés par-dessus le muret cassé pendant qu'ils gravissaient les trois petites marches du niveau de la rue jusqu'à la zone gravillonnée.

Après avoir aperçu les fils qui dépassaient du cadre de la porte et le couvercle en plastique de la sonnette qui pendait, il frappa à la porte avec ses phalanges à la place.

Jan tendit le cou pour regarder la fenêtre, puis fit un pas de côté et vérifia le long du passage.

— Tu veux que j'aille voir s'il y a une porte arrière par là ? demanda-t-elle.

— Attends ici. Je vais vérifier. On ne sait pas comment il va réagir.

Il recula face à l'odeur nauséabonde qui imprégnait la courte allée, comprenant qu'elle servait probablement de commodité à plus d'un noctambule ivre, et il cligna des yeux en émergeant dans une cour commune bien éclairée, bordée de poubelles à roulettes débordantes.

À sa droite, une porte dans le même état que celle de devant restait fermée, avec un panneau de verre dans sa partie supérieure, fissuré et fixé de l'intérieur avec du ruban électrique noir. Il leva les yeux vers les deux fenêtres supérieures qui donnaient sur la cour.

Rien.

Personne ne regardait.

Aucun rideau ne bougeait.

Après avoir vérifié qu'il n'y avait pas d'issue dans la cour par une porte arrière, il retourna le long de l'allée en retenant sa respiration.

Jan regardait à travers la fenêtre de devant.

— Alors ?

— Je ne pense pas qu'il soit chez lui.

— Il est sorti.

Ils se retournèrent pour voir une femme d'une vingtaine d'années sur le pas de la porte de la propriété voisine, une cigarette pendante aux lèvres et un téléphone portable à la main.

— Et vous êtes ?

— Charmaine.

— Vous savez où il est allé, Charmaine ?

Mark montra sa carte professionnelle en s'approchant d'elle et il remarqua la méfiance dans son regard.

— Qu'est-ce que vous lui voulez ?

— Nous espérons simplement qu'il pourra nous aider à répondre à quelques questions, c'est tout.

Elle sourit et exposa des dents noircies.

— Menteur.

— Vous le connaissez bien ?

— Nan. Je le vois juste de temps en temps. Généralement quand je sors les poubelles. Parfois il m'aide. C'est tout.

— Vous savez où il est allé ?

— Non. Comme je l'ai dit, on ne se parle pas beaucoup. Juste bonjour, ce genre de choses.

Elle s'arrêta et tira sur sa cigarette, les yeux plissés.

— Est-ce qu'il sort souvent ?

Charmaine haussa les épaules.

— Je suppose. Pas régulièrement, quoi. Je ne pense pas qu'il ait un travail.

— Qu'est-ce qui vous fait dire ça ?

— Je l'ai entendu se disputer l'autre jour. Avec un type qui est venu ici.

— À propos de quoi ?

— Du paiement du loyer. Je pense que l'autre type est propriétaire de l'endroit.

— Est-ce qu'il possède aussi celui-ci ?

— Nan, je loue auprès de l'agence plus haut dans la rue.

— Vous avez dit que Gary n'avait pas d'horaires réguliers. Qu'est-ce que vous voulez dire exactement ?

Nouveau haussement d'épaules.

Nouvelle bouffée de cigarette.

Elle exhala et lui cracha la fumée en plein visage.

Délibérément.

Pour le provoquer.

Mark cligna des yeux et retint sa toux.

— Vous disiez ?

— Il va et vient à toute heure. Tard, tôt. Pas les mêmes jours.

— Pas comme quelqu'un qui travaille à l'équipe alors ?

— Non.

— Une idée de quand il va revenir aujourd'hui ?

Elle le fusilla du regard.

— Quelle partie de ce que j'ai dit est-ce que vous ne

comprenez pas ? Je ne le connais pas, d'accord ? J'habite juste à côté.

Sur ces mots, elle rentra et claqua la porte.

— Ça s'est plutôt bien passé, dit Jan en ouvrant la marche le long du petit chemin jusqu'au trottoir.

Mark attendit qu'ils soient à quelques mètres de la maison, puis il commença à tousser. Une expulsion incontrôlable d'air vicié qui lui irritait la gorge et lui faisait monter les larmes aux yeux.

— Ça va ?

Sa collègue s'arrêta de marcher, ouvrit son sac et lui tendit une petite bouteille d'eau.

— Tiens.

— Merci, coassa-t-il.

— Au moins, tu as tenu jusque-là.

Il esquissa un petit sourire, prit une autre gorgée et se remit en route vers la voiture.

— Je t'en achèterai une autre sur le chemin du retour.

Il atteignit le véhicule de service avant elle, tendit la main vers la poignée de la portière passager, puis fronça les sourcils.

Elle était encore verrouillée.

Mark regarda par-dessus son épaule.

Jan se tenait à quelques pas, immobile, avec une expression de totale surprise sur le visage.

— Qu'est-ce qu'il y a ? demanda-t-il.

— Je me souviens maintenant où je l'ai vu.

— Qui, Gary ?

— Oui.

— Où ça ?

— Au cabinet médical d'Annabelle Studley, la première

fois qu'on y est allés. C'était le chauffeur bénévole qui aidait cette femme à monter dans la voiture garée dehors.

CHAPITRE 43

Le briefing de fin de matinée était déjà en cours lorsque Jan entra dans la salle des opérations.

Ses joues s'empourprèrent tandis qu'elle se dépêchait de rejoindre les officiers rassemblés, Turpin sur ses talons.

Alex était en pleine mise à jour quand Kennedy les aperçut, le regard accusateur de l'inspecteur principal la transperçant alors qu'elle se glissait silencieusement sur un siège à l'extrémité de la salle et baissait les yeux vers ses notes, tandis que Turpin, feignant la nonchalance, s'appuyait contre un bureau à côté d'elle.

— C'est gentil de vous joindre à nous, vous deux, dit Kennedy quand le jeune enquêteur eut terminé. Quelle heure est-il selon vous ?

Jan rougit encore plus et évita de regarder sa montre.

Ils avaient vingt minutes de retard, à cause des embouteillages le long de la route depuis Didcot.

— J'imagine qu'il y avait des affaires plus urgentes que mon briefing ? poursuivit Kennedy en balayant du regard les autres officiers alors qu'il arpentait la moquette.

Il s'arrêta et regarda par-dessus son épaule.

— Ou bien… ?

— Nous avons un suspect, lâcha Jan.

Kennedy se figea, puis se tourna vers elle.

— Vraiment ?

— Oui, chef. Gary Levine.

Elle brandit ses notes.

— Il travaillait autrefois dans l'équipe commerciale de la même société d'aide à domicile que Sonia Adams, mais il a perdu son emploi. Il a ensuite vendu des équipements d'aide à la mobilité pendant un moment avant d'être licencié il y a six mois. Durant tout ce temps, il a été chauffeur bénévole. Vous savez, pour emmener des patients à l'hôpital ou chez le médecin, ce genre de choses.

— Vous lui avez parlé ?

— Nous avons découvert où il habite grâce à Sonia Adams, chef, dit Turpin. Il n'était pas chez lui ce matin et la voisine à qui nous avons parlé ne sait pas où il se trouve.

— Vous pensez qu'il a pris la fuite ?

— C'est difficile à dire car la maison qu'il loue est dans un sale état. Mais la voisine ne nous a pas donné l'impression qu'il était parti, juste qu'il était sorti.

— Qu'est-ce que vous pouvez me dire d'autre sur lui ?

Kennedy se dirigea vers le tableau blanc et nota le nom.

— Je l'ai reconnu de notre visite à l'ancien cabinet d'Annabelle Studley, dit Jan. Roger et Brenda Parnett n'avaient pas de voiture selon les registres des véhicules immatriculés, et quand nous avons appelé le Dr Wilson en venant ici, elle a confirmé que Roger avait arrêté de conduire deux ans avant sa mort, alors comment se rendaient-ils à l'hôpital et chez le médecin ? Comme Annabelle et John Studley. J'ai vérifié, leurs voisins travaillaient à plein temps quand Annabelle a disparu et ils ne pouvaient donc pas les aider pour les rendez-vous. Si leur fille Liz ne pouvait pas les conduire, ils devaient compter sur quelqu'un d'autre.

— Le même service de bénévoles ?

— Le même bénévole, chef.

Jan croisa les jambes et s'ajusta sur son siège, plus à l'aise maintenant qu'elle était au centre de l'attention pour les bonnes raisons, et non pour son retard au briefing.

— Gary n'est pas affilié à l'un des services organisés du coin. Il offre simplement un service de transport gratuit pour aider ceux qui ne peuvent pas trouver de solution ailleurs.

— Quand nous avons parlé au Dr Hamilton, il a confirmé que Gary était connu d'eux en raison de ses anciens postes avec la société d'aide à domicile puis celle d'équipements de mobilité, donc quand il les a approchés pour proposer son aide, ils ont accepté son offre, ajouta Turpin. Il a passé les contrôles de casier judiciaire et il n'y a pas assez de chauffeurs disponibles de nos jours. Nous avons parlé à trois des services de bénévoles locaux qui ont confirmé qu'ils sont toujours à la recherche de nouveaux chauffeurs, ils n'arrivent pas à satisfaire la demande.

— Et il n'est certainement pas inscrit auprès de ces services ?

— Il n'est inscrit dans aucun service de tout l'Oxfordshire, chef.

— Il a des antécédents ?

— Absolument rien, répondit Jan. Aucune condamnation, même pas celles qui auraient été révélées par un contrôle du casier judiciaire. Juste l'amende pour excès de vitesse que Caroline a trouvée et qui date d'il y a trois ans.

Kennedy tapota le bout de son stylo contre son menton.

— Ce qui signifie que, s'il est notre homme, il a été très prudent.

— S'il est notre homme, il pourrait très bien être encore actif, ajouta Turpin. Ce n'est pas parce que nous n'avons pas trouvé d'autres victimes enterrées près de Hacca's Brook qu'il n'a pas trouvé un autre site.

L'estomac de Jan se retourna à ces mots, l'effroi rampant dans son ventre alors qu'elle se rappelait la liste des personnes disparues qu'ils avaient compilée.

Combien d'autres ne rentreraient jamais chez elles ?

Kennedy fit signe à deux agents en uniforme.

— Envoyez immédiatement une patrouille chez Levine. Je veux qu'il soit amené pour interrogatoire dès qu'il se montre.

— Oui, chef.

Les officiers en uniforme repoussèrent leurs chaises et quittèrent précipitamment la salle des opérations, la porte claquant dans leur sillage.

— Mark, Jan, bon travail, poursuivit l'inspecteur principal. Je veux que vous meniez l'interrogatoire lorsque nous l'aurons en garde à vue. En attendant, j'ai besoin que vous obteniez un mandat pour que nous puissions également fouiller sa voiture. S'il est notre tueur, il pourrait encore y avoir des traces de preuves dans ce véhicule.

Alex leva la main brusquement.

— Chef ? Il y aura forcément des traces d'Annabelle et Roger dans sa voiture s'il les a conduits à des rendez-vous avant leur disparition, non ?

Kennedy lança un regard patient au jeune enquêteur avant de répondre.

— Pas si nous trouvons ces preuves ailleurs que sur les sièges, Alex. Dans le coffre, par exemple.

Jan réprima un sourire en voyant les yeux d'Alex s'écarquiller et le détective réalisa son erreur.

— Chef, qu'en est-il des clients actuels de Gary ? demanda-t-elle. Est-ce que nous devrions les interroger pour voir s'il y a des préoccupations ?

— Bonne idée. Caroline et Alex, appelez les deux cabinets médicaux et renseignez-vous auprès d'eux pour savoir quels patients utilisent le service de transport gratuit de Levine. Répartissez-vous les entretiens entre vous et les agents en uniforme. Je veux que tout élément préoccupant soit signalé à Mark et Jan avant qu'ils n'interrogent Levine.

Il frappa ses mains l'une contre l'autre, produisant un claquement sonore qui rebondit sur les dalles du plafond bas.

— Allons-y, tout le monde. Il est temps d'arrêter un tueur.

CHAPITRE 44

Gary Levine était une version réduite de l'homme sur la photo que Caroline avait trouvée.

Quand Mark ouvrit la porte de la salle d'interrogatoire numéro deux, il recula face à l'odeur de peau non lavée et de nicotine.

Jan le heurta avec le dossier qu'elle transportait avant de se faufiler devant lui et d'installer l'équipement d'enregistrement pendant qu'il croisait les bras et fixait leur suspect.

À côté de lui, un deuxième homme leva les yeux vers les deux détectives, puis retourna à sa prise de notes, sa silhouette mince noyée dans un costume noir bon marché froissé aux mauvais endroits, comme s'il avait passé la journée à voyager d'un centre de détention à un autre.

Il poussa une carte de visite à travers la table ébréchée et abîmée vers Mark lorsque celui-ci prit place.

— Justin White, avocat commis d'office.

Son client actuel, Levine, portait un t-shirt bleu foncé crasseux avec un logo sportif imprimé sur le devant, mais il flottait sur sa silhouette comme s'il avait perdu beaucoup de poids en peu de temps. Ses bajoues étaient flasques, sa peau brûlée par le soleil pelait au niveau du front tandis qu'il mâchonnait sa lèvre inférieure épaisse, le regard baissé.

Quand il leva enfin le visage, des yeux bleu pâle lancèrent un regard furieux à Mark avant de se tourner vers Jan pendant qu'elle récitait la mise en garde formelle.

— Je vais être en retard au travail, grogna-t-il en réponse.

— Veuillez confirmer que vous comprenez la mise en garde que je viens de vous communiquer, dit-elle.

Sa lèvre supérieure se retroussa.

— Je comprends.

— Parlez-moi de Roger Parnett, dit Mark. Comment l'avez-vous rencontré ?

Levine fronça les sourcils.

— Vous l'avez retrouvé ?

— Répondez à la question, s'il vous plaît.

— J'ai été mis en contact avec lui via le cabinet de son médecin après son opération du genou. Ni lui ni sa femme ne pouvaient conduire, alors j'ai proposé mon aide.

Jan soupira, sortit du dossier une copie des données de vente que Sonia Adams avait fournies.

— Il est indiqué ici que vous leur aviez parlé avant cela. Pendant que vous travailliez encore pour la société de soins à domicile. Vous n'avez jamais donné suite à leur demande d'assistance. Pourquoi ?

L'homme cligna des yeux, puis passa sa langue sur ses lèvres.

— Je ne me souviens pas de ça. J'ai perdu mon emploi là-bas au début de l'année dernière. J'aimais discuter avec les personnes âgées, c'est pour ça que j'ai pensé continuer à faire du transport bénévole pendant que je cherchais un nouvel emploi.

— Pourquoi est-ce que vous ne vous êtes pas adressé à l'un des services de bénévolat officiels ?

Levine haussa les épaules.

— Je connaissais les cabinets médicaux. J'avais des contacts là-bas depuis mon temps dans la société de soins, alors j'ai simplement pensé les approcher directement. C'était plus simple.

— La voiture que vous conduisez actuellement, depuis combien de temps est-ce que vous l'avez ?

— Environ six ans.

Il grimaça.

— Mon Dieu, quand je pense que je regardais de haut les gens qui conduisaient des voitures aussi vieilles. J'essayais de la changer tous les deux ou trois ans à l'époque, juste pour être sûr d'avoir toutes les garanties du constructeur et tout ça.

Il joignit ses mains sur la table et frotta ses pouces l'un contre l'autre.

— Maintenant, je suis juste content si je peux me permettre un plein d'essence.

— Et pourtant, vous vous portez toujours volontaire pour conduire d'autres personnes.

Un haussement d'épaules cette fois, sans paroles.

— Revenons à Roger. Quand est-ce que vous l'avez vu pour la dernière fois ?

— Le jour où je l'ai ramené chez lui après son opération.

— Comment pouvez-vous en être si sûr ?

— C'était un type sympa, d'accord ? Lui et sa femme. Difficile à oublier.

Il secoua la tête.

— Ça a été un sacré choc quand il a disparu.

— Vous savez ce qui lui est arrivé ?

— Non. Pourquoi est-ce que je le saurais ?

Confus, Levine regarda Mark puis Jan, et à nouveau Mark.

— Que se passe-t-il ?

— Et Annabelle Studley ? continua Mark en ignorant la question et en faisant glisser une photographie de la femme. Où est-ce que vous l'avez rencontrée ?

— Je ne la reconnais pas.

— Elle vivait près de West Hagbourne et elle a disparu à la fin de l'année dernière. Seulement huit mois environ après Roger.

Jan fit glisser une autre photographie et Mark observa la réaction de Levine lorsqu'il découvrit la tombe peu profonde et le ruban de scène de crime.

— Ses ossements ont été retrouvés ici. À côté d'une autre femme et de Roger Parnett.

Le visage de Levine devint gris et il détourna son regard de la photographie.

— Bon sang, et vous pensez que je les ai tués ?

— Est-ce que vous l'avez fait ?

— Bien sûr que non, bordel !

— Qui est la deuxième femme enterrée ici, Gary ?

— Je ne sais pas, je n'ai rien à voir avec tout ça. Qui vous a dit que j'avais fait ça ?

En réponse, Mark lui fit passer des copies des rapports originaux de personnes disparues et il tapota la date en haut de chacun.

— Où étiez-vous à ces dates ?

Levine lui arracha les documents des mains et fixa les pages un instant. Quand il releva les yeux, son regard était triomphant.

— J'étais absent, détective. Hors du pays.

— Trois fois ?

— C'est exact.

— Pour faire quoi ?

— Je n'ai pas à vous le dire.

Il rejeta les pages de l'autre côté du bureau.

— Il n'y a rien sur vos réseaux sociaux à ces dates pour appuyer cette déclaration.

— Je ne les utilise pas beaucoup. Je n'aime pas que tout le monde sache ce que je fais.

— Ah bon ? Vous avez quelque chose à cacher ?

— Bien sûr que non. J'aime simplement préserver ma vie privée, c'est tout.

— Vous avez quelqu'un qui peut vous fournir un alibi pour ces dates, alors ? demanda Jan.

Levine tourna son attention vers elle.

— Parlez à Aidan Barclay. Il confirmera.

— Qui est-ce ?

— Un pote à moi, je le connais depuis l'école.

Mark fit un léger signe de tête à Jan, puis parla pour l'enregistrement.

— Entretien suspendu à seize heures trente-deux.

CHAPITRE 45

— Qu'est-ce que vous en pensez, Mark ?

Kennedy ferma la porte de son bureau et lui fit signe de prendre l'une des chaises réservées aux visiteurs.

— Vous semblez...

— Frustré ? Je le suis.

Mark ignora l'offre de s'asseoir et observa les différents certificats et distinctions accrochés au mur du bureau de l'inspecteur principal avant de frotter ses yeux fatigués.

— Vous avez des doutes concernant Levine ?

— Peut-être.

Mark laissa retomber sa main, expira et lui fit face.

— Ça dépend de ce que son ami va dire, si nous parvenons à le localiser.

— Vous avez une adresse ?

— Oui. Des agents en uniforme s'y sont rendus, mais il n'y a personne. Selon un voisin, il pourrait être dans une salle de sport locale avant la fermeture à vingt-deux heures, donc ils y sont allés. Nous attendons de leurs nouvelles.

— Et si son alibi tient la route...

— Alors nous sommes foutus. Désolé, chef.

Kennedy enfonça ses mains dans ses poches et s'appuya contre un classeur avant de fixer la moquette. Après un moment, il soupira.

— Les affaires non résolues ne sont jamais faciles, Mark. Nous n'aurons peut-être jamais les réponses.

— Je dois essayer, chef.

Mark regarda à travers les stores de la fenêtre intérieure vers le tableau blanc, avec toutes les notes et théories griffonnées qui couvraient sa surface.

— Nous le devons à ces trois victimes, et j'ai besoin de savoir que celui qui leur a fait ça n'est pas toujours dehors, en train d'échapper à la justice après trois meurtres.

Il vit le frisson qui parcourut Kennedy et il sut alors que l'inspecteur principal n'abandonnerait pas non plus.

— Vous pouvez nous autoriser à garder Levine pendant encore douze heures si nécessaire, chef ? osa-t-il demander. Juste au cas où son alibi ne tiendrait pas la route ?

— Bien sûr. Faites les papiers et je vais les signer. Vous comptez rester ici toute la nuit ?

— S'il le faut. Je vais renvoyer Jan chez elle avant qu'il ne soit trop tard.

— Dites-lui que je paierai son taxi si on ne lui a pas attribué de voiture.

— Merci, chef.

L'inspecteur principal resta silencieux un moment et Mark observa le regard de l'homme se tourner vers les officiers qui s'affairaient au-delà de son bureau.

— Si nous n'obtenons pas de résultats rapidement, autre chose va surgir et nous perdrons les ressources dont nous disposons, dit-il finalement. Et je ne pourrai pas repousser indéfiniment les ordres de Kidlington.

— Je sais.

Kennedy hocha la tête en réponse.

Mark redressa les épaules et lui adressa un sourire désabusé.

— Je retourne au travail, alors.

L'inspecteur principal tendit la main et lui ouvrit la porte.

— Vous savez où me trouver.

— Merci, chef.

Il traversa la pièce jusqu'à son bureau, détacha deux notes adhésives du milieu de son écran d'ordinateur et s'affala dans son fauteuil.

Aucun des messages n'était urgent et il les ajouta à une pile grandissante de diverses couleurs à côté de son téléphone.

Il s'en occuperait quand il aurait des affaires moins pressantes à traiter.

En attendant, il y avait les documents à rédiger pour que Kennedy les approuve et une nouvelle stratégie à discuter avec Jan avant de reprendre leur entretien avec Levine.

— Scott a commandé des pizzas à emporter pour les enfants, donc je suis libre au moins jusqu'à vingt et une heures trente, dit Jan en interrompant ses pensées.

— Ok, merci.

— Chef ?

Il leva les yeux de son écran pour voir Alex qui se précipitait vers lui, à bout de souffle.

— Qu'est-ce qui se passe ?

— Je viens de recevoir un appel de Tom Wilcox, ils ont ramené l'alibi de Levine. Aidan Barclay est en bas dans la salle d'interrogatoire trois quand vous serez prêts tous les deux.

Mark repoussa sa chaise tandis que Jan commençait à rassembler ses notes et ses dossiers.

— On arrive.

———

Mark tint la porte de la salle d'interrogatoire ouverte pour Jan, puis il la suivit jusqu'à la table au centre et se présenta au géant bronzé qui se leva de son siège et tendit une main énorme.

— Je suis Aidan Barclay, dit-il, sa poignée de main étonnamment douce. Que se passe-t-il ? Pourquoi Gary est-il ici ?

— Chaque chose en son temps, monsieur Barclay.

Mark leva la main pendant que Jan démarrait l'enregistrement et procédait aux présentations formelles et à la mise en garde, puis il consulta ses notes.

— Monsieur Levine nous aide actuellement dans notre enquête et il affirme qu'il était en vacances avec vous à certaines dates qui nous intéressent.

— À quelles dates ?

Mark les lui indiqua, puis il attendit que l'homme sorte son téléphone portable de sa poche et ouvre une application de réseaux sociaux.

— Attendez. Je crois que j'ai des photos ici.

Réprimant un sentiment croissant de déception imminente, Mark jeta un coup d'œil à Jan.

Elle semblait avoir cessé de respirer, son regard fixé sur le téléphone de Barclay.

— Oui. Voilà. Pour cette première date, nous étions à Magaluf pendant une semaine, et pour la seconde, nous sommes partis en Croatie pendant deux semaines.

— Pour faire quoi ? demanda Mark.

— Des concours de bodybuilding. Amateurs, bien sûr. L'argent des prix a financé les vacances. Après, on a fait de la randonnée ou du vélo.

Barclay adressa à Mark un sourire gêné.

— Ou alors on a simplement traîné en ville, on est allés en boîte, on a rencontré des filles.

— Gary est bodybuilder ?

Mark ne put cacher sa surprise, se rappelant l'état de l'homme qu'ils avaient arrêté plus tôt dans la journée.

Barclay soupira.

— Pour être honnête, il s'est un peu laissé aller cette dernière année, mais c'est uniquement parce qu'il n'a plus les moyens de payer l'abonnement à la salle de sport ou les compléments alimentaires qu'il prenait avant.

— Et vous pouvez confirmer les dates ?

— Oui. Absolument. Regardez.

Il tourna l'écran vers Mark et Jan.

— J'ai les publications ici. Gary a toujours été un peu plus timide à ce sujet et il ne les partageait pas. Je pense qu'il craignait que ses collègues ne se moquent de lui s'ils l'apprenaient. Maintenant, il n'aime plus en parler. Il n'a plus les moyens de participer aux compétitions et de partir en vacances depuis qu'il a perdu son emploi de commercial dans cette société de soins l'année dernière.

Mark lui arracha le téléphone des mains et son regard se posa sur la première date tandis que Barclay tapait du pied avec impatience.

Effectivement, Gary et lui figuraient tous deux sur la photographie, souriant jusqu'aux oreilles avec de petits trophées dans les mains.

En faisant défiler jusqu'à la date antérieure et en voyant une image similaire, il ferma les yeux.

— Merde.

— Vous voyez ce que je veux dire ? répliqua Barclay d'un ton pressant. Gary n'aurait pas pu faire ce que vous pensez qu'il a fait. Il n'était même pas dans le pays. Vous pouvez vérifier les registres de son passeport ou quelque chose comme ça pour le confirmer, non ?

Mark ouvrit les yeux et regarda Jan.

La déception irradiait d'elle alors qu'elle refermait d'un coup sec le dossier et mettait fin à l'entretien.

— Merci pour votre temps, monsieur Barclay, dit-elle.

— Pas de problème. Je peux récupérer mon téléphone maintenant ?

CHAPITRE 46

Il était plus de minuit lorsque Mark redescendit au quartier de détention.

Kennedy avait quitté le commissariat vingt minutes plus tôt, la frustration gravée sur son visage et la promesse de faire ce qu'il pourrait concernant le rapport au quartier général.

Mark ne se faisait pas d'illusions.

Bientôt, l'équipe de direction déciderait que le personnel était requis ailleurs et l'enquête entrerait dans sa phase suivante.

Il ne serait guère plus qu'un gardien, désespérément à l'affût de bribes d'informations découvertes par hasard, et il ne pouvait pas laisser cela se produire.

Il ne voulait pas abandonner.

Pas tout de suite.

Il le devait à Annabelle, à Roger, et à cette seconde femme inconnue qui reposait dans la morgue de Gillian.

Justin White, l'avocat de Levine, attendait dans le couloir devant la salle d'interrogatoire numéro deux pendant qu'on amenait son client depuis les cellules et il ignora ostensiblement Mark lorsque celui-ci le rejoignit.

Au lieu de cela, l'homme s'appliqua à consulter sa montre, à vérifier son téléphone, puis à soupirer à mi-voix dans un cycle perpétuel pendant que Mark fixait l'une des affiches de santé et de sécurité sur le mur de briques.

Il se retourna en entendant des pas lourds pour voir Levine escorté vers eux par Tom Wilcox, et il ouvrit la porte pour les laisser entrer.

Levine lui lança un regard noir en passant, puis se dirigea vers l'un des sièges près de la table et s'y affala pendant que son avocat s'affairait avec des stylos et des blocs-notes.

— Merci, Tom, dit Mark en redémarrant l'équipement d'enregistrement tandis que le sergent quittait la pièce, puis il se renversa dans son siège. Aidan Barclay a confirmé votre déclaration, Gary. Vous êtes libre de partir une fois que nous aurons terminé ici.

Le sourire qui fendit le visage renfrogné de Levine était à la fois triomphant et soulagé.

— Qu'est-ce que je vous avais dit, hein ? Je vous avais dit que j'étais innocent.

— Et nous l'avons enregistré.

Il ouvrit le dossier devant lui et retourna les documents face à l'autre homme.

— Si vous pouviez signer ceci, nous allons vous restituer vos effets personnels immédiatement.

Il observa Levine griffonner précipitamment une signature sur les documents.

— Pourquoi est-ce que vous avez été licencié de la société de soins, Gary ? demanda Mark alors qu'il rangeait les papiers qui jonchaient maintenant le bureau et les empilait soigneusement, son regard ne quittant jamais l'autre homme.

Les épaules de Levine s'affaissèrent.

— Quelqu'un a porté plainte contre moi. Ce n'était que des mensonges, bien sûr. C'était simplement plus facile pour moi de partir tranquillement que d'essayer de me battre. La discrimination tend à fonctionner à sens unique de nos jours, détective. Je n'ai peut-être pas l'air de grand-chose maintenant, mais j'étais un grand gaillard. Qui m'aurait cru si j'avais dit que c'était moi qui étais victime de harcèlement et d'intimidation ?

— Sur quoi portait cette intimidation ?

— J'essayais de gravir les échelons dans l'entreprise. Je m'y plaisais. J'appréciais les clients à qui je parlais. Il y avait une promotion interne disponible pour un poste de superviseur et je pensais avoir mes chances, alors j'ai postulé.

Un triste sourire traversa son visage.

— J'aurais été bon à ce poste, aussi.

— Que s'est-il passé ?

— Environ une semaine après l'envoi de ma candidature et le premier entretien, j'ai trouvé quelque chose dans le système. Une anomalie.

— Quel genre d'anomalie ?

— Quelqu'un supprimait des données sur des clients potentiels. Changeait des numéros de téléphone, effaçait des notes que nous utilisions pour identifier les clients potentiels plutôt que les personnes qui nous faisaient perdre notre temps, ce genre de choses.

— Des preuves ?

Levine ricana.

— C'est ce qu'ils m'ont demandé quand j'en ai parlé. Je n'avais pas de preuves, juste une intuition. Par exemple, quand des gens appelaient pour un devis, c'était enregistré dans le système avec un rappel pour que l'un d'entre nous les recontacte. Nous avions des scripts de vente à suivre, des techniques pour vendre plus, des choses comme ça. Je jetais un œil sur la liste du lendemain avant de partir le soir, et c'est là que j'ai commencé à remarquer que certains détails disparaissaient, ou que les numéros avaient changé. Quand je les appelais, je recevais constamment des messages automatiques disant que les numéros étaient incorrects. Ou si j'avais parlé à quelqu'un qui était désireux d'obtenir de l'aide, je fixais un rendez-vous pour qu'un des soignants seniors aille évaluer leurs besoins. Ces entrées disparaissaient aussi.

— Vous voulez dire que quelqu'un les supprimait ?

— Oui, exactement.

Le visage de Levine s'anima davantage.

— Je veux dire, tout le monde avait accès au système pour pouvoir consulter les détails des clients, les rendez-vous, les horaires de soins à domicile, ce genre de choses. Je ne sais pas si c'était aléatoire ou quoi, mais ça se produisait définitivement.

— Comment est-ce que vous pouviez être si sûr à propos des numéros de téléphone ? Je veux dire, il devait y en avoir des centaines qui passaient dans ce système chaque mois.

— Comme je vous l'ai dit, j'avais l'habitude de vérifier chaque soir les appels du lendemain. J'aimais être préparé, réfléchir à la façon dont j'allais parler à chacun d'entre eux. Certains des derniers chiffres des numéros de téléphone étaient faciles à retenir, 737, 113, ce genre de choses. Et ils étaient différents le jour suivant. Ou disparus.

— Qu'est-ce qui s'est passé quand vous l'avez signalé ?

— Rien. J'en ai parlé à ma responsable, qui l'a fait remonter, et puis rien ne s'est passé. J'ai même parlé à certains managers des autres services pour voir s'ils avaient remarqué quelque chose.

Le visage de Levine s'assombrit.

— Et c'est là qu'on a commencé à m'accuser de harcèlement.

Mark prit une profonde inspiration pour essayer de calmer son rythme cardiaque accéléré.

— Qui a déposé la plainte, Gary ?

— C'est trop tard maintenant. Ça ne m'aide pas, n'est-ce pas ? Je suis toujours au chômage et je ne peux pas obtenir de référence de là-bas.

— Qui était-ce ?

Le regard de Levine croisa celui de Mark tandis qu'il laissait échapper un soupir tremblant.

— Sonia Adams.

CHAPITRE 47

Mark tapotait des doigts sur le volant et fixait le revêtement en grès ocre de la maison de l'autre côté de la rue.

Il réprima un bâillement, but une gorgée du café à emporter qu'il avait acheté au drive d'un fast-food en chemin, et il se demanda pour la énième fois s'il n'aurait pas dû accepter la proposition de Tom d'utiliser l'une des couchettes vides dans les cellules de garde à vue plutôt que de passer toute la nuit à son bureau après avoir libéré Gary Levine.

La porte d'entrée s'ouvrit, puis Jan descendit rapidement l'allée pavée vers la voiture tout en faisant un numéro d'équilibriste avec un mug de voyage, un sac à main et un petit paquet enveloppé dans du papier aluminium.

Elle lui tendit le paquet par la fenêtre ouverte.

— Sandwich au bacon. Je me doutais que tu n'étais pas rentré chez toi hier soir.

Son estomac gargouilla en réponse tandis qu'elle faisait le tour pour monter côté passager.

— Je suppose que Lucy t'a envoyé un message, dit-il entre deux bouchées.

— Elle s'inquiète pour toi.

Jan ajusta sa ceinture de sécurité sur sa poitrine pendant qu'il enfournait la dernière miette dans sa bouche, puis elle lui tendit une serviette en papier.

— Merci.

— Je t'en prie.

— Je lui achèterai des fleurs en rentrant ce soir.

— Tu devrais, oui. Bon, qu'est-ce qui se passe ? Qu'est-ce que j'ai raté ?

Mark fit demi-tour et dirigea la voiture vers le périphérique, contenant son impatience tandis que la circulation avançait lentement vers la voie rapide pendant qu'il lui racontait ce que Gary Levine avait révélé plus tôt ce matin.

— Qu'est-ce que tu en penses ? demanda Jan quand il eut terminé.

— Quand Gary m'a raconté tout ça, je pense qu'il croyait avoir découvert un cas d'espionnage industriel, expliqua Mark.

Il fit une pause pour doubler un camion articulé avec des plaques d'immatriculation polonaises, puis il appuya fermement sur l'accélérateur, conscient des minutes qui défilaient sur l'horloge du tableau de bord.

— Je pense que Sonia couvrait ses traces.

Jan se tourna sur son siège pour lui faire face.

— Tu crois qu'elle utilisait son accès au système pour cacher le fait que certaines personnes avec qui elle entrait en contact disparaissaient ?

Il lui jeta un coup d'œil, puis revint à la route. Juste assez pour voir l'expression incrédule dans ses yeux.

— Ça se tient, dit-il. Et si elle avait tué Annabelle, puis réalisé à quel point c'était risqué, étant donné qu'elle était son aide-soignante ? Et si elle avait ensuite décidé de s'en prendre à des victimes qui n'étaient pas encore des clients ?

— Mais elle est restée avec John pendant deux jours après la disparition d'Annabelle. C'était un sacré risque à prendre si elle était responsable de son meurtre.

— Ou un choix extrêmement intelligent. Elle s'est placée au-dessus de tout soupçon en étant présente.

— Revenons aux clients potentiels, alors. Comment est-ce qu'elle les ciblait ?

— Elle aurait pu faire ce que Gary a suggéré, supprimer leurs coordonnées de la base de données pour que personne ne s'en rende compte. Ils ne pouvaient pas être reliés à elle.

— Est-ce que Gary la soupçonnait de faire ça ?

— Non, c'est quelque chose qui me trotte dans la tête depuis que je l'ai libéré plus tôt aujourd'hui. Il a dit qu'il s'était reculé dès qu'elle avait déposé une plainte formelle dans l'espoir de garder son emploi. Il a dit qu'il ne trouverait rien qui paie aussi bien.

— Ça ne lui a pas servi à grand-chose, n'est-ce pas ? On lui a quand même demandé de partir.

— Et sur ce point, il pense avoir été poussé vers la sortie, plutôt que d'avoir été formellement licencié pour harcèlement. Tout le processus s'est étalé sur des semaines, avec des insinuations et autres. Il a dit que sa santé commençait à en souffrir.

Mark ralentit pour revenir à la limite de vitesse en voyant le panneau de Didcot en bord de route.

— Apparemment, leurs contrats stipulent tous qu'ils ne peuvent pas aller travailler pour un concurrent pendant six mois, c'est pour ça qu'il est resté au chômage pendant un moment après.

Jan se cala dans son siège et regarda à travers le pare-brise en silence, se rongeant un ongle pendant qu'il sortait à la prochaine intersection et fonçait vers la zone industrielle.

Il réalisa qu'il retenait son souffle, en attente de sa prochaine réaction.

— Alors ? Qu'est-ce que tu en penses ?

Elle secoua la tête.

— Je ne sais pas, chef. Je veux dire, pourquoi ? Quel serait le mobile ?

— Je ne sais pas encore.

Il vérifia son rétroviseur, puis mit son clignotant et dévia la voiture dans une aire de repos le long des voies ferrées.

— Rappelle-moi les antécédents de Sonia. Qu'est-ce que Caroline a trouvé avant notre premier entretien avec elle ?

En feuilletant son carnet, Jan marmonna jusqu'à ce qu'elle trouve les détails.

— Pas de casier judiciaire, les vérifications sont négatives, et on sait par Sonia elle-même qu'elle a commencé en tant qu'infirmière stagiaire avant de changer de carrière. Elle est passée de ça à un travail dans une maison de retraite.

— Est-ce que quelqu'un a parlé à son ancien responsable à la maison de retraite ?

Jan se mordit la lèvre.

— Je ne crois pas.

— Tu as un numéro ?

— Je vais en trouver un. Attends.

Sur ce, elle appuya sur la touche de numérotation rapide de son téléphone et activa le haut-parleur alors qu'Alex répondait.

— Caroline est en réunion pour le moment, dit-il. Je peux t'aider ?

Mark se pencha plus près.

— On doit parler au responsable de Sonia Adams à la

maison de retraite où elle travaillait avant. Tu as un numéro dans le système ?

Il y eut un bruit métallique lorsqu'Alex posa son téléphone sur le bureau, puis le son des doigts sur un clavier leur parvint.

— Le voici.

Jan nota le numéro.

— Merci, Alex.

Elle n'attendit pas sa réponse et termina l'appel pour composer immédiatement le nouveau numéro.

Une voix d'homme répondit après trois sonneries et Jan inclina le téléphone vers Mark.

— Vous êtes bien Ian Allenson ?

— C'est bien moi. Qui est à l'appareil ?

— Je suis l'inspecteur Mark Turpin. Vous êtes en haut-parleur avec ma collègue, l'enquêteuse Jan West. Nous aimerions vous poser quelques questions au sujet de Sonia Adams.

— D'accord...

La voix de l'homme était hésitante, confuse.

— Il y a un problème ?

— Est-ce qu'il y a eu des problèmes à la maison de retraite pendant que Sonia travaillait pour vous ?

— Quel genre de problèmes ?

Mark déglutit.

C'était maintenant ou jamais.

— Des signes d'abus ou de mauvaise conduite ?

— Sonia ? balbutia Allenson. Absolument pas. Elle adorait les résidents. Ils l'adoraient. Nous avons regretté son départ.

— Donc, pas de plaintes, ou—

— Non. Rien. Détective, que se passe-t-il ?

— Merci pour votre temps, monsieur Allenson. Si vous pouviez garder cette conversation pour vous pour le moment.

Il tendit la main et mit fin à l'appel, puis se renversa dans son siège avec un soupir.

— Merde. Cette théorie tombe à l'eau.

— Pas nécessairement.

Jan rangea son téléphone et son carnet dans son sac.

— Peut-être qu'elle n'a pas commencé là-bas. Peut-être que tout a commencé quand elle a changé d'emploi et qu'elle est passée à la société de soins à domicile. Mais encore une fois, pourquoi ?

Mark gonfla ses joues et relâcha le frein à main.

— Il n'y a qu'une façon de le savoir.

Cinq minutes plus tard, il se gara dans un espace libre devant le bâtiment de l'entreprise et il scruta la fenêtre du bureau d'angle tout en rangeant les clés dans sa poche.

— Sa voiture n'est pas là, dit Jan en indiquant du menton les autres véhicules dispersés sur le parking.

Mark ne dit rien alors qu'il observait les camionnettes garées à côté des portes de la réception, et il se rappela la façon dont les soignants gardaient les véhicules bien approvisionnés entre les visites.

Un coup de coude ramena son attention vers Jan, qui fronçait les sourcils.

— À quoi tu penses, chef ?

— Un de ces véhicules serait parfait pour cacher et transporter un corps, non ? dit-il.

Elle haussa un sourcil.

— Allons voir où elle se trouve.

Elle se dirigea vers les portes d'entrée d'un pas vif, bouscula un livreur qui venait dans l'autre sens, puis elle resta sur le côté pendant que Mark s'avançait vers l'homme seul derrière le bureau d'accueil.

— Déjà de retour, détectives ? dit-il joyeusement en désignant le registre des visiteurs et en tendant un stylo.

— Où est Sonia Adams ? demanda Mark. Sa voiture n'est pas dehors. Elle est présente aujourd'hui ?

— Oh, elle est sortie pour rendre visite à certains de ses anciens patients, répondit le réceptionniste. Elle fait ça certains matins. Elle adore garder le contact avec eux.

Mark plissa les yeux.

— Où est-elle *exactement* ?

— Attendez. Je crois que j'ai leurs coordonnées quelque part.

L'homme se tourna vers son ordinateur, pressa quelques touches, puis releva les yeux de son écran.

— Voilà.

Jan nota le nom et l'adresse, puis se dirigea vers les portes.

Mark s'arrêta.

— Si elle est maintenant responsable des soins, pourquoi est-ce qu'elle rend visite à vos clients ?

— Elle ne peut pas s'en empêcher, répondit le réceptionniste avec un haussement d'épaules et un sourire bienveillant. Elle dit qu'ils lui manquent et qu'elle ne supporte pas l'idée qu'ils puissent avoir des difficultés à se débrouiller seuls quand notre personnel ne peut pas être là pour les aider.

CHAPITRE 48

— Voilà sa voiture.

Jan pointa du doigt à travers le pare-brise un SUV noir garé en travers d'une allée, plus loin dans l'impasse bordée d'arbres, puis elle siffla lorsque Mark freina à quelques centimètres du pare-chocs de l'autre véhicule.

— Au moins, elle ne peut aller nulle part maintenant, dit-il en désignant d'un mouvement du menton la moto garée directement derrière le SUV. Elle est coincée.

— Comment est-ce que tu veux procéder ? demanda Jan.

— Rapidement. Je veux qu'elle sorte de là et qu'elle soit arrêtée avant qu'on commence à interroger le couple auquel elle rend visite.

Il vérifia son rétroviseur en remarquant des lumières bleues clignotantes, la voiture de patrouille passant à toute vitesse devant leur position avant de faire demi-tour au bout de la rue et de revenir.

— Bien, allons-y.

Le temps qu'il claque la portière de la voiture et rejoigne

Jan sur le trottoir, un rideau de dentelle couvrant la partie inférieure de la fenêtre avant avait tressailli avant de reprendre sa place. Il jeta un coup d'œil à la propriété voisine alors qu'il entendait les pas de deux agents en uniforme se précipiter vers lui, et il vit un visage pâle émerger de la porte d'entrée légèrement ouverte.

Il pouvait sentir des regards posés sur lui depuis les maisons de l'autre côté de la rue tandis qu'il remontait l'allée jusqu'à la porte d'entrée, et il se rendit compte que ce quartier n'était pas le genre d'endroit où l'on voyait une voiture de police, à moins qu'il n'y ait eu un cambriolage.

Pas riche, loin de là, mais ce que sa mère aurait appelé un quartier « bien fréquenté ».

Une proie facile, aurait dit son ancien inspecteur principal.

Le visage de Jan était tendu lorsqu'elle sonna à la porte et se tourna vers lui.

— Je m'occupe d'eux, tu te charges d'elle. Ça te va, chef ?

Il acquiesça d'un signe de tête.

Le vieux couple qui vivait ici ignorait sans aucun doute les véritables motivations de la femme qui leur rendait visite.

Est-ce qu'elle avait déjà choisi sa prochaine victime ?

Une autre disparition était-elle déjà planifiée ?

Est-ce qu'elle allait…

— Que se passe-t-il ?

Il se retourna vers la maison en entendant une voix âgée et il vit un homme dans les quatre-vingts ans qui les fixait d'un regard furieux, ses mains marquées de taches de vieillesse posées sur un déambulateur en aluminium.

— Monsieur Russell Gregory ?

— Qui êtes-vous ?

— Inspecteur Mark Turpin. Voici ma collègue, l'enquêteuse Jan West. Est-ce que tout va bien ?

— Pourquoi est-ce que ça n'irait pas ? Pourquoi êtes-vous ici ?

— Nous aimerions parler à Sonia Adams, s'il vous plaît.

La confusion traversa le visage de l'homme, puis il fit un pas vacillant en arrière en traînant le déambulateur avec lui.

— Vous… vous feriez mieux d'entrer.

— Merci.

Mark fit signe aux deux agents en uniforme d'attendre sur le pas de la porte, puis il suivit Jan et Gregory à travers le couloir jusqu'à un salon rectangulaire qui s'étendait sur toute la longueur de la maison.

Une femme minuscule était assise dans un fauteuil, sa silhouette emmitouflée dans un épais gilet malgré la chaleur extérieure, ses pieds enveloppés dans des pantoufles duveteuses.

Sonia Adams se tenait à côté d'elle, une main posée négligemment sur l'épaule de la femme.

— Détective Turpin. Que se passe-t-il ? Pourquoi est-ce que vous êtes ici ?

Les yeux de la vieille femme s'écarquillèrent quand elle vit les deux détectives derrière son mari et elle laissa échapper un gémissement étouffé.

— Tout va bien, ma chérie.

Gregory se précipita vers elle, son déambulateur raclant la moquette. Il tendit la main vers celle de sa femme.

— Ce n'est rien d'inquiétant, j'en suis sûr.

Il regarda par-dessus son épaule vers Mark, comme s'il cherchait à être rassuré.

S'approchant de Sonia mais méfiant de sa réaction, il récita l'avertissement officiel et fit un geste vers la porte.

— C'est absurde, lâcha-t-elle en regardant les Gregory puis de nouveau Mark, le visage livide. Sur quelle base—

— Tout sera expliqué pendant l'interrogatoire, la coupa Mark. Maintenant, si vous voulez bien nous suivre ?

— Je vais vous poursuivre en justice, cracha Sonia. Vous n'allez pas vous en tirer comme ça.

— Je vous rappelle, mademoiselle Adams, que vous êtes sous avertissement. Tout ce que vous direz—

— Oh, allez vous faire foutre.

La mâchoire de Gregory s'affaissa, ses mains tremblant alors qu'il se stabilisait contre le déambulateur.

— Sonia ?

— Tout va bien ici, Chef ?

Grant Wickes apparut à la porte, sa carrure occupant l'espace restant entre les meubles et la fenêtre tandis qu'il sortait une paire de menottes de son gilet d'intervention.

— Si vous pouviez placer Mlle Adams en garde à vue, agent, dit Mark en adressant à Gregory ce qu'il espérait être un sourire rassurant. J'aimerais m'entretenir avec M. Gregory avant notre départ.

Mark se retourna pour affronter le regard fixe de Sonia, la mâchoire serrée en signe de défi.

Ses yeux vert pâle lui lancèrent un regard d'acier avant qu'elle ne baisse le menton et ne tende ses poignets pour être menottée.

Il entendit Jan libérer un soupir pendant qu'ils regardaient Sonia être conduite vers la voiture de patrouille qui attendait, puis elle se dirigea vers l'endroit où la femme de Gregory les regardait, une confusion totale dans les yeux.

— Madame Gregory, je peux vous préparer une tasse de thé peut-être ? proposa-t-elle.

Ses paroles furent accueillies par un amas de sons, voyelles et consonnes se bousculant tandis que la femme tendait la main pour agripper la sienne.

— Elle a eu une attaque il y a trois mois, expliqua Gregory. Mais je vais vous montrer où trouver tout ce qu'il faut. Ne le faites pas trop chaud pour elle, cependant.

Le cœur de Mark se serra tandis que l'homme plus âgé conduisait Jan hors du salon pour l'emmener dans la cuisine, un sentiment de soulagement étreignant sa poitrine.

Un bêlement provenant du fauteuil attira son attention et il se retourna pour voir Mme Gregory lui faire signe.

Il s'accroupit à côté d'elle comme l'avait fait son mari et lui tapota la main.

— Tout va bien. Vous êtes en sécurité maintenant, murmura-t-il.

En réponse, elle repoussa la couverture et remonta la manche de son gilet.

Mark bascula en arrière à la vue des ecchymoses violettes et jaunes.

Quand il se ressaisit, il tendit la main et tourna doucement son bras.

— C'est elle qui vous a fait ça ?

Un hochement de tête.

— Elle ne le fera plus, je vous le promets.

Ses paroles furent accueillies par un sourire laissant apparaître ses dents tandis que des larmes se formaient dans les yeux de la femme.

Elle dégagea son bras, baissa sa manche, puis tapota sa poitrine.

— Mary.

— Enchanté de vous rencontrer, Mary.

— Eh bien, si ce n'est pas extraordinaire ?

Mark se redressa en entendant la voix de Gregory et il les aperçut, lui et Jan, à l'entrée de la pièce.

Le vieil homme rayonnait en regardant sa femme.

— J'avais raison, tu vois ? L'orthophoniste avait dit que ce n'était qu'une question de temps, ma chérie. Tant qu'on continue à s'exercer.

— Monsieur Gregory, nous n'allons pas prendre plus de votre temps. Je vous présente mes excuses pour tout le stress que cela a pu vous causer à tous les deux.

— Ça a été un choc, je ne vais pas mentir.

L'homme s'installa dans le fauteuil à côté de sa femme.

— Votre collègue m'a expliqué ce qui se passe.

— Bien. Dans ce cas, j'ai juste quelques questions supplémentaires à vous poser avant de vous laisser tranquilles. Ça vous convient ?

Gregory agita la main en l'air.

— Allez-y.

— Quand est-ce que vous avez commencé à faire appel à l'entreprise pour laquelle travaille Sonia ?

— Juste après l'AVC de Mary. Comme vous pouvez le voir, je ne suis pas très débrouillard tout seul. Charlotte vient tous les matins pour l'aider à se laver et à s'habiller, et elle s'assure que je sais où trouver les plats préparés dans le congélateur. Elle aide aussi quand le livreur arrive chaque semaine avec ces plats.

— Qui est Charlotte ?

— C'est la dame que l'entreprise d'aide à domicile nous envoie.

— Si Charlotte est votre aide-soignante, comment Sonia a-t-elle fait votre connaissance ?

— Elle est passée pour la première fois il y a environ six semaines. Elle a dit que c'était habituel, juste une démarche qualité pour s'assurer que nous étions satisfaits du service fourni par ses soignants.

Gregory sourit.

— Elle a été tellement généreuse avec nous. Nous ne pouvons nous permettre de payer Charlotte que pour un certain nombre d'heures, alors quand Sonia l'a appris, elle a proposé de nous aider. Parfois même sur son temps personnel. Ça, c'est que j'appelle du service client.

— Les ecchymoses sur le bras de votre femme, monsieur Gregory. Comment les a-t-elle eues ?

Le visage de l'homme s'adoucit.

— Mary se cogne toujours partout, n'est-ce pas ma chérie ? C'est l'AVC, vous voyez. Il a atteint sa coordination.

— Est-ce que vous laissez parfois votre femme seule avec Sonia ?

Gregory jeta un regard coupable à sa femme.

— Ça ne te dérange pas, n'est-ce pas ma chérie ? C'est seulement deux fois par semaine pour que je puisse faire une sieste sans m'inquiéter.

Mary lui lança un regard furieux en réponse.

— Elles restent ici ou elles vont quelque part ? demanda Mark.

— Oh, Sonia est formidable, répondit Gregory.

Il inclina le menton vers le SUV noir toujours garé au bord du trottoir.

— Elle emmène parfois Mary en promenade l'après-midi.

— Vous savez ce qu'elles font ?

Le vieil homme hocha la tête.

— Sonia a dit qu'elle adorait la campagne, alors elle fait de petites promenades avec Mary pour l'aider dans sa rééducation. Elle dit que c'est bon pour Mary de prendre l'air et de changer de décor.

— Est-ce qu'elle vous a dit exactement où elles allaient ?

Gregory fronça les sourcils.

— Pas exactement, mais je peux probablement le déterminer à l'aide d'une carte.

CHAPITRE 49

— Où est-elle maintenant ?

Kennedy tournait autour de Mark en faisant les cent pas tandis que celui-ci remplissait rapidement les formulaires nécessaires à l'écran pour le reste des activités prévues dans la matinée.

— En bas, elle est en train d'être enregistrée. Son avocat est en route. Quelqu'un d'Oxford.

— Et le couple auquel elle rendait visite quand vous l'avez arrêtée, ils vont bien ?

— J'ai laissé un agent avec eux, il prend la déposition du mari et travaille avec l'orthophoniste de la femme pour l'interroger. Ça pourrait prendre un moment.

L'inspecteur principal tira une chaise à côté de lui, jeta un coup d'œil à Jan, puis à l'imprimante alors que Mark terminait de taper.

— Vous êtes absolument sûr de cela ? Ce n'est pas Gary Levine qui cherche à se venger ?

— Je pense qu'il disait la vérité, chef.

Mark fit pivoter sa chaise pour lui faire face.

— Et ça se tient. Il m'a dit ce matin que Sonia avait obtenu les coordonnées de Roger Parnett par son intermédiaire et qu'elle lui avait dit qu'elle ferait un suivi une semaine plus tard environ, juste pour voir si elle pouvait aider d'une manière ou d'une autre. À ce moment-là, la rumeur courait que Sonia allait assurer l'intérim du poste de responsable des soins pendant qu'ils cherchaient un remplaçant, donc Gary n'a pas senti qu'il pouvait s'y opposer. En plus, il la croyait. Il a peut-être été un vendeur agressif autrefois, ce que l'entreprise encourage, mais c'est un homme compatissant au fond. C'est pour ça qu'il continue à faire du bénévolat comme chauffeur. Il ne peut pas s'en empêcher, il doit sentir qu'il contribue d'une façon ou d'une autre.

— Et vous pensez que Sonia Adams a utilisé le système de l'entreprise pour choisir ses prochaines victimes ?

— Oui, c'est ce que je pense.

— Sur la base de quelles preuves ?

— En revenant ici, j'ai parlé à Dan Nelson de l'autre société de soins sous prétexte d'une enquête complémentaire. Je lui ai demandé à quel point il serait facile de manipuler leur système informatique pour supprimer ou modifier les coordonnées des patients, dit Mark en se levant et en rassemblant les notes et documents dont il avait besoin pour l'entretien formel. L'entreprise de Sonia utilise le même système. Nelson m'a dit que c'était relativement simple, il faut bien corriger les erreurs de temps en temps. Le problème, chef, c'est que ces modifications ne laissent pas de trace.

Kennedy leva les yeux vers lui.

— Mais ce genre d'accès n'est-il pas réservé aux personnes qui occupent un certain niveau dans l'entreprise ?

— C'est exact, chef. Et c'est pour ça que Sonia ne pouvait

pas commencer à modifier les dossiers avant d'être promue au poste de responsable.

— Si elle a supprimé toutes les informations de la demande de renseignements initiale, comment est-ce que vous allez le prouver ?

— Elle pouvait seulement supprimer l'instruction d'envoyer quelqu'un chez les Parnett, pas l'entrée originale avec leurs coordonnées. Celles-ci sont conservées dans le système au cas où la situation d'un client potentiel changerait. J'allais vous demander si vous pouviez signer un mandat pour que nous puissions envoyer quelqu'un de la criminalistique numérique à l'entreprise de soins. L'accès de Sonia au système n'était qu'au niveau administrateur, tout ce qu'elle a supprimé doit encore être dans les archives historiques.

Mark déglutit.

— Quelque part.

— Bon sang.

L'inspecteur principal secoua la tête.

— Je vous laisse seuls pendant une matinée et je reviens à ça. Qu'est-ce que j'ai manqué d'autre ?

— J'ai pris la liberté de mettre en place une équipe de recherche, avec des chiens renifleurs de cadavres, et je les ai envoyés à l'endroit où Russell Gregory nous a dit que Sonia emmenait sa femme.

— Voilà qui épuise le reste de mon budget pour ce trimestre. À quelle distance de notre scène de crime initiale se trouve cet endroit où vous avez envoyé l'équipe de recherche ?

— Je vais vous montrer.

Mark ouvrit la marche jusqu'à la salle des opérations et s'arrêta devant une table installée à côté du tableau blanc, sur laquelle était déployée une grande carte.

Elle était déjà couverte de post-its et de griffonnages au stylo rouge, alors Mark prit un marqueur noir et encercla la zone boisée au nord du ruisseau.

— C'est ici que nous avons trouvé les trois corps, dit-il, puis il s'étira et dessina une petite croix à côté d'une étroite route. Et voici l'endroit où nous avons déterminé que Sonia emmenait Mary chaque semaine. C'est un petit bois le long d'un sentier à mi-chemin entre Blewbury et East Ilsley. Nous y avons jeté un coup d'œil en revenant ici.

Il ouvrit l'application photos sur son téléphone et il fit défiler les images avec Kennedy en train de regarder par-dessus son épaule.

— Vous voyez ? Elle peut garer sa voiture hors de la route derrière cette haie et accéder aux bois par ici. C'est à environ cinquante mètres, mais le chemin tourne donc on ne peut pas le voir depuis la route. De toute façon, il y a très peu de circulation et le sol crayeux signifie qu'il ne serait pas trop difficile de pousser un fauteuil roulant.

— Pas si on était déterminé, dit Kennedy, le visage sombre. Je suppose que vous avez Gillian et Jasper en attente ?

— Ils sont déjà là-bas, chef.

— Quoi ? Ce n'est pas un peu trop précipité ?

— Je suis certain de cette piste, chef. Désolé, accordez-moi un instant.

Mark leva la main alors que Caroline passait en trombe et se dirigeait droit vers le bureau de Jan.

— Des nouvelles ?

Jan leva les yeux de son ordinateur, son téléphone portable à l'oreille.

— Pas encore. Ils viennent juste de commencer.

Mark se tourna vers Kennedy et ouvrit la bouche pour parler mais l'inspecteur principal le devança.

— À quel point êtes-vous sûr de cela ?

— Je pense que Sonia a choisi un nouvel endroit après avoir découvert que Hacca's Brook pouvait être inondé. Je pense qu'elle y emmenait Mary chaque semaine pour qu'elle ne se débatte pas lorsqu'elle déciderait de la tuer.

— Une sorte de répétition, vous voulez dire ?

— Exactement. Toute la routine lui serait familière.

— Pourquoi attendre ? Vous avez dit vous-même qu'elle leur rendait visite depuis six semaines. Pourquoi ne pas la tuer tout de suite ?

— Je ne sais pas, chef, mais rappelez-vous qu'elle doit faire croire que Mary a disparu. Donc peut-être qu'elle a dû attendre qu'une opportunité se présente pour le faire.

— Ce n'est pas gagné, tout ça.

— Avec tout le respect que je vous dois, chef, vous n'avez pas vu les ecchymoses sur le bras de Mary.

Mark sentit sa gorge se serrer.

— Moi, si. Et elle est non-réactive et incapable de demander de l'aide depuis son AVC.

Kennedy se frotta la mâchoire, jeta un coup d'œil au tableau blanc puis de nouveau à la carte.

— Vous feriez mieux d'aller voir ce que Sonia a à dire, dans ce cas.

CHAPITRE 50

Sonia Adams lança un regard indigné à Mark lorsqu'il entra dans la salle d'interrogatoire.

Elle ouvrit la bouche pour parler mais fut réduite au silence lorsque son avocat posa nonchalamment sa main sur son avant-bras, l'homme se concentrant sur Jan pendant qu'elle mettait en marche l'équipement d'enregistrement et répétait l'avertissement officiel.

— Nous attendons ici depuis deux heures, dit-il avec indignation. Nous n'apprécions pas d'être enfermés pendant que—

Mark haussa un sourcil.

— Vraiment ?

— Ma cliente nie tout, dit-il en redressant sa cravate de soie rouge à son col.

— Bien sûr qu'elle nie, répondit Mark.

Il déposa une pile de dossiers sur la table entre eux, plaça son téléphone portable à côté et s'installa dans le siège à côté de Jan.

Kennedy avait signé le mandat et deux des meilleurs

experts informatiques du quartier général se trouvaient actuellement dans les bureaux de la société de soins avec Alex.

L'équipe de recherche n'avait toujours pas donné de nouvelles.

Après avoir rassemblé ses pensées, Mark leva les yeux vers la femme en face de lui et il vit un rictus effleurer ses lèvres pendant un bref instant.

Puis il disparut et son regard se porta sur les dossiers à côté de son coude.

— Veuillez indiquer votre nom complet pour l'enregistrement, dit-il.

Elle se tourna vers l'appareil et haussa la voix.

— Sonia Penelope Adams.

— Merci, mademoiselle Adams.

— Je ne comprends pas pourquoi je suis ici, dit-elle. Je n'ai rien fait de mal.

— Nous verrons bien.

Mark ouvrit le premier dossier et fit pivoter une photographie vers elle.

— Dites-moi pourquoi vous avez maltraité Mary Gregory.

Une main voltigea vers sa gorge.

— Qu'est-ce qui vous fait croire que je ferais une chose pareille ?

— Madame Gregory allègue que vous avez causé une blessure à son bras.

Mark retourna la copie d'une photo prise avec son téléphone.

— Ces ecchymoses ont été faites par vous, n'est-ce pas ?

— Ne soyez pas ridicule, balbutia Sonia. Cette femme

arrive à peine à aligner deux mots, alors encore moins à m'accuser de l'avoir blessée.

— Son élocution est bien meilleure que ce qu'elle vous laisse croire. Nous travaillons avec son orthophoniste pour fournir une déclaration officielle.

Il y eut alors un sursaut de réaction, une brève lueur dans son regard qui céda presque à quelque chose de bien plus sinistre.

— Parlez-moi d'Annabelle Studley, l'encouragea Mark. Est-ce que vous l'avez maltraitée ? Vous lui avez cassé le bras des semaines avant de décider de la tuer aussi ?

— Je ne sais pas de quoi vous parlez, répondit Sonia. Annabelle a disparu. Personne ne sait où elle est allée, ni ce qui lui est arrivé.

— Pourquoi est-ce que vous l'avez tuée, puis enterré son corps près de Hacca's Brook ?

— Je n'ai rien fait de tout ça. J'adorais m'occuper d'elle et de John.

— Qu'en est-il de Roger Parnett ?

— Quoi, Roger Parnett ?

— Pourquoi avez-vous décidé qu'il devait mourir ? Il n'était même pas l'un de vos clients. Est-ce que vous avez supprimé le rendez-vous qui avait été pris pour son évaluation ?

— Il n'était pas nécessaire que quelqu'un aille le voir. N'importe qui pouvait constater que c'était un cas désespéré.

— Et donc vous l'avez kidnappé puis assassiné, c'est bien ça ?

— Je ne sais pas de quoi vous parlez.

— Qu'est-ce que vous avez fait quand vous avez réalisé que la piste de vente originale n'avait pas été supprimée du système ? Est-ce que c'est pour cela que vous avez dû harceler Gary Levine jusqu'à ce qu'il quitte son emploi ? C'est pour cela que vous avez tenté de l'impliquer dans les meurtres ?

Sonia le fixa, mais ne dit rien.

— Je parie que vous avez eu un sacré choc quand vous avez découvert que Hacca's Brook était susceptible d'être inondé. Vous avez paniqué ?

La femme se redressa brusquement sur sa chaise, les yeux écarquillés, et Mark sut qu'il avait touché un point sensible.

— Combien de temps vous a-t-il fallu pour trouver le nouvel emplacement ? Oh, et soit dit en passant, nous savons où c'est. Mary Gregory nous l'a dit. Une équipe de recherche s'y trouve actuellement. Avec des chiens. Vous savez à quel point ces chiens sont efficaces pour localiser des corps ?

Jan bougea sur son siège à côté de lui et il espéra que le fait que ces mêmes chiens aient manqué les restes de Roger Parnett ne se lisait pas sur son visage pendant qu'il observait Sonia.

Le moment fut interrompu par un coup sec et bref à la porte, puis Caroline passa la tête à l'intérieur.

— Chef ? Un mot rapide ?

— Tu veux bien mettre l'enregistrement en pause, West, dit Mark en reculant sa chaise pendant que Jan récitait les formalités, puis ils sortirent tous deux précipitamment de la salle d'interrogatoire en fermant la porte derrière eux.

— Qu'est-ce que tu as pour nous ? demanda-t-il.

Caroline lui tendit son téléphone en guise de réponse.

— C'est quelqu'un de l'équipe informatique, depuis la société d'aide à domicile.

— Merci.

Il s'éloigna dans le couloir, à distance de la salle d'interrogatoire, et il mit l'appel en haut-parleur.

— C'est Turpin. J'ai les enquêteuses West et Roberts avec moi.

— Chef, c'est Will Trelawny de la criminalistique numérique. J'ai les informations que vous attendiez.

— Allez-y. Soyez bref, cependant, nous sommes en plein interrogatoire du suspect.

— D'accord, donc nous avons travaillé avec les informaticiens ici et accédé à la base de données clients à un niveau plus élevé que ce que Sonia Adams pouvait faire. Cela signifie que nous pouvons voir chaque mise à jour d'un profil de contact, pas seulement celles affichées sur l'écran de l'utilisateur. Un historique détaillé, si vous voulez.

— Et ?

Mark retint sa respiration en observant Jan qui fixait intensément l'écran du téléphone.

— Nous avons des preuves documentaires ici que Mademoiselle Adams a supprimé des éléments du dossier concernant les patients dont elle était responsable. Des dates de visites à domicile qui avaient été programmées, ainsi que l'attribution des noms d'autres soignants à des feuilles de temps historiques.

Mark expira et ferma les yeux un instant, soulagé.

— Will, vous pouvez envoyer tout ce que vous avez par email à Caroline ? Immédiatement.

— Ce sera chez vous dans cinq minutes.

— Merci.

Il rendit le téléphone à la jeune enquêteuse.

— On t'attend ici. Dès que ces informations arrivent, j'ai besoin qu'elles soient imprimées, d'accord ?

Caroline courait déjà avant qu'il n'ait fini de parler.

Il passa les dix minutes suivantes à faire les cent pas dans le couloir, fixant par intermittence les dalles du plafond, puis la moquette usée et éraflée tandis que Jan s'appuyait contre le mur en serrant la pile de dossiers contre sa poitrine.

Mark consulta sa montre.

Quinze minutes.

Son regard croisa celui de Jan, puis il détourna les yeux et réprima la nervosité qui le rongeait et obscurcissait sa conviction par le doute.

Aucun d'eux ne parla, chacun perdu dans ses propres pensées.

— Chef.

Il fit volte-face au son de la voix de Caroline pour la voir se précipiter vers lui.

— Qu'est-ce qui t'a pris tant de temps ?

Elle lui tendit un document agrafé, une autre copie pour Jan, puis indiqua ce que Will lui avait dit.

— Il y a autre chose, chef, dit-elle, incapable de contenir l'excitation dans sa voix. J'ai reçu un autre appel alors que j'allais revenir. Jasper a dit que l'équipe de recherche avait trouvé deux corps au nouvel endroit que Russell Gregory nous a indiqué.

Mark chancela et s'appuya contre le mur en laissant échapper un soupir.

— Ok, super. Merci, Caroline.

Jan arborait un sourire grave en commençant à lire les informations de Will.

— Chef, c'est parfait.

CHAPITRE 51

Une demi-heure plus tard, Mark se redressa et suivit Jan dans la salle d'interrogatoire.

Sonia et son avocat avaient leurs têtes penchées l'une vers l'autre quand la porte s'ouvrit, et ils se séparèrent lorsque sa collègue traversa la pièce jusqu'à la table. Leur conversation murmurée s'éteignit précipitamment.

Les épaules de Sonia étaient détendues, toute sa posture celle d'une personne habituée à avoir le contrôle.

Elle ne s'agitait pas, ne tressaillait pas, quand Jan tira une chaise, les pieds raclant douloureusement le sol carrelé.

Mark ne prit pas la peine de s'asseoir.

Au lieu de cela, il se déplaça vers le mur derrière Jan et s'y adossa tout en contemplant l'atmosphère tendue dans l'espace confiné.

Dès que Jan redémarra l'enregistrement, il prit la liasse de documents qu'elle lui tendait et la claqua sur la table devant Sonia.

— Notre équipe d'analyse numérique a été occupée, dit-il. Et ils ont découvert tous les dossiers que vous pensiez avoir supprimés.

La femme pâlit, puis regarda son avocat qui fit un léger haussement d'épaules, pas encore convaincu.

Mark passa à la deuxième page et tapota son index sur la deuxième entrée.

— Un rendez-vous avait été pris pour qu'un commercial de votre société de soins rende visite à Roger Parnett et sa femme, mais vous l'avez supprimé et vous y êtes allée à la place. Pourquoi ?

Pas de réponse.

— Je pense que vous y êtes allée pour déterminer s'il constituait un candidat approprié pour votre prochaine victime, poursuivit Mark. Et je pense que vous vous êtes introduite dans leur foyer durant les trois semaines entre cette visite et la date de la disparition de Roger. Quand vous l'avez assassiné.

Sonia se pencha en arrière et croisa les bras.

— N'importe qui aurait pu accéder à ces dossiers.

— En effet, s'ils avaient les accès appropriés. Mais nous avons la preuve que les modifications ont été faites avec vos identifiants de connexion.

La femme tendit la main, passa un doigt sur la table, puis l'examina comme si elle vérifiait la présence de poussière.

Elle laissa retomber sa main et lui lança un regard furieux.

— Quelqu'un a dû se connecter sous mon nom pour couvrir ses traces. Je vous l'ai dit. J'adorais mes patients et leurs familles.

— Est-ce que vous adoriez les familles plus que les personnes dont vous étiez chargée de prendre soin ? Nous avons trouvé votre nouveau cimetière, Sonia. Deux victimes jusqu'à présent. Combien d'autres squelettes est-ce que nous allons trouver, selon vous ?

Jan lui tendit une page d'un des dossiers et il la fit glisser sur la table vers l'autre femme.

— Voici notre liste de personnes disparues, Sonia. Des centaines d'hommes et de femmes âgés qui ont disparu sans laisser de trace. Des centaines de familles incapables de faire leur deuil. Combien de personnes avez-vous assassinées, Sonia ? Combien de familles avez-vous détruites ?

L'expression de Sonia changea en un instant.

Mark l'observa en retenant son souffle tandis que ses yeux se plissaient et que tout vestige de faux-semblant disparaissait.

Sa bouche se tordit en un rictus méprisant alors qu'elle se penchait en avant.

— Onze, cracha-t-elle.

Un silence choqué remplit la pièce, rompu seulement par le bruit du stylo de l'avocat de Sonia qui tombait.

Il rebondit sur son bloc-notes, roula sur la table et tomba sur le sol carrelé.

Pendant tout ce temps, Sonia ne rompit jamais le contact visuel avec Mark.

Troublé, il finit par détourner le regard tandis que l'avocat se baissait sous la table.

Une fois l'homme redressé, avec l'attitude d'un homme vaincu, Mark tira sa chaise et s'y effondra.

— Parlez-moi de Roger.

— Qu'est-ce que vous voulez savoir à son sujet ?

— Pourquoi est-ce que vous l'avez tué ?

— Il n'y a pas grand-chose à dire, vraiment. J'y suis allée pour voir si je pouvais aider.

— Par aider, vous voulez dire tuer.

Elle haussa les épaules avec une nonchalance qui lui donna la chair de poule.

— C'était évident pour moi que Brenda ne pouvait pas s'occuper de lui toute seule, et cet homme n'avait aucune intention d'essayer de s'améliorer. Il était trop habitué à ce qu'on le serve comme un roi. Il la tuait à petit feu. Il fallait faire quelque chose.

— S'il pouvait à peine marcher, comment est-ce que vous vous y êtes prise ?

Ses yeux brillèrent.

— Facile. Malgré tous ses défauts, il aimait vraiment Brenda. Tout ce que j'ai eu à faire, après avoir approuvé les conseils de leur médecin selon lesquels ils avaient tous les deux besoin de faire de la marche, c'était d'attendre que Brenda parte pour une de ses promenades nocturnes.

— Pourquoi est-ce que Roger serait parti avec vous ? Annabelle Studley perdait la tête, pas Roger.

— Facile encore une fois. J'ai sonné à sa porte et je lui ai dit que je venais de recevoir un appel de l'hôpital parce que Brenda avait trébuché et qu'elle était tombée pendant sa promenade. Le timing était parfait, dit-elle, le regard fixé sur un point au-dessus de la tête de Mark. Cinq minutes trop tôt et il ne m'aurait pas crue. Elle n'était pas partie depuis assez longtemps. Cinq minutes trop tard et elle m'aurait vue avec lui.

Mark espérait que le choc ne se lisait pas sur son visage. Au lieu de cela, il attendit tandis que Jan tirait une photographie de la pile de dossiers.

— Qui est-ce ? Nous avons trouvé trois corps près de Hacca's Brook. Annabelle Studley, Roger Parnett, et… ?

— Ça doit être Gladys Towers.

Le nez de Sonia se plissa.

— Une femme épouvantable. Démence et incontinence. J'ai dû nettoyer la voiture deux fois après l'avoir transportée. Attendez de rencontrer son mari, Gareth. Cet homme a retrouvé une nouvelle vie grâce à moi.

Mark la fixa du regard, réalisant qu'il avait devant lui une psychopathe.

— Pourquoi ? parvint-il à dire.

Sonia haussa les épaules.

— Ils souffraient, ou causaient de la souffrance à leur entourage. Il fallait faire quelque chose.

— Et s'ils n'avaient pas souffert, vous les auriez laissés tranquilles ?

— Bien sûr.

Les yeux de Sonia s'élargirent et elle se balança en arrière sur sa chaise.

— Malgré ce que vous pourriez penser de moi, détective, ce que je fais libère des familles d'une vie de servitude. Je ne suis pas un monstre.

CHAPITRE 52

Tard le lendemain, Mark baissa le pare-soleil et plissa les yeux face au soleil bas de l'après-midi tandis qu'il dirigeait la voiture de service vers le parvis de la morgue du comté.

Une fatigue pesait encore sur ses épaules malgré le sommeil profond dans lequel il avait plongé en retournant sur sa péniche huit heures plus tôt, mais c'était plutôt un épuisement de soulagement que de stress.

Lucy avait jeté un coup d'œil à son visage exténué quand il était sorti de leur lit le matin, elle lui avait tendu une grande tasse de café et lui avait fait promettre de demander un congé pour le reste de la semaine à son retour au commissariat.

Kennedy avait fait un compromis, disant à Mark et à Jan de revenir au travail le lundi suivant à condition qu'ils gardent leurs téléphones allumés pour que l'équipe puisse vérifier les faits et fournir des rapports d'avancement au ministère public, qui attendait maintenant avec impatience.

Les répercussions de l'aveu choquant de Sonia Adams s'étaient propagées dans toute la salle des opérations, et l'équipe était désormais chargée de recouper la base de contacts de la société d'aide à domicile avec la liste des personnes disparues.

La crainte se mêlait à la détermination parmi ses collègues et Mark savait qu'ils n'abandonneraient pas avant d'avoir identifié tous les ossements des victimes découvertes.

Il retira la clé du contact et descendit de voiture.

Il restait encore une tâche à accomplir avant qu'il ne quitte son service.

Après avoir traversé l'asphalte à grands pas, il leva la main en signe de salut quand la porte s'ouvrit et que Gillian apparut.

— J'ai cru reconnaître ta voiture, dit-elle en le guidant vers l'aile de la morgue du bâtiment. Félicitations, au fait.

— Merci.

Elle s'arrêta, la main sur la porte intérieure.

— Tu as l'air déçu.

— Je pense juste aux onze familles qui doivent maintenant apprendre que leurs proches ont été enlevés par une tueuse en série.

Gillian soupira, enroula sa main autour de son bras et l'entraîna dans le laboratoire.

— Viens. Les résultats m'ont été envoyés par email il y a vingt minutes.

Mark remarqua que les projecteurs habituellement brillants au-dessus des tables métalliques avaient été tamisés, et pendant que la médecin légiste enfilait une paire de gants de protection, il se dirigea vers les rangées de tiroirs carrés au fond de la pièce.

— Comment est-ce que tu as réussi à obtenir les résultats ADN si rapidement ?

Elle le rejoignit et ouvrit l'un des tiroirs du milieu avant de poser sa main dessus.

— Kennedy a estimé qu'avec le résultat que vous venez d'obtenir, son budget pouvait aller jusque-là. Et puis, je crois qu'il a fait appel à quelques faveurs.

Sur ces mots, elle fit glisser le tiroir pour exposer les restes de leur deuxième victime.

— Gladys Towers, murmura Mark.

— C'est bien elle.

Gillian parcourut le squelette du regard, puis soupira.

— L'ADN de sa fille correspond.

— Je vais demander à Caroline de passer la voir demain matin.

Mark recula pendant que le tiroir se refermait, puis il regarda les autres.

— Combien ont été récupérés du nouveau site jusqu'à présent ?

— La rangée du haut.

Gillian retira ses gants d'un coup sec.

— Les prochaines semaines vont être chargées. Heureusement, j'ai une paire de mains supplémentaire pour m'aider. Angela Powell s'est proposée et j'ai emprunté un jeune médecin légiste de l'hôpital qui a déjà travaillé avec moi.

— Pas de Kerridge cette fois ?

Mark sourit.

— Non, Dieu merci. J'ai entendu dire qu'il envisageait de démissionner pour faire plutôt des tournées de conférences.

— Que Dieu leur vienne en aide.

— En effet. Et qu'en est-il de la tueuse ? Des progrès de ton côté ?

— L'équipe qui s'est rendue chez Sonia hier soir a trouvé tous les bijoux qu'elle avait pris à ses victimes dans une boîte dans son armoire. Tous ses souvenirs, dit Mark.

Kennedy a chargé deux agents de fouiller dans les dossiers d'objets perdus pour restituer tout cela aux familles des victimes.

— Ils vont faire des prélèvements ADN cette semaine ?

— Oui. Je ne suis pas sûr que l'influence de Kennedy puisse te faire obtenir ces résultats bien avant la fin du mois, cependant.

— L'essentiel, c'est qu'on va y arriver.

Le regard de Gillian se durcit.

— Et tu l'as arrêtée, Mark. Elle ne peut plus faire ça à personne.

— Oui, c'est vrai. Tu m'excuses une minute ? Je dois informer Kennedy qu'il s'agit bien de Gladys pour qu'il puisse commencer à traiter la paperasse.

— Bien sûr. Je vais ranger ici et te retrouver à l'accueil.

Il appuya sur la numérotation rapide de son portable alors que les portes de la morgue se refermaient derrière lui. La voix bourrue de l'inspecteur principal répondit en quelques secondes.

— C'est elle ?

— Oui. Gillian dit que les résultats sont arrivés juste avant que je n'arrive ici.

— Ok, merci.

— Tout va bien, chef ? Vous avez l'air un peu…

— Énervé ? Je le suis. Le parquet m'a informé qu'ils veulent une évaluation psychologique avant de poursuivre. Apparemment, l'avocat de Mlle Adams l'a exigée, en leur disant qu'elle n'est pas apte à être jugée.

Mark gémit.

— C'est ridicule. Elle savait ce qu'elle faisait, chef.

— Je sais, j'ai regardé l'enregistrement de l'interrogatoire. Enfin, nous allons faire de notre mieux.

Transmettez mes salutations à Gillian et remerciez-la pour son travail ces deux dernières semaines.

— Je n'y manquerai pas. À plus tard.

Il termina l'appel au moment où Gillian apparut.

— Kennedy m'a demandé de te transmettre ses remerciements.

— Il n'y a pas de quoi. J'espère avoir d'autres réponses pour toi dans les jours à venir.

Elle jeta un coup d'œil à l'horloge au-dessus du bureau d'accueil.

— Merde, il est déjà cette heure-là ? Tu ferais mieux d'y aller, je dois fermer ici, puis rentrer chez moi pour me changer.

— On se voit à la galerie.

CHAPITRE 53

Mark ajusta le nœud papillon à son cou, le cuir noir de ses chaussures luisant à chaque pas tandis qu'il marchait aux côtés de Lucy, son bras enlacé au sien.

— Est-ce que c'est un geste affectueux, ou je suis réellement là pour t'aider à garder l'équilibre ? dit-il en jetant un coup d'œil aux talons de dix centimètres sur lesquels elle vacillait.

Des fossettes creusèrent ses joues.

— Un peu des deux. Peut-être plus de l'un que de l'autre.

— Tu es magnifique.

Ses boucles chatouillaient son cou lorsqu'elle s'arrêta sur le pont et l'immobilisa. Elle l'embrassa, puis fit face à la route qui serpentait au-delà de la rivière vers la ville.

— Je suis terrifiée.

— Tout va bien se passer. Ils vont t'adorer. Tu as mérité cette opportunité.

Les cloches de l'église Saint-Nicolas sonnèrent l'heure et Mark lui tira doucement le bras.

— Allez, tu ne peux pas être en retard à ta propre exposition.

— Attends.

Elle retira ses chaussures, passa les lanières autour d'un doigt et sourit.

— On ira plus vite comme ça. Je n'aurais pas dû les remettre après avoir traversé la prairie.

— Je pourrais te porter sur mon dos.

— Ce sera peut-être nécessaire pour le retour. Ça dépendra de la quantité de champagne que je vais boire.

Ils se dépêchèrent de parcourir Bridge Street en riant, puis ils tournèrent dans une rue piétonne qui menait vers les jardins de l'abbaye.

Un panneau-sandwich décoré du logo de la galerie d'art était posé sur les pavés, annonçant une soirée privée ce soir-là.

La porte était ouverte et le son des conversations animées se propageait facilement à travers l'ensemble des bâtiments.

Lucy s'arrêta pour remettre ses pieds dans ses chaussures et elle ajusta la petite robe noire qu'elle portait, puis elle tripota le châle coloré autour de son cou.

— Tu gagnes du temps, mademoiselle O'Brien.

Un regard coupable traversa son visage, puis elle redressa les épaules.

— C'est bon. Je suis prête.

Quelques secondes après leur entrée dans l'espace aéré, Lucy fut emmenée par la propriétaire de la galerie pour être présentée à une file d'attente de VIP locaux et de dignitaires.

Une cacophonie remplissait la galerie tandis que les invités déambulaient en observant ses croquis et aquarelles qui ornaient les murs, et Mark se retrouva bientôt perdu dans la foule alors que d'autres personnes arrivaient.

Un des serveurs passa avec un plateau de canapés et de champagne, et, après s'être servi d'un vol-au-vent au saumon et au fromage frais, il rejoignit un petit groupe à l'autre bout qui discutait des œuvres de Lucy.

— Exquis, opina une femme.

— Une touche vraiment unique dans les coups de pinceau, acquiesça une autre. Je vais demander à Heather de me laisser verser un acompte sur celui là-bas, avec les cygnes.

Mark sourit, but une gorgée de champagne et longea la rangée de tableaux encadrés, la poitrine gonflée de fierté.

Il se retourna et avança vers l'autre côté de la galerie, puis il aperçut l'inspecteur principal Ewan Kennedy en pleine discussion animée avec un autre homme. Il leva la main en signe de salutation et continua son chemin.

— Non, vous n'aurez pas d'exclusivité, gronda Kennedy. Je me fiche de ce que dit votre rédacteur en chef. Maintenant f—

— Je t'ai trouvé.

Mark se retourna tandis que Lucy lui tendait un autre canapé.

— Santé, dit-il en faisant tinter son verre contre le sien. Et félicitations. Je suis si fier de toi.

— Merci.

Elle l'embrassa.

— On dirait que tu vas faire quelques ventes ce soir.

— J'espère. Heather dit qu'elle a reçu plusieurs demandes, et ce serait bien d'avoir un peu d'argent qui rentre.

Elle but une gorgée, puis pencha la tête sur le côté.

— Qu'est-ce qui te faisait sourire, juste à l'instant ?

— Le journaliste là-bas, qui essayait d'obtenir une

exclusivité de Kennedy avant que le communiqué de presse ne sorte demain matin.

Lucy tendit le cou pour voir, puis elle sourit quand le reporter s'esquiva de l'assemblée et sortit par la porte.

— Qu'est-ce qu'Ewan lui a dit ?

— Crois-moi, dit Mark en passant son bras autour de ses épaules et en la dirigeant vers un groupe d'amateurs d'art qui attendait. Ce n'est pas publiable.

FIN

BIOGRAPHIE DE L'AUTEUR

Rachel Amphlett est l'auteure de romans policiers et de thrillers d'espionnage les plus vendus par USA Today, et la plupart de ses livres ont été traduits dans le monde entier.

Ses romans sont disponibles en format numérique, en version imprimée et en livres audio dans les bibliothèques et chez les détaillants, ainsi que sur son site web.

Grande voyageuse et détective privée par accident, Rachel possède les nationalités australienne et britannique.

Pour en savoir plus sur les livres de Rachel, rendez-vous à l'adresse suivante : www.rachelamphlett.com.